U0028470

這些年
二哥哥很想你。

狗狗Puma陪伴我們家十四年，
牠年輕的時候我們青春洋溢，
牠老的時候，我們家也老了。
在那十四年裡，有好多好多的故事。
我遇見了她，寫了小說，學會放聲大哭，開始戰鬥……

九把刀 著
恩佐 封面繪圖

這些年／
二哥哥很想你。

楔子

這些年／二哥哥很想你。

一直以來，每當小說出版成書後，我都會反覆看幾次，唯獨兩本例外：一本是《那些年，我們一起追的女孩》，一本是《媽，親一下》。

兩本都是我的真實人生，前者，是記述我們一群笨拙長大的好朋友，一起追同一個女孩的熱血故事。後者，是媽媽二〇〇四年生病時我所寫的病榻日誌，與追憶母子之間二十七年來發生的種種，希望媽媽能夠從我珍藏的回憶裡得到努力生存下去的勇氣。

這兩本書，沒有經過改寫，沒有為了「好看」用虛假的橋段去滋養並不存在的情節，沒有一個把自己寫得很帥很酷的九把刀。我所作的並非天馬行空地創構故事，而是將真實發生過的一切說得有趣、說得好看、說得讓我身邊的家人朋友也能認同書裡的所有。

我沒有反覆看這兩本書，各自有不同的原因。

沒有一直看《那些年，我們一起追的女孩》，是因為怕被坐在我對面的女孩打斷腿。至於沒有重複看《媽，親一下》，是因為每次不管翻到哪一頁，我看了都會流淚，甚至哭到沒有力氣……一個大男人老是哭哭啼啼的，看起來很欠揍。

現在，還沒開始寫，我已知道這個故事會非常不像一個故事。

那是一段意義非凡的歲月——在那些日子裡，有Puma的陪伴，我也陪伴著Puma。

而前幾天為了著手這個「新故事」，我必須確認哪些人生片段已經被自己寫過一次，於是再度拾起了這兩本書，坐在沙發上好整以暇讀了一遍。

先是大笑，然後又哭到發抖。

我拿起手機，抽抽咽咽打電話給女孩，說了好些話才平靜下來。

「……我想起她，妳會吃醋嗎？」

「不會，我只是很擔心你。」

「嗯，我哭一哭就沒事了。」

「把逼，等一下快去睡覺喔，明天我陪你去看Puma好不好？」

「謝謝。」

再過一個半月，我就要去當兵，我可以寫這個故事的時間也不多了。

所幸發生過的美好往事，我記憶猶深。

並非我的記憶力特別好，而是，我常常回憶。

二〇〇七年，二月二十八日，七點二十六分。

距離她的生日結束，還有四個多小時。

坐在彰化最熟悉的咖啡店裡，最習慣的位置。一壺漂著枸杞的人參熱茶，一盤膩在奶油裡的鬆餅，對面的女孩一邊翻著電影雜誌，一邊吸吮手指上的蜂蜜。

女孩抬起頭，問我：「開始寫了嗎？」

我說，快了。

女孩輕笑：「有靈感了嗎？」

我說，普普通通，只起了兩句話。

女孩很開心：「那麼，掰掰囉。」

我笑了，掰掰。

她回到雜誌裡，我則進入從前。

就這樣吧。

有些人用書信保存他與朋友間的秘密。

有些人用照片記錄他與死黨們的年華。

有些人在日記填滿他的暗戀單戀痴戀。

關於那段歲月，那些人，那隻狗，我就用這個故事將他們通通裝進。

從一滴眼淚，一串微笑開始。

Puma，二哥哥很想你。

第一章　外公家的小白

牠沒有名字。
也許我曾叫牠小白，
但我幾乎沒有這樣的印象。
依稀，就只是叫牠「小狗」……

開車最忌諱左右顛晃、迂迴閃躲，那樣開車的人累，坐車的人暈。

寫小說也是。

我想，先將鏡頭放在小時候的桃園外公家吧。

即將升上國小三年級的暑假，媽媽把哥哥跟我丟在外公家，交給還在念輔大的小舅舅各兩本國小數學題庫，希望他能撥空教哥哥跟我新一年度的數學，不要荒廢了整個夏天。

唉，當父母的都有這種幻覺，以為小孩子的暑假是要拿來努力用功的，其實提早一個夏天學會最大公因數跟最小公倍數哪這麼重要，尤其在鄉下地方，一輛腳踏車就可以是小孩子生命的全部。

說是鄉下地方一點都不是在亂講。

外公家附近都是稻田跟低矮的農舍，有條蜿蜒的小路可以通到大馬路，沿著小路走，會碰見十幾隻很臭屁的肥雞昂首闊步在鄰人的三合院前，如果我走得太急，那些雞就會衝過來啄我，我一大哭，牠們就會振翅亂飛起來。

小路的彎角處，還有一隻老是泡在池子裡睡覺的水牛。

「阿公，那隻牛怎麼一直泡在水裡？」我狐疑。

「泡在水裡比較爽快啊，要做事的時候牠才會起來啦！」阿公漫不經心。

認真回想起來，我從未看過那隻水牛走出池子做點像水牛該做的事。

燒稻草的氣味，豬糞的氣味，滿身大汗的氣味，就是鄉下外公家的主題。

鄉下地方房子都很大，除了用籬笆擋住外人，阿公跟舅舅還養了好幾隻狗分別守住前門跟後院。

後院的狗特別大特別兇，例如德國狼犬之類的怪獸，除了舅舅誰都不敢靠近。而把守前門的狗就和善許多，畢竟很多親戚朋友都會從前門走動，養太兇的狗會嚇到人家。

話說那房子大歸大，可格局有點奇怪，如果要洗澡的話，還得從一樓打開門，走到院子裡昏昏暗暗的小柴房兼浴室裡，用最傳統的方式——燒柴煮水洗澡。

小柴房的旁邊養了兩條非常愛叫的狗，儘管用鐵鏈拴住，我每次從那裡經過都還是被牠們的叫聲弄縮了身子。

被公雞啄哭過好幾次的我，對這些防範宵小用的看家狗非常恐懼，雖然每天見面，牠們齜牙咧嘴的叫聲還是讓我不寒而慄。我不懂牠們為什麼天天跟我見面，卻還是跟我不熟，我自己也沒想過要跟牠們親近。

——直到守前門的雜毛狗，生下牠的小狗狗為止。

牠沒有名字。

也許我曾叫牠小白，但我幾乎沒有這樣的印象。

依稀，就只是叫牠「小狗」。

中午。

總是堆得很豐盛的飯桌，總是吃得很慢的哥哥跟我。

「吃那麼久，啊是吃飽了沒？」阿公不耐煩起身。

「還~沒~」哥哥跟我異口同聲，拿著沉甸甸的碗。

「吃飽了要記得喝湯啊！」阿嬤收拾碗筷：「吃完自己把碗浸在水裡。」

「好~」我們搖頭晃腦，踢著腳。

等阿公跟阿嬤離開飯桌去睡午覺後，哥哥跟我就胡亂把飯吃一吃，迅速夾幾片香腸塞進嘴裡，左右手各拿一大塊肉，小偷般跑到前門。

門一開，本來趴在地上的雜毛狗霍然站起。

「嘿！給妳吃！」我口齒不清，將一塊雞肉丟到地上。

雜毛狗拖著鏈子衝了過來，一下子就把肉吃光光，而牠才剛剛學會走路的狗孩子跌跌撞撞跑來時，根本連碎肉的影子也沒看到。

還好，我們從餐桌偷到的肉還有很多。

「不要一下子就丟過去啦，要叫牠坐好。」哥吐出嘴裡的肉，放在掌心。

「為什麼要牠坐？」我不懂，也吐出嘴裡的肉。

「你白痴喔，牠一下子就把肉吃掉了，不是很無聊嗎？」

「喔。」我看著雜毛狗說：「坐下。」

雜毛狗沒有理會我們的命令，只是咧開嘴，任口水淌到地上。

「坐下。」

「坐下！」

被鏈住的雜毛狗甚至沒有看我們，只是盯著地上的肉瞧。我們蹲在鏈子緊繃的距離之外，如果我們不把肉丟向牠，牠也只能夠瞪著地上的肉塊跟香腸猛流口水。

倒是沒有綁著鏈子的小狗笨拙地走了過來，慢吞吞舔著地上的肉。

──這個畫面，讓雜毛狗躁動了起來，不安地叫了兩聲。

「乖乖喔，要吃就要坐下。」哥哥循循善誘，晃著一片香腸。

「快點坐下啦！坐下！」我開始不耐煩。

「……」雜毛狗。

僵持沒有很久，耐心只有葡萄乾大小的我們就放棄了。

我們將香腸逐一丟到半空中，任雜毛狗追著香腸飛翔的弧度甩尾，猛撲吃掉。

「真的是教不會耶。」哥不悅。

我們不敢正大光明地拿東西餵狗吃，是因為阿公養狗的理念是「看門」，而不是「寵物」，看門狗最重要的是盡忠職守，看到陌生人要懂得狂叫，遇到步步逼近的陌生人更要懂得咬他一口，而不是躺在地上撒嬌讓人揉肚皮。

好幾次被阿公發現我們偷偷餵雜毛狗東西吃，阿公就會一直唸唸唸：「不要把人吃的東西拿給狗吃，這樣狗會很難教！」

被唸歸被唸，然而每天看阿公拿著鐵盆裝乾冷的白飯給雜毛狗吃，就覺得雜毛狗吃得很慘，哥跟我還是會偷渡大量的香腸給牠打打牙祭。反正阿嬤很喜歡煮香腸，幾乎每天都很謎地煮上一大盤，吃也吃不完，對狗是該大方一點。

但不管我們餵了雜毛狗多少次，始終不敢靠近雜毛狗被鏈住的範圍，說穿了，就是單純地害怕，完全不懂怎麼跟牠建立起餵食之外的關係。

雜毛狗吃完了香腸，懶洋洋地睡起午覺。

「牠比較可愛。」我看著小狗。

「嗯，如果不小心被咬到也不會痛。」哥同意。

我們看著連牙齒都還沒長齊的小狗，用爪子跟舌頭辛苦翻弄地上的肉塊，很想吃卻不知道該怎麼著手的蠢樣。很可愛。

小狗沒有所謂的品種，但長得很像《再見了，可魯》裡的拉不拉多犬，樣子顢頇而骨架結實，黑溜溜的眼睛很有朝氣……跟牠的媽媽，一點都沒有半分相似之處。

由於還不具攻擊性，小狗沒被阿公拴起來，隨牠自由晃蕩。

「看起來很笨。」我摸著小狗捲起來的尾巴。

「牠還沒長大啊，當然什麼都不懂。」哥索性坐了下來。

終於吃完了肉，小狗咧著嘴趴下，一隻蒼蠅飛到牠的鼻子上，小狗隨即起身追逐揮趕不去的蒼蠅。

面對這個新奇的世界，小狗總是精神奕奕。

但面對一個只有一片雜草跟大把陽光的院子，哥跟我就顯得無聊多了。

小孩一旦無聊起來，行為就會變成讓人匪夷所思。

我們最常做的，就是騎著腳踏車在空地上不停繞著圈圈，有時可以繞上整個下午。為了增添樂趣，有時我們會以區區兩人的隊形玩「紅綠燈」，一個人當鬼，一個人被追，直到鬼得逞後再反過來。追逐的遊戲會持續到有人翻車受傷為止——而那個人，通常就是我。

要真累了就休息，一邊喘氣一邊研究雜草堆裡的昆蟲世界。

這時小狗會加入我們的行列，抽動溼溼的黑鼻子在草堆裡東聞西嗅，看我們如何用草尖刺弄縮回殼裡的蝸牛。或是把蚯蚓挖出土，再看看蚯蚓是怎麼鑽回土裡的。或是在水溝邊比賽用石頭砸爛《漢聲小百科》裡提到的，粉紅壞蛋福壽螺。有時看螞蟻搬香腸屑，也很有趣。

鄉下的螞蟻特別大，大概是都市裡看到的五、六倍，全身金黑，如果用指甲掐爆牠的頭，會發出「搭」的一聲，油滋滋地流湯！這麼大一隻，幾乎可以單獨扛起一片小碎肉。如果不小心被這種大頭螞蟻的利嘴咬到，皮膚還會紅腫起來。

某天，我們將一隻蝸牛處死（小孩子很恐怖，蝸牛我對不起你），好吸引螞蟻雄兵過來搬蝸牛屍體。

「沿著螞蟻搬蝸牛的路徑，蟻穴應該就在這附近吧……你看這個洞，像不像是入口？」沒等我回答，哥哥就做出結論：「一定是，絕對是，百分之百是。」

「然後呢？」我感到興奮。

「灌水進去好了，逼那些螞蟻通通跑出來，一定很壯觀。」哥微笑。

「進去拿水太麻煩了，要尿尿嗎？」我做出脫褲子的動作。

「……先用口水好了，用尿的阿公知道了會罵。」哥要升五年級了，比較成熟。

「嗚。」小狗不置可否。

我們開始在嘴裡貯存口水，然後瞄準蟻穴，小心翼翼滴下。

很快，口水泡沫形成的表面張力大於被土壤吸收的毛細現象，蟻穴暫時被口水給封住，這下子，一群將蝸牛分屍的螞蟻在洞口快速走來走去，不得其門而入。

「哈哈哈，不知道接下來牠們會怎樣……」哥摘下一片草，用草尖將螞蟻的隊形撥得更亂。

小狗挨近，好奇地在草堆中瞪著找不到家的螞蟻大隊。由於鼻頭靠得太近，有隻螞蟻竟順勢爬上小狗溼溼的鼻尖。

小狗不由自主後退了一步，伸出舌頭將鼻頭上的螞蟻捲進嘴裡。

「……」看到這一幕，我不知道是怎麼起的念頭，將手指伸到土堆上，讓一隻茫然失措的螞蟻爬上手背。

我將手背遞向小狗，小狗的眼睛跟著螞蟻在我手上走來走去的路線移動。

「吃掉。」我說。

小狗伸出舌頭，將螞蟻捲進牠的嘴裡。

小狗抬頭看了看我，我讚許地摸了摸牠的頭。

「哇賽，這個好玩耶。」哥見狀，也抓了隻螞蟻放在手上。

還搞不清楚自己該吃什麼不該吃什麼的小狗，很順從地舔掉了哥的螞蟻。

「太厲害了，原來狗也會吃螞蟻。」我又抓了一隻，小狗再度吃了一隻。

「狗才不吃螞蟻，是因為我們叫牠吃牠才吃的。」哥又抓了一隻，小狗照吃不誤。

哥說得沒錯。小狗不會不理我們，一條狗蹲在草叢裡大啖螞蟻。

小狗只吃我們抓給牠的。

「狗吃螞蟻不會有事嗎？」我有點不安，但還是手賤地捏了隻螞蟻。

「不會。」哥很有把握。

就這樣。

那年夏天，我們偷了很多香腸給雜毛狗進補，也抓了很多隻螞蟻給小狗當零食。

小狗一直沒有什麼不舒服，強壯得很，每天都要吃幾十隻的螞蟻，可以說是外公家螞蟻最可怕的天敵。

我一直幻想著，等到開學了，我一定要跟同學炫耀我有一隻會吃螞蟻的超狗。

——但，若同學不信的話，怎麼辦？

暑假快結束了，我們就快要離開外公家，回到彰化。

小狗變壯了，眼睛裡的聰明藏也藏不住，扣掉吃螞蟻的超能力，小狗跟我們的感情也不是一句「再見喔！我們以後會常來看你的喔！」可以打發的。

根本不必問，我也看得出哥很想養小狗。

「哥，我們可以跟媽媽說，我們想把小狗帶回彰化養嗎？」我看著膝蓋上的紅藥水，忍不住用手指去摳它。

「這個要問外公吧，小狗是外公的。」哥遺憾，吹著膝蓋上的紅藥水。

小狗坐在我們中間，懶洋洋看著灑在地上的陽光，眼睛越瞇越細。

「外公才不會管咧，這裡養了那麼多隻狗，少一隻根本不會怎樣。」我篤定。

「也對，不過媽媽一定不會讓我們養狗的。」哥皺起眉頭。

「唉。」

「那就當作，小狗是我們養的，只是我們把小狗養在外公家。」哥有氣無力地提議：「以後放假我們就回來，繼續餵牠吃螞蟻。」

「這樣很不像是我們養的耶。」我很想哭，胸口好悶：「說不定那時候小狗早就忘記牠其實是一隻會吃螞蟻的狗了，變成一隻普通的狗。」

說不定，我膝蓋上的傷口結痂了，小狗就忘記我們了。

「不然你去問外公。」哥推給我：「然後我們再跟媽媽說，因為小狗跟我們很好，所以阿公把小狗送給我們……沒有辦法之下，我們只好養了。」

「我不敢。」我覺得外公有時蠻兇的。

「猜拳，輸的去問。」

「不要，我們一起去問。」

雖然一點道理也沒有，我們還是鼓起勇氣跑去問阿公。

果不其然，阿公用亂聲嚷嚷當作答案堵住了我們的嘴，說什麼我們不會養狗，說什麼我們只會寵狗，說什麼他養狗是要顧家的……

失敗了，哥哥跟我滿臉通紅地走開。

「這樣也好，如果我們帶走了小狗，牠媽媽一定會很難過。」哥自我安慰。

「牠才不會。」我快要發瘋了：「牠只會吃香腸！」

一想到小狗就要跟我們分開，我就很不甘心。

我心裡有個想法……等到媽媽來，哥跟我拚命求媽媽跟阿公討小狗回彰化養，阿公說不定就會答應了。絕對不能放棄。絕對！

然而，就在媽媽要來外公家接走我們的前一天，外公宣佈了壞消息。

「從今天早上就沒看到小狗，小狗大概被偷了。」外公說。

「怎麼可能！怎麼可能有人要偷小狗！」我傻了。

「我們騎腳踏車，出去找小狗！」哥當機立斷。

「不用找了，被偷了就被偷了。」外公很嚴厲：「不准去找！」

哥跟我都很沮喪。

完全沒道理，小狗又不是什麼名犬，幹嘛要偷？

那天下著陰雨，我們蹲在滴滴答響的屋簷下，跟雜毛狗乾望著偌大的空地。

小狗不見了，一定只是跑出去探險，一時忘了回來吧？

絕對不是被偷！

「要不然，就是被壞人毒死了。」哥嘆氣。

「幹嘛毒小狗？」我不信。

鄉下地方養狗守門，時有所聞被壞人毒死，好趁機侵入民宅行竊。

阿公家的看門狗也被毒死過不少隻，但我跟哥都覺得這次太扯。

「不一定是真的要毒小狗，小狗可能是不小心吃了被下毒的東西，死掉了，然後外公不想我們太傷心，所以編了一個小狗被偷走的故事。」哥猜。

「反正小狗不可能被毒死的啦。」我哭了。

比起被毒死，那，小狗還是被偷走好了。

雨輕輕飄著，時大時小。

趴在地上看雨的雜毛狗，看起來特別孤單。

外公戴著斗笠從外面耕作回來，瞪了我們一眼。

我們誰也沒敢繼續追問下去。

第二天，媽來外公家帶我們回去，書包裡放了兩本幾乎空白的國小數學題庫。

小狗就這樣離奇消失在我們的童年裡。

一隻會吃螞蟻的白色小狗。

誰的童年沒有未解的謎題？我卻不想遇到這麼難受的題目。

有好幾個夜裡，一想到小狗吃著我抓在掌心的螞蟻那畫面，枕頭就溼了。

過了好幾年，又好幾年。

我們回到外公家玩，哥哥發現守在老舊小柴房兼浴室外的，是三隻白色的看家狗。為首的狗媽媽是一隻白色的成犬，體型修長。

那隻成犬有個日本名字，叫優喜，翻成中文就是白色。

優喜看了我們並沒有猛叫，只是靜靜地保持距離。我們走近一步，牠就退一步，有點畏畏縮縮。牠的兩個狗孩子倒是叫得挺起勁。

「會不會，牠其實就是小狗？」哥沒忘記。

「會吃螞蟻的那隻？」我蹲下。

「嗚。」優喜轉動牠黑溜溜的眼睛，有點警戒，有點害怕。

「我覺得，是。」哥總是很有把握。

「我希望，是。」我總是充滿期待。

我們跑去追問外公當年的真相，外公依舊沒有給足答案。

他老人家完全忘了當年有那麼一回事。

「說不定當時是外公不想讓我們太想小狗，所以乾脆把小狗藏到別的地方，然後騙我們不見了。」哥嘀咕。

「那種騙，會不會太狠了？」我的胸口很悶。

我們回到優喜面前，與自己的童年對望。

哥跟我拎著正大光明從豐盛的餐桌上拿來的好幾片香腸。

丟過去，一下子就被三隻狗狗吃光光。

「嗚。」優喜慢慢趴下，既陌生又熟悉的眼神。

「乖，妳也大到可以當媽媽了耶。」我微笑，欣賞優喜眼中的迷惑。

「我就覺得一定是。」哥難掩興奮。

儘管這個答案，很可能是我們幻想出來的、將另一隻神奇狗狗的童年印象硬套在優喜身上的結果。但，這個答案我欣然接受。

低頭，看著因為剛剛拿著香腸片，油膩膩的手指。

很想，再抓一隻螞蟻，放在我變大的手掌上。

很想，再看一次……

第二章　歡迎，黃茸茸的你

「Puma！翻成中文就是普馬，柯普馬就是你喔！」

我看著紙箱裡的Puma。

「從現在起我們要一直喊牠Puma，這樣牠才會知道是在叫牠。」爸說。

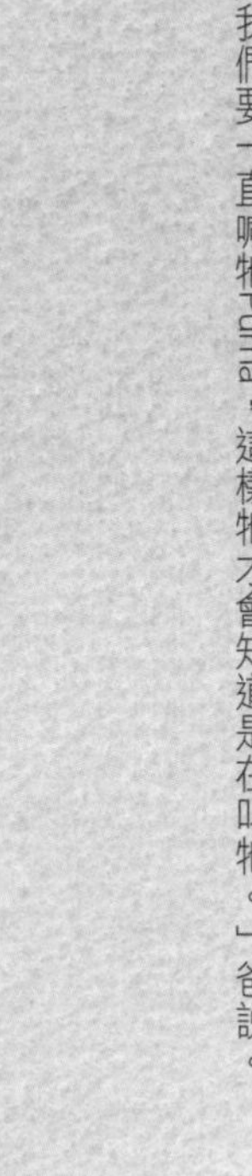

「Puma！」

「Puma！」

「Puma！」

有過那樣的童年，哥跟我一直都想養隻狗，一條完完全全屬於我們自己的狗。這個想法也影響到我小我兩歲的弟弟，三三。出於義氣跟盲從的關係，他也覺得家裡如果養一條狗的話，應該是件很不錯的事，這樣至少就有「人」比他還小了。

大概是國小五年級吧，我們兄弟在某一期的《小牛頓》雜誌裡看到重要的資訊。小牛頓將世界各地的名犬做了一個詳細的統計與介紹，五花八門。我們感興趣的都是看起來很有個性的大型犬，比如藏獒、聖伯納、拉不拉多、黃金獵犬、雪納瑞、哈士奇、秋田、柴犬、大丹狗跟鬆獅狗。沙皮狗跟拳師狗則因「醜得很酷」勉強可接受。

我們興趣缺缺的都是小不拉機的小型犬，諸如北京狗、臘腸犬、吉娃娃、博美、馬爾濟斯，看起來很沒戰鬥力——靠，我為什麼要養一隻會被大型狗秒殺的弱小動物呢？

「我覺得，我們養埃及的靈緹好了。」我看著圖片旁的介紹。

靈緹很酷，瘦得只剩下皮包骨，全身上下每一塊僅存的肌肉線條，都是為了在跑步競賽裡脫穎而出的演化設計，沒有一絲一毫的多餘，說是狗界的法拉利也不為過。

據說在埃及古代，靈緹就是賽跑專用的狗。

「養那麼瘦的狗，肋骨都突出來了，看起來好怪……你不覺得牠其實長得很畸形嗎？」三三不敢苟同。

「可是非常特別啊。」我哼了聲：「我從來沒有在街上看人遛過靈緹。」

「不要做夢了啦，這本雜誌只是介紹全世界各地有名的狗，但一般寵物店不可能有賣靈緹的，

就像一般車店裡買不到保時捷一樣。」哥哥說得很現實：「而且就算有賣，也一定很貴，我們買不起。」

哥說得沒錯。

家裡總是有負債，鐵定沒辦法養太貴的狗。

「好吧，反正我們家又不大，養太大隻的狗爸爸一定不肯的。我們應該鎖定幾隻不是太大，但是又很強的狗來養。」我翻著圖片，咕噥道：「所以咧？」

「我想養牧羊犬。」三三的答案簡潔有力。

「別忘了牧羊犬的發源地在北歐，牠們的毛太多太長了，根本不適合養在台灣。冬天也就算了，到了夏天，我們家又沒有冷氣，牧羊犬待在我們家會很痛苦。」大哥再度給予打擊。

「牧羊犬看起來就一副很貴的樣子。」我落井下石。

「你又知道貴不貴了？」三三不信。

「不管貴不貴，為了狗好，養狗應該考慮氣候因素，我們從鄰近國家的狗狗品種裡挑，比較沒有適應上的問題。」哥說得頭頭是道，指著裡面一頁：「你們看，像日本這兩隻，秋田跟柴犬，都是日本的國犬——既然可以養在日本，當然也可以養在台灣。」

「那會貴嗎？」三三問。

「日本比北歐近，應該便宜很多。」哥看著圖片讚嘆：「而且，你們不覺得秋田跟柴犬都長得很忠心嗎？」

「是蠻帥的，可是強嗎？」我很關心這個問題。

「強。」哥很有自信：「日本人最常養的狗就是秋田跟柴犬，如果不強的話，會有這麼多人養來看家嗎？」

大哥總是這樣，用合理的反駁將他不想要的選項剔掉，然後循循善誘我們到他喜歡的答案上。一直一直都是這樣……我哥的經典之作，就是騙我跟三三把零用錢捐給他，讓他去買一台只有他才能打的Game Boy。我至今還是搞不懂，聰明如我當初為什麼會被牽著鼻子走。

於是我們三兄弟一起拿著那期《小牛頓》雜誌，慎重其事去找爸爸商量。

「養狗？」爸坐在藥局的辦公椅上。

「嗯，我們會負起照顧牠的責任。」帶頭的哥說。

爸爸點點頭，瞬間陷入回憶。

「其實，我們家好久好久以前養過一隻貓，你奶奶一定還記得，那是隻黑色的貓，毛色黑金黑金的很漂亮……那隻貓實在很聰明，平常時我們根本沒有管牠，讓牠自由進出，想進來就進來，想出去走一走就出去走一走……」爸又開始提那隻黑色的貓，大概是覺得我們小孩子都很健忘。

為了養狗，我們很有耐心地聽完爸爸又重講了一次黑貓的故事。

「後來那隻黑貓不小心吃到了放在地上的老鼠藥，牠很聰明，這老鼠藥一吃下去，就知道自己快死了，所以就過來我們面前喵了幾聲，從店裡走了出去。」爸回憶道：「後來，我們就沒有再看過那隻黑貓了，牠一定是在外面選了一個適合的地方慢慢死掉。」

為了養狗，我們還是很有耐心地拿著雜誌罰站。

爸慢慢地傳承他的記憶：「所以有個傳說，說狗很戀家，就算在外面被車撞成重傷，無論如何也想回到家裡等死。但貓就不一樣了，貓絕對不死在主人家裡，怕給主人帶來困擾。現在想起來，那些傳說也有一點道理。」

是蠻感傷的啦，不過……

「爸，那我們到底可不可以養狗？」我忍不住。

「爸爸考慮看看，如果你們成績好，就有商量。」爸說。

真是千篇一律的爛答案啊！

父母擁有各式各樣的籌碼，但最喜歡小孩子拿來交換籌碼的東西，就是成績。

想要那套漫畫？……家裡那套百科全書都看完了嗎？拿出漂亮的成績單吧！

想要新腳踏車？……舊的那輛已經不能騎了嗎？拿出漂亮的成績單吧！

想要跟同學去南投玩？……去八卦山難道就不能玩？拿出漂亮的成績單吧！

總是這樣的。

很不幸，我們三兄弟的特色，就是成績非常的爛。

爛到什麼程度呢？

先說我好了。

上了國中，我就與數學結下不解之惡。

國一共六次月考數學沒有一次及格，全校排行總在倒數一百名內，沒有別的理由，就是我非常不用功，將所有的時間都投資在畫漫畫上面罷了。

大哥的功課也是爛到化膿，爛到我無法只提一次。

哥大我兩歲，當我正忙著把成績搞砸的時候，他也不遑多讓。

他在高中聯考時拿了詭異低的分數，低到在彰化完完全全沒有一間學校可以念。

哥的表現狠狠嚇了大家一跳，因為親戚大人們都覺得哥是三兄弟裡最聰明的一個，讀彰化國中三年，也算連續拿了三年的好成績……現在可好，聯考搞到沒有學校可以填，誰會相信？

爸在地方上算是頭臉人物，大哥那張算是白考了的聯考成績單把家裡的氣氛弄得很低迷。媽很沮喪，還被外公打電話罵，罵她怎麼會讓聰明絕頂的我哥考成那個樣子。爸則非常生氣。

哥每天都躲在樓上房間不敢下樓，只有在吃飯的時候才會逼不得已出現。我也不想被颱風尾掃到，非不得已才會下樓。

算是為了處罰大哥，爸幾乎每天都命令大哥洗他的裕隆牌吉利青鳥，每次都要沖水、淋泡沫、再沖水，最後用專用抹布仔細擦乾車身每一寸，直到整台車閃閃發亮。

而成績同樣很爛的我也得做幫手，非常無奈。

「你現在怎麼辦？要去考五專嗎？」我擦著輪胎圈。

「我不想念五專。」大哥蹲著，擰抹布：「我想念高中，考大學。」

「去念五專不行嗎？」我沒概念。

「念五專的話，以後想讀大學還要繞很大一圈，我不要。」哥嘆氣，將抹布浸在水裡，不自覺又摔了一次：「有時候我想乾脆去重考算了。憑我的資質，再考一次一定可以上彰中。就算是台中一中也沒有問題吧！」

大哥有重考的念頭，但爸認為搞砸了聯考的大哥根本沒有重考的資格。

三年都可以混掉了，多一年又能怎樣？

還不是照樣混。

我永遠記得那天中午，天氣很熱，熱到讓人從心底慌了起來。

那天，爸原本要帶哥去見私立精誠中學的教務主任說項，請精誠中學能提供多餘的名額讓哥進去念。但距離爸說好要出發的時間越來越近的中午時刻，慍怒的爸卻躺在店面後的椅子床，將溼毛巾放在眼睛上，一言不發，完全沒有即將起床的跡象。

沒有人敢去叫他。

怎麼辦？到了最後關頭，媽示意大哥自己走到床前，叫裝睡的爸爸起來。

自覺罪惡深重的大哥拉著我，我們一起走到爸的跟前。

「爸，時間到了。」大哥小聲地說。

「……」爸沒有反應。

大哥用手肘頂我，我只好小聲地說：「爸，時間到了。」

「什麼時間到了？」爸慢慢說道。

「去精誠的時間到了。」大哥鼓起最後的勇氣。

「自己做的事，自己要負責。」爸粗重的聲音不加掩飾他的憤怒：「自己想念書，就自己去說。如果沒有學校念，就去當兵。」身子連動、都、沒、有、動。

「去……幫我講入學的事。」大哥的聲音在發抖。

「去精誠做什麼？」爸的聲音很慢很慢。

聽到當兵，大哥虎軀一震，我也傻了眼。

看樣子，爸這次是百分之一億沒臉為大哥說項了。

大哥跟我頭低低地上樓，連媽也不知道要說什麼。

「現在怎麼辦？如果不快點說，就來不及註冊了。」

我打開冰箱吹冷氣，逼退剛剛瞬間冒出的大汗：「你真的要去當兵嗎？」

大哥像是下定了決心：「你幫我說。」

「我幫你說？」我嚇了一跳。

「對，你幫我開個頭，接下來我自己說就可以了。」

「找誰？」

「教務處在哪裡你知道嗎？我們現在就去那裡。」

「真的假的啦！」

「我現在就只剩下這個方法了。」

說著說著我們已經騎著腳踏車，跨過烈日下的中華陸橋，往精誠中學前進。

只是大哥好像忘記了一件很重要的事……我只是個即將升國二的學生！

「喂，我們回家啦，我怎麼知道要說什麼？」我漸漸後悔。

「拜託啦，你不幫我，我就要去當兵了啊。」哥看起來一副快被抓去關的樣子。

「可是我自己的成績也很爛啊，那個教務主任還教過我最爛的數學，完全就知道我很差勁，唬爛不過他啦！」我快崩潰了。

「那個不要緊啦，最重要的是，誠意！」哥說歸說，也沒有自信。

終於來到暑假期間幾乎空無一人的教務處，所幸教務主任還在裡面辦公，我鼓起勇氣，走向教務主任自我介紹，大哥則彬彬有禮地跟在我後面。

教務主任平時就一臉嚴肅，現在看起來，更是略帶殺氣。

但沒辦法了。

「主任好，我是美術一年甲班的柯景騰，導師是郭煥材。」我鞠躬。

「嗯，有什麼事嗎？」教務主任摸不著頭緒。

「我的哥哥叫柯景懷，今年剛從彰化國中畢業，他的成績一直都很好，只是聯考失常考壞了，現在沒有學校念。我想請主任給我哥一次機會，讓他來精誠讀書。」我背出剛剛在腦中寫好的稿子：「我相信我哥在精誠中學裡，一定會表現得很好。」

「考壞了？考幾分？」主任問。

但他的表情更像在問：怎麼就只有你們兄弟？

身為事主的大哥再怎麼孬種，此時當然得挺身而出。

「主任您好，我是景騰的哥哥，雖然我的分數不夠，但我很想念精誠……」

大哥用很有家教的語氣，滔滔不絕開始了屬於他的入學談判。

就這樣，以嚴肅著稱的教務主任聽著我們兄弟接力完成的懇求，臉上的表情越來越平淡，到最後哥說完了他的自我期許，只能用「漠然」兩字形容教務主任五官的排列組合。

「你家人知道你們來這裡嗎？」教務主任扠著腰。

「知道，只是今天我爸媽正好有事，所以我們兄弟自己過來。」大哥說。

「這樣啊……」教務主任若有所思。

彷彿隔了很久。

「我們的自然組已經滿額了，如果你想念自然組的話，就沒有辦法。」教務主任的語氣出現鬆動。

「沒關係，我可以念社會組，之後再想辦法轉班到自然組。」哥毫無猶豫。

回家的時候，我們已經獲得了教務主任的口頭承諾。

大哥即將進入精誠中學的高中部！

只不過我們兄弟成績這一爛，養狗的夢想又過去了……

話說人真的很矛盾。

明明我很想養狗，實際上卻是一個非常怕狗的人。

只要在路上遠遠看到流浪狗，我就會提高警覺，只要牠走右邊我就走左邊。

我甚至絕對不介意多繞一大圈，只為了避開與流浪狗的眼神交會。

有幾次我因為太害怕而拔足逃跑，反而引起流浪狗的野性，對我暴起直追……如此一來我當然只有更加害怕的份。

國二的時候，為了拯救快要跟我絕交的數學，每個禮拜二跟禮拜四，我都會到一個數學老師家上一對一或二對一的補習。

有句話說得很刻薄：「人要是窮，就不要生有錢人的病。」轉個意思就是，人要是笨，就不要發聰明人的夢。我們家負債一堆，但我爸媽做了一個我們三兄弟都有好學歷的夢，燒掉的補習費跟中元普渡燒掉的金紙一樣多。

補習費很貴，貴到沒一次我敢缺席。

話說數學老師住在彰化女中對面的小巷子裡，有兩個非常漂亮又極為聰明的女兒，跟一個喜歡只穿內褲跑來跑去的兒子。

大女兒跟我同歲，經常會跟我一起上課算題目，每當我連一題都沒算出來的時候，她已經解完十題以上開始發呆，嚴重對比出我的蠢。

有時候連小我一個年級的二女兒也會過來一起上課，她聽完了可以直接演算題目，但我還在那裡紅著臉假裝有聽懂一些。

……這段的重點是，數學老師家住在公寓四樓，但一樓鄰居喜歡在樓下鐵門拴上一條叫「荳荳」的混種大狗。

那隻荳荳，很賤，非常喜歡從喉嚨深處，對我發出充滿敵意的低吼。

如果荳荳正好被牠沒良心的主人帶出門散步，我就會開開心心跑上樓補習。如果荳荳在樓下張牙舞爪，我就得在荳荳的恐嚇聲中冒險逼近對講機，向樓上的數學老師求救。

「老師，我不敢上去。」我強自鎮定，假裝這種事理所當然。

「喔！沒問題，你等我一下。」老師總是善解人意。

等到老師下來扯住荳荳脖子上的鏈子，要我趕快從旁邊走到樓上時，荳荳就會裝出一副溫良恭儉讓的表情，彷彿我的害怕完全是我自己孬種。真的很賤。

「……真的嗎？」我訕訕歪著身體。

「景騰啊，荳荳不會咬人啦。」老師拉住狗時，總是這麼微笑。

有時，是老師的漂亮女兒按下了通話鈕。

「請問找誰？」甜美的聲音。

「呃……我是來補習的柯景騰。」我恐懼地看著荳荳那快要發狂的狗眼。

「喔，快上來啊。」

「可是……」

「可是什麼？喔！你是說荳荳嗎？」

「嗯，牠想咬我。」

「哈哈哈牠不會咬你啦。」

「……」

「好啦好啦!我下去喔,你等我你等我。」

然後大女兒就會下來,似笑非笑地拉住荳荳的頸繩,制住牠。

「你看,牠只是想跟你玩啦,牠根本就不會咬人。」她拍拍荳荳。

荳荳正舔著她的手,溫順到了極點。

我百口莫辯,只能微笑鬼扯:「大概是我小時候被狗咬過,所以心裡或多或少都有陰影吧。」

其實根本沒有這一回事。

什麼事都歸咎給童年時期的創傷效應,真是太方便的逃避。

只是這種事一而再,再而三地發生,真的很度爛。

老師的大女兒要是很醜也就算了,但她實在很漂亮,被美女在補習課上重創我的智商也就罷了,還在膽子上勝我一截……這叫每個禮拜定期收看《魁!男塾!》的我情何以堪?

有一次週日補課,荳荳不知怎地被拴在樓下更前面的地方,讓我連靠近對講機的機會都沒有。

我只能遠遠看著荳荳匍匐在地上,像一把漲滿兇煞能量的弓,醞釀等我靠近,便一鼓作氣將我的大腿咬爆的力量。

「喂,你可不可以不要那麼賤。」我很氣,在腳踏車上不敢下來。

「嗚……吼……」荳荳蓄勢待發。

「只會兇我沒有什麼了不起，有種你見人就咬啊！」我的背脊全被冷汗溼透，而我的怒氣也越來越盛。

「嗚……吼……」

沒有絲毫進展，我們就這樣持續對峙。

時間一分一秒過去，牠恐嚇，我發抖。

「好，你完蛋了，我不補習都是你的錯！」

終於，我氣急敗壞，騎著腳踏車掉頭就走。

回到家裡，媽媽看到我一臉大便，疑惑說：「田田，老師剛剛打電話給我，問我你怎麼還沒有去補習，我就說你已經去了啊，應該一下子就會到了……」

「都是那隻賤狗！」我將背包重重放下，完全沒有一點不好意思：「牠一直擋在樓下想咬我，教我怎麼上去補習！」

如果大家都看過那隻狗私底下齜牙咧嘴的模樣，一定會覺得我受了莫大委屈。

「喔，原來是這樣。」

媽沒有笑，只是揮手趕我去補習，說：「你快去，我打一通電話給老師。」

面對拚命賺錢讓我這蠢蛋可以去上家教課的媽媽，我只有聽命的份。

我重新騎上腳踏車，一邊咒罵一邊朝彰女方向前進，腦子裡都是拿一大串橡皮筋「遠遠」狂射荳荳的畫面。

到了老師家樓下，老師已經扯住荳荳的頸繩，笑嘻嘻要我上樓算題目。

而荳荳，依舊是一副天真無邪的賤樣。

我永遠不會忘記，那一天下午算題目時，老師那大女兒一直強忍笑意的表情。

我這麼怕被狗咬，卻又想養狗，矛盾的感覺就像是悟空跟弗力札搞BL一樣。

回想起來，當時想要養條狗的原因，不外乎是虛榮。一想到某天終於養到一條殺氣騰騰的戰狗時，我可以跟同學說：「我們家養狗了耶！」就覺得很開心。

但既然要成績好才能養狗，我也就只有放棄這條路了。

說起來汗顏，我還沒有想要養狗，想到需要努力用功的程度。

不過人的際遇實在很難說，我的功課在國三那年有了突飛猛進的成長，追根究柢，我喜歡上了一個成績排行全校前三十名的女孩，而那個聰明的女孩，又以故意問我功課為樂，弄得我每天熬夜念書，以第一時間回答女孩課業上的問題為目標，如此才能保住顏面。

那個教導我「努力用功其實是一件很酷的事」的女孩，名字經常出現在各大教科書裡，叫小華。我喜歡小華的年華往事，後來寫在《那些年，我們一起追的女孩》裡。而那個故事，跟我漸漸要開始說的故事，稍微有一瞇瞇的關係。

但我的努力用功，並沒有換來一條狗養。

還是我弟三三厲害。

三三剛剛進精誠中學初中部第一年，第一次段考就進了紅榜，初試啼聲便響徹雲霄，有好一陣子被誤認為是家裡最聰明的小孩。

這件事讓爸爸很開心，說話算話，決定帶我們到養了很多條狗的好友張伯伯家裡，「選」一條狗回家養。

「天啊，原來不是要去寵物店買？」哥知道的時候，顯得無精打采。

「爸要作弊，誰也沒辦法啦，不過既然可以養狗了，還是要去選啊！」我說。

「快點起來啦，去選狗了啊！」三三很得意，那可是他的狗啊！

當時哥正好睡午覺睡到一半，他知道張伯伯家裡並沒有很炫的大型名犬，更沒有他一心想要養的秋田或柴犬時，整個人顯得很絕望。

「我不想去，我要睡覺。」哥繼續蜷縮他的身體。

「養狗都講那麼久了，你現在要睡覺？」我說，其實我沒什麼主見。

「反正不管你們怎麼選，不要給我選神經兮兮的博美狗就對了。」哥睏倦。

「回來再睡覺啦！」三三扯著棉被。

「不要選博美就對了，其他都可以接受。」哥意興闌珊，翻過身去。

就這樣，我跟三三到了張伯伯家裡，由「贏得獎品」的三三親自挑選。

說是挑選，其實也沒什麼好挑的，因為張伯伯家裡有的是狗，但都是長年與張伯伯相處習慣的老狗。只有兩隻狗是剛剛出生不久，對這個世界還懵懵懂懂的階段。

牠們是一對看起來很傻的兄妹。

我們挑了哥哥，因為我們不想將來要承受小母狗懷孕的事實。

回到家裡，爸爸將家裡的新成員放在一個紙箱裡。在還沒買狗籠之前，那原本拿來裝感冒藥水的紙箱就是牠的棲身之處。

我跟三三跑到哥的床上，隆重地向睡眼惺忪的哥宣佈這個大消息。

「……結果你們挑了什麼？」哥半張臉還埋在枕頭裡。

「博美。」三三哈哈大笑。

哥一愣，整個人都醒了。

「幹！」

我們家的新成員，有個很不知所以然的名字，叫「Matthew」，寫成中文的話就是「馬修」，好像這條博美狗會講英語似的。

Matthew來到我家的時候，只有四個多月大。離開有很多隻狗的張伯伯家，換了一個全然陌生的環境，Matthew的眼神始終懷有過度謹慎的恐懼。

牠不與我們任何人的眼神接觸，如果我們沒有盯住牠，牠就將不安發洩在臨時買來的、五十

元一條的藍色布繩上，牠拚命的咬、扯、撕。

才一天不到，那條繩子就被扯離Matthew的脖子。

「對不起啦，我們不會虐待你的，你放心在這裡長大吧！」我蹲在牠前面。

「……」Matthew低頭。

為了讓這個新成員更融入我們家……不，為了滿足我們取名字的慾望，我們一致決定要捨棄Matthew這個跟我們一點也沒有關係的名字。

「不然叫賴炳輝好了？」我開玩笑：「嘿，賴炳輝，把手舉起來！」

賴炳輝是我國中導師的名字，那時他剛剛沒收了一本我跟同學借的《鹿鼎記》第五集，害我很難跟同學交代。靠。

如果家裡有一條狗跟我的導師同名，以後我處罰牠的時候就好玩了。

「最好是你可以一直叫牠賴炳輝啦！白痴。」哥駁斥。

「Jordan不錯。」三三說。

「是蠻炫的。」我附和。

「Dragon呢？」哥一直很喜歡Dragon這個單字。

「也不錯。不過一直取英文好嗎？我們要不要取中文？」我思考。

「叫Nike好了，一下子就上口。」哥根本不管我。

「Nike還蠻好叫的，我投Nike一票。」三三說。

兩個音節的英文單字拿來當名字很響亮，我差點也要投Nike一票。

此時爸也加入。

「Nike不錯，不過會不會太大眾了？」爸的想法也有道理。

「不然呢？要叫Adidas嗎？」我的思考開始朝運動品牌前進。

「Adidas很難唸，Mizuno也很難唸，Asics更是拗口得不得了。」哥說。

完全正確，那些名字唸久了舌頭的肌肉會因過度使用而肥大。

「那，Puma呢？」爸說。

我點點頭，Puma也是兩個音節的單字，符合響亮的原則。

「在英文裡，Puma還有美洲豹的意思，但Nike就沒特殊意義了。」爸補充。

差不多沒有異議，Matthew就這樣被我們改成了Puma。

而Puma，一副無所謂、愛理不理的模樣，拚命咬著新買來的第二條繩子。

「Puma！翻成中文就是普馬，柯普馬就是你喔！」我看著紙箱裡的Puma。

「從現在起我們要一直喊牠Puma，這樣牠才會知道是在叫牠。」爸說。

「Puma！」

「Puma！」

「Puma！」

歡迎你，黃茸茸的小Puma。

第三章　第四個弟弟

我們都把Puma當作弟弟，也就是老四，
但嘴巴上這麼說，Puma晚上害怕一條狗睡覺、
在那邊哎哎叫嗚嗚叫的時候，卻沒有人鳥牠。
這肯定不是一個對待弟弟的正確態度。

我永遠忘不了第一次餵Puma時的情況。

張伯伯說，避免Puma日後挑食，最好不要給牠吃人吃的東西……即使是殘羹剩飯也不要。唯一可以讓Puma吃的食物，就是一小顆一小顆的狗飼料，狗飼料裡摻雜了很多肉類跟蔬菜，雖然千篇一律，但營養比較均衡。

距離我上次將螞蟻放在手上餵狗，已經有快八年的時間。

……在這八年裡，我每天都在怕狗。

Puma來的第一天晚上，我跟三三拿著飼料桶，用湯匙數好二十粒飼料……這個數字來自張伯伯的建議。

我不敢用手餵Puma東西吃，怕牠趁機在我的手上咬一口。

但直接把飼料丟在地上，讓Puma自己走過去吃，好像很沒養狗的情調？

我小心翼翼將Puma「倒出」紙箱，跟牠維持一定的距離。

「三三，你把飼料放在手心，讓牠直接在上面吃吧。」我裝作若無其事。

三三依言，將飼料放在掌心，幾乎就要聽我的話照做。

Puma精神抖擻站起，嗅到了飼料的氣味。

「等一下，那你自己為什麼不餵？」三三有點遲疑。

「笨，我當然是怕被咬啊！」我直言不諱。

「那我為什麼要！」三三有點惱。

這時爸走了過來，有點不屑地蹲下，說：「唉呀，真的讓你們養狗了，你們反而這麼怕狗。」

爸將飼料放在手心上，讓Puma走過來舔了吃掉。

我試探性地問：「完全不可能被咬嗎？」

爸將飼料放在我跟三三的手上，說：「你又沒對牠怎樣，牠幹嘛咬你？」

Puma走過來，將我們手上的飼料咬走，溼溼的鼻子、有點砂砂粗糙觸感的舌頭，跟有點尖尖的牙齒接觸到我的掌心，那種感覺真的很奇妙。

看著Puma專心吃著飼料的表情，我想，我的眼睛一定瞪得很大。

這種生命的對話在很多年以前也曾體驗過，現在卻才真正又想起。

爸走後，我跟三三搶著將飼料放在我們的手上，享受餵養一個生命的感覺。

這時，我們才開始有養狗的，一點點感覺。

第二天早上，我們三兄弟準備要出門上學時，發現一件可怕的事。

暫時安頓Puma的紙箱裡，出現了幾條大便……這似乎不算什麼。

但！Puma正在吃其中一條大便！

「靠，牠幹嘛吃自己的大便？」我很慌張，但不曉得該怎麼辦。

「叫牠Puma啦。」三三沒忘記這件事。

「什麼鬼，現在應該先把大便拿出來比較重要吧！」哥說，跑去拿衛生紙。

「等一下，如果我們伸手下去用衛生紙把大便包上來，Puma會不會趁機咬我們？」我始終很介意被咬。

「白痴，Puma幹嘛咬幫牠清大便的人？」哥哥裝作若無其事，將衛生紙交給三三，說：「你清，這是你的獎品。」

「為什麼？這是我們一起養的耶！」三三又著惱了。

「猜拳。」哥說。

「猜什麼！快點清啦！牠還是一直在吃耶！髒死啦！」我快崩潰了。

聽著我們三兄弟瞎討論誰要冒險伸手進紙箱清理大便，Puma抬起頭，鼻子跟嘴巴上都沾了碎碎的大便屑，用一種很無辜又有點得意的表情看著我們。

那表情彷彿在說：「誰教你們不早起餵我吃東西，我只好吃自己的大便給你們看！讓你們的朋友都笑你們，你們養了一隻沒家教的狗。嘻嘻嘻嘻……」

說來好笑，明明就是一條輕輕踢一腳就會飛出去的小小狗，我們卻都很怕被咬。人類的弱點真是不能輕慢啊。

忘了到底是誰伸手下去撈大便的，Puma總算沒有大便可吃。

「哎，Puma你這是幹嘛啊？」我拿了飼料桶，胡亂鏟了一大湯匙的狗餅乾倒在紙箱裡，感傷說：「這麼餓？一分鐘也不能忍耐嗎？」

Puma很高興地大吃起來，牙齒咬碎狗餅乾的聲音聽來很有朝氣。

「今天應該去買個籠子了，Puma一直住在紙箱裡都看不到外面，當然會覺得很害怕，大概是覺得自己可能不會再有東西吃了，所以只好吃自己的大便。」哥分析。

「籠子要買多大？要放在哪裡啊？」三三蹲擠過來，欣賞Puma吃東西的模樣。

聽到拖鞋趴搭趴搭的聲音，媽媽下樓了。

問明了我們聚集在紙箱旁大發議論的原因，媽沒好氣地說：「大便吃了就吃了，又不能吐出來，快遲到了你們還不去上學！」

此時，Puma開始在紙箱裡尿尿。

正在排泄的Puma一臉正氣凜然，尿水噴射在紙箱上的聲音很有幹勁。

「哇！牠真的很恐怖啊！」我大叫：「牠幹嘛不等出紙箱以後再尿！」

「叫牠Puma啦。」三三糾正。

「以後只要稍微訓練一下，Puma就懂得要出門才可以小便了。」哥很鎮定。鎮定到什麼都沒有做，只是跟我們一起蹲擠在紙箱旁，看著Puma好整以暇地拉完尿。

「你又知道了？」我不相信。

「每隻狗都是這樣。」哥很理智。

「那要怎麼訓練？」三三毫無頭緒。

媽抓狂：「快去上課！我來處理就好了！」

哥說錯了。

後來，Puma始終沒有認真學會在家裡尿尿跟在外面尿尿的差別。

我們都覺得，在哪裡尿尿，在哪裡大便，一切都看Puma的心情而定。

Puma被一群從沒養過狗的家庭養到，有牠缺乏教養上的毛病，也有放任牠恣意妄為的福氣—

——我們即使無奈，也只有接受的份。

懂得出家門解放的狗狗，對養牠的人來說很輕鬆。

隨自己高興在任何地方撇條的狗狗，則擁有超猛的自由。

以前我家一樓的格局是這樣的：店面是僅約五坪大小的藥局，用一個藥櫃當牆屏隔，後方是十五坪大的客廳兼飯廳，圓形飯桌擺在一台老舊電視機前面，地上常堆著裝滿藥品的紙箱。

籠子買來後，就放在客廳的角落。籠子是藍色的，Puma對此沒有意見。

為了讓Puma打發時間，媽找了綠色的毛巾讓牠咬著玩。

過了一天，Puma的玩具就變成一條綠色的破爛毛巾。

佛洛依德把人格發展的順序分為五大時期，其中前三個時期以身體的部位命名，他認為最早出現的是口腔期（大約在一歲以下）。這個階段是原始慾望的滿足，以口腔部位的吸吮、咀嚼、吞嚥等活動獲得滿足——如果當你還是嬰兒時，以上提及的口部慾望無法獲得解決，日後可能會留下性格缺陷的後遺症，這些後遺症聽起來很可怕，諸如貪吃、酗酒、吸菸、咬指甲等。

毫無疑問，Puma正處在牠的狗狗人生裡第一道性格發展關卡。

如果不讓Puma放肆地狂咬牠想咬的東西，牠以後一定會變成一隻容易沮喪、悲觀、過度依賴的狗……那可不行！

在我國三的時候，對佛洛依德的認識僅止於「這個研究夢遺的老頭，總是把人的性格歸咎到尿尿的地方」，更不知道有什麼「口腔期」這麼色的理論名詞。

不過對於Puma很愛亂咬東西這件事，我不但沒有阻止，反而一直拿東西給牠咬，以看牠拚命想把東西破壞掉的模樣為樂。

衛生紙盒、襪子、小皮球、褲管、小玩偶等等。

一條又一條被咬成稀爛的繩子，真的是不能小覷。

到後來，我甚至捲起袖子，讓Puma咬我的手。我完全忘了一開始我有多怕。

是的，不需用到「日積月累」這個成語，這個小傢伙報到不滿一個禮拜，我就領悟了「養一條狗，怎麼可能不被狗咬」的道理。

不過，我打從心底喜歡這個黃色的小東西，盡可能讓牠用各式各樣的方法認識我……所謂的各式各樣，當然包括讓Puma狠狠咬我。

別看博美狗小小隻的，Puma一用力咬人，絕對會留下破皮的紅齒印，如果在沒有防備的情況下被咬到，絕對比觸電還要讓人不爽。

「喂，不要讓牠隨便咬人啦，你被咬就算了，不要養成牠隨便咬人的壞習慣。」哥看著Puma咬著我的手掌，忍不住出言阻止：「如果牠一不小心把跟牠玩的人咬傷了，怎麼辦？」

「叫牠Puma啦！」三三皺眉。

「Puma在咬人的時候特別有精神哩。」我讚道，摸摸Puma暴躁的身體。

哥拿起被Puma咬爛的那條綠毛巾，晃著：「來！Puma！不要跟二哥玩那種沒水準的，來，我們來玩這個！過來！過來！」

看著苦苦咬爛的毛巾被哥拿在手上，Puma放開我的手，低吼一聲便衝。

「對！」哥像鬥牛一樣，東晃西晃動爛毛巾，誘導Puma跳來跳去。

「換我！」三三接過爛毛巾，Puma再度追逐竄上。

「Puma，回來咬我！」我命令。

但Puma還是著魔似追逐那條沾滿口水與黃毛的爛毛巾，精力無限。

幾個起落後，三三故意讓邊跑邊叫的Puma逮到，Puma死命抱住三三垂直拉住的爛毛巾，小小的屁股啪啪啪啪往前狂抖。

「……」哥傻眼。

「牠的動作好像怪怪的。」我摸著下巴。

「叫牠Puma啦。」三三還是很在意這點。

像袋鼠一樣雙腿站立，Puma的屁股一直抖一直抖，那專注而狂野的眼神，散發出一隻公狗獨有的興奮光彩。

「酷耶。」我張大嘴巴。

以前聽過一個說法：狗的實際年齡換算起來，大約是人的年齡乘以七。也就是說，如果狗一歲，等於是人類年齡的七歲；狗三歲，等於是人類年齡的二十一歲；如果狗十歲，就是人類的老年七十歲。如果狗二十歲，就是人類裡的頂級老妖怪。

現在正抱著毛巾拚命抽插的Puma，出生僅僅半年多，換算起來不過是人類的三歲半……人類的北鼻在三歲半的時候，會抱著毛巾做出這種高難度的動作嗎？

「狗真的很不可思議耶。」我喃喃：「還是，我們碰巧養到一隻超強的狗？」

「你們看！Puma露出小雞雞了！」哥像發現新大陸，大叫。

「真的耶！」三三低頭一看：「怎麼是紅色的？」

鮮紅色的，前面粗，後面細。

我們研究起不斷衝刺中的Puma鮮紅色的小雞雞，品頭論足，但Puma不愧是一隻膽色十足的好狗，不管我們怎麼近距離圍觀，Puma都是一副聚精會神的模樣，絕對不放開到手的爛毛巾。

衝！

衝！

衝！

「我叫媽媽過來看。」我霍然站起。

「不好吧？」哥不以為然。

「為什麼？」我不解。

「媽媽會罵。」三三也反對。

「為什麼？Puma只是做一條狗會做的事啊？」我更不解了。

「有點尷尬。」哥做了最後阻止。

大概是手痠，大概是不想一直拿著這種狀態的毛巾，三三終於放下。

Puma的姿勢一下子沒有支撐，反而愣在原地不知如何是好。

侷促地挺著紅通通的小雞雞，Puma看看哥，看看我，看看三三。

「沒有了。」三三宣佈。

「沒有了。」我劃了叉。

「沒有了。」哥搖搖頭。

下一秒鐘，Puma洩恨似用牙齒與爪子屠宰那條慘遭強暴的毛巾，將毛巾扯得更接近抹布的程度。而牠的紅色小雞雞，也一下子就縮得不見蹤影。

畢竟還是隻小狗嘛！

從狗的個性可以看出主人的端倪。

Puma不拘小節，常常在家裡就自己尿了起來，我們跟牠講道理牠也不甩。所以帶Puma出門，就真的只是出去散散心的意思多些，如果碰上Puma正好惠賜大便，那就是賺到。

一開始牽Puma去外面蹓躂的時候，都是用衝的。

一人一狗在巷子裡奮力往前衝，速度真不是蓋的快。Puma衝到連耳朵都往後貼著小腦袋，像一枚毛茸茸的小砲彈。原來我一直都小看了小型狗的運動力。

Puma的小腦袋很精，一下子就摸清楚我們帶牠出門繞附近一圈的路線。

如果我懶惰想提早回家，牠會整隻狗趴在地上耍賴，一動也不動。或是在繞了一大圈即將返回家門的時候，牠察覺了，也會黏在地上，用一種堅定的眼神跟我對抗，怎麼拉都拉不動。

常常我得多走一圈，或是只好將牠整隻狗抱起：「喂，Puma，二哥哥等一下還要念書啦，今天就走到這裡了喔！」

Puma長得很英俊，怎麼看都是狗界的小帥哥，牽著牠在附近晃來晃去的時候真的很秋，看著牠在每一個經過的輪胎都抬起腳尿尿、就算是尿個一、兩滴也爽的執著，就覺得有點驕傲。

很多還穿著制服的女孩子，都會因為Puma長得很英俊停下腳步。

「請問牠幾歲了？」女孩最常問的、無關緊要的問題。

「差不多一歲吧。」

「好可愛喔！」

「是英俊。」

差不多就是這種短暫的對話。

幸運一點的話，不，女孩若是更可愛一點的話，則會有長一點的邂逅。

「好可愛喔，牠是哪一種狗啊？」

「博美啊。」

「好可愛喔，牠幾歲了啊？」

「差不多一歲。」

「看起來好像不會咬人喔？」

「嗯，妳要抱抱看嗎？」我說。Puma倒是真的不好意思咬陌生人，專咬家人。

「真的可以嗎？」女孩有點驚喜。

「可以啊，牠最喜歡給女生抱了，喏！」我大方將早就準備好了的Puma奉上。

看著女孩喜孜孜抱著一臉茫然的Puma，其實呢，我自己也可以借妳抱一下啦。

話說Puma長得那麼有女子緣，我自然也想藉著牠的可愛魅力，為自己在喜歡的女孩子心中加一點分。

還記得嗎？在小說《那些年，我們一起追的女孩》裡，我寫過曾喜歡一個叫小華的同班女孩。

很長一段時間放學後，每天我都跟小華一起走路回家。

「跟妳說，我家養了一條狗，長得無敵英俊的！」我比手畫腳。

「是喔？那牠是什麼狗啊？」小華小心翼翼踩著腳步。

「……是博美，不過我發誓，牠長得跟其他博美都不一樣，牠真的很帥！」

「狗也有帥的嗎？」小華有點想笑。

「真的，我本來也是不想養博美的，但牠不一樣，一看就知道——就算牠是一隻博美也沒有關係。光是看牠眼睛就知道，牠很有前途。」

「那你們幫牠取什麼名字啊？」

「叫Puma，P、U、M、A。」我強調：「就是鞋子那個牌子。」

小華突然笑了出來。

一直笑，一直笑，不知道在笑三小。

我只是呆呆地跟著笑。畢竟一起笑好像也蠻好的。

許久，小華笑累了，我們走上中華陸橋。

「養狗會很麻煩嗎？」她靠著我的肩。

「妳也想養嗎？」我也輕輕將肩膀靠了過去。

「沒有，根本就沒有想過啊。」她的手掌背有意無意地，輕碰我的手掌背。

我整個人眼前發黑，思考停滯。

當時我還不明白，男孩跟女孩之間最微妙的事情，都發生在令人喘不過氣的沉默裡。

語言很美，日劇裡的經典對白更添浪漫，但語言也常常將緊繃到極限、非得「發生一些事情」才能恢復平衡的氣氛打壞。為此我每天都在尋找新話題，免得跟小華之間陷入最要不得的沉默。

於是我開始大聊Puma。

「對了，妳有看過狗的小雞雞嗎？」我衝口而出。

「……」她的手凝結了一下。

「沒有吧？我以前也沒有注意過狗的那裡，自從Puma來了以後我才知道狗的小雞雞跟我們很像，可是又很不一樣。」我滔滔不絕，越說越進入狀況：「把Puma翻過來，牠的肚子靠近屁股的地方有一個黑黑的東西，硬硬的，可是也不是很硬，有點奇怪。」

「……」

「前幾天我媽帶Puma出去大便，回來幫牠清理屁股的時候就發現那個黑黑的東西，當時我媽就

想，天啊，怎麼會有一坨大便黏在那裡，用指甲摳也摳不下來，還害Puma一直掙扎。」

「……」

「所以我媽就拿了一把剪刀，要把那個黑色又乾乾的大便給剪掉，就像平常幫Puma整理肛門附近那樣，結果呢？好險沒有剪，因為那是Puma的陰囊！哈哈哈哈哈超好笑的！」

「……」

「笑點就是，我媽差一點閹了Puma耶！搞不好Puma還會失血過多死掉耶！」

小華總是少一根筋，不知道怎麼答腔。但沒關係，我很喜歡她。

「對了，我小時候住外公家，遇到一隻會吃螞蟻的狗，真的！」

然後我生動至極地將童年未解的謎題，興奮地說給小華聽。

「對了，我現在養的狗，Puma，牠竟然很喜歡吃我的鼻涕耶！」

然後我樂不可支，說Puma真的很古怪，牠會一直將舌頭伸進我的鼻孔裡，拚命捲啊挖啊的，好像在找東西。後來才知道Puma不是要找東西（會有什麼東西藏在鼻孔裡啊？！），而是在吃我的鼻涕。

我實驗過很多次，Puma真的只會抱著我的臉猛親我的鼻孔，而不會抱著別人做一樣的事。大哥跟三三將鼻涕擤在手上，Puma超不屑的，更別提吃。

牠啊，就只認定我這牌的鼻涕。

呵呵，從小到大我都因為支氣管不好導致鼻水逆流，可說是鼻涕吃到飽，現在有Puma幫我吃，也是不錯啦。

「對了，還有還有……」我看著前方，小華看著遠方。

對了，對了對了對了。

還有，還有還有還有。

我就是這樣喜歡小華的。

「對了，妳想看Puma嗎？」我猛然想起。

「可是我趕著回家，等一下還要出門補習耶。」她猶豫。

「很快的！真的很快！」

於是我拔腿快跑回家，將正在家裡醞釀大便的Puma一手撈起，快跑。

「田田！」媽不懂。

「一下子就回來了！」我大叫。

我抱著Puma衝到剛剛跟小華分開的那個街口，卻沒有看見她。

有點無奈，有點可惜。我將Puma放下。

「Puma，沒關係的，下次你就會看見小華。」我氣喘吁吁蹲下。

「……」Puma抬起腳。

「她可是，二哥哥非常喜歡的女生喔，以後啊……」我看著轉角。

Puma一派從容地尿在輪胎上。

「說不定，你會投胎變成我跟小華的兒子喔！」

如果每一個人的初戀都可以開花結果，我敢用身上任何一個器官打賭，這個世界上的愛情工業會整個垮掉。

小華留給我一張紙條，下次再跟我說話的時候，已經是四年後的秋天。

失戀了，但我沒有太多時間可以在不確切知道為什麼失戀的情緒中沉澱，因為我必須幹掉高中聯考，不然就會讓高中聯考幹掉我。

面對高中聯考這隻據說已經消失但只是變得更恐怖的大怪獸，很多人都瘋了，或是裝瘋免得真的瘋掉。我的基礎很差，沒有時間裝瘋，只好真的努力用功了好一陣子，免得對不起自己。

我熬夜不睡覺念書，連帶的讓Puma也不想睡覺。

Puma很神經質，牠一條狗孤孤單單睡在一樓樓梯轉角的籠子裡，我們三兄弟則睡在二樓，Puma要是先睡著了也就罷了，但若是還沒睡或睡不安穩，半夜聽到我們兄弟聊天或走動的聲音，牠就會驚醒，對著樓梯上方猛叫！

我們都把Puma當作弟弟，也就是老四，但嘴巴上這麼說，Puma晚上害怕一條狗睡覺、在那邊哎哎叫嗚嗚叫的時候，卻沒有人鳥牠。這肯定不是一個對待弟弟的正確態度。

我嘗試過不理會，但Puma的叫聲真的沒完沒了，用吠的不管用，牠就用哎的。

每個養過狗的人肯定都聽過那種求饒、懺悔、祈求的嗚咽聲。聽得到狗狗求救聲的人，大概都無法假裝自己沒有能力結束那個求救聲，於是叫的狗煎熬，聽的人也很煎熬。

我只好下樓談判。

「Puma，二哥哥跟你說真的，你這樣不行，會吵到奶奶睡覺。」我坐在樓梯間，嚴肅地看著在樓梯下坐著、用力吐舌頭傻笑的Puma。

起先我還會想，說不定Puma是因為肚子餓才叫的。畢竟我們沒養過狗，還真的不知道這種大小的狗一餐的份量多少比較恰當，都嘛「靠感覺」。

肚子餓，情有可原。

「好吧，二哥哥分你一點東西吃，吃完了就乖乖睡，嗯？」我撕了一片麵包，再將麵包撕碎，放在掌心餵Puma，牠狼吞虎嚥就解決了。

Puma吃東西的時候倒是很乖……靠，至今我還沒遇過有東西吃會不乖的狗。

如果手邊沒有東西可以分Puma吃，沒關係，我會坐在階梯上抱起Puma，讓牠直接將舌頭伸進我的鼻孔裡，恣意地吃我的鼻涕直到我呼吸暢通為止。

吃完了，Puma跟我都會很滿意剛剛的熱吻。

「嗯，那就這樣了，你一條狗睡覺要勇敢，大哥、二哥、三哥都睡在樓上，會保護你，你不要怕，睡就對了。」我按摩牠金光閃閃的小身體，牠有點高興。

我轉身上樓，才剛剛鑽進床，就聽見Puma又開始哭叫。

叫得我完全沒有辦法睡覺。

不是睡不著，而是無法忽視Puma的求救聲。

「大哥，怎麼辦？」我很苦惱。

「不要理牠，讓牠習慣。」大哥半睡半醒丟出這句話。

「三三，換你下去安撫一下Puma！」我直接用命令的。

「……」三三睡得很熟。

靠，哪有這樣的，於是我走過去搖了搖他：「快起來，Puma在叫！」

「哎喲！幹嘛啦！」三三暴怒，瞬間坐起來。

然後又像失去記憶般倒下去，昏厥到另一個世界。

沒辦法了，大家都沒人性，Puma那可憐的小東西只能靠我了。

我氣急敗壞踩著拖鞋衝下樓，將努力擠出可憐表情的Puma抱進房間，將繩子綁在門把上。如此如此，害怕一條狗睡覺的Puma終於蜷起身子，安心閉上眼睛。

以上的畫面請自行重播無限次，那可是我每天晚上必經的困擾。

如果我不想聽到Puma夜哭，只有躡手躡腳在二樓活動，副作用是久了會以為自己是忍者或小偷。或是乾脆提早睡覺，耳不聽為淨，讓更晚睡的人去擔待。

由於Puma在晚上叫來叫去的跡象完全沒有減少，哥哥忍不住懷疑起……

「田田，你覺得有沒有可能，Puma是看到不該看的東西？」哥哥眉頭深鎖。

「真的嗎？」我有點不想接受這個答案。

看到鬼，比情有可原要更情有可原。

雖然我在怕鬼這個人生項目上拿了很高分，但我可不需要看見鬼。Puma不只看得見，還要一條狗孤零零被鬼盯著睡覺，我光想就好想哭。

於是Puma下次再叫的時候，就輪到我上場了。

我下樓，對著沒有開燈、黑漆漆的空間演講：「不好意思，請你不要鬧Puma了，牠只是一條小狗。可以請你走開嗎？」語氣誠懇、真摯。

「……」黑暗。

「如果你沒有地方去，一定要待在這裡的話，可以請你坐在狗狗看不到的地方，好嗎？我不想唸咒趕你，但你也要有一點禮貌。」我動之以理。

「……」黑暗。

要知道，一個人對著空曠的黑暗說話，那個畫面其實是很令人毛骨悚然的。

講著講著，我很快就不行了。於是我將Puma抱回房間，將牠綁在門把上睡覺。

「乖乖，不怕了喔！」我摟摟牠。

以上的畫面也請自動重播無限次。

只是不知道從什麼時候開始，我也不綁牠了，就讓幹什麼都好就是不想睡覺的Puma自由自在在二樓逛街，逛累了，就自動自發跳上我的床——Puma優異的跳躍力，讓我對小型犬的評價又翻了一翻。

跟Puma睡覺很妙，牠會在床上走來走去，大搖大擺的，有時還會直接踩過我的臉，當作報答我放牠上樓。

最後牠會貼著我的背試著小睡一下，一直貼到我忍不住動了動，Puma才會抖抖身體，起來，

走到我雙腳的彎曲處，像拼圖一樣躺下來，用他的小身體跟我的腳組合好。

在天亮之前，Puma就一直持續睡覺、被我翻身弄醒、起身尋找下一個人狗組合處躺下、繼續睡覺、餓了就吃一下我的鼻涕……牠樂此不疲，就是沒想過要跳下床。牠顯然不知道，每一次牠在巡邏我的肉體的時候，我都被弄醒。

儘管如此，有一隻小東西這麼喜歡跟我睡覺，我受寵若驚。

直到牠有一天在棉被上走來走去、越走越快、越走越圓……抬起腳，冷靜地射出一股熱尿的時候，我才發出悲愴的叫聲。

很多人以為青春就是要用「很屌」這兩個字去揮霍，才有青春的感覺，不做一點很屌的事就會辜負自己，尤其期待從我的嘴巴裡聽到一些很酷、很衝、很甘霖老師的話。

但念書很重要。好好用功讀書，也是很珍貴的人生體驗。

如果你確確實實幹過，就知道連念書也可以搞得很熱血。

無精打采地念書，在哪裡都可以。但要全神貫注讀書，我一定會在四樓的佛堂、祖先牌位前搬張桌子，先點個香，再跪在地上跟菩薩說：「菩薩啊，弟子景騰在這裡向您請安，等一下景騰就要開始念書了，請賜給我最穩定的心，跟最好的記憶力，如果還能有一點運氣那就最好了……感謝菩薩。」再開始戰鬥。

在佛堂念書，理論再簡單不過，就是要念給神看，讓神知道我不是只會拜拜而已。我說要用功，是來真的，那麼神不保佑我，要保佑誰呢？

正好入土為安的祖先們透過牌位的角度，也會看到有這麼一個程度不好卻、還是很努力用功的子孫，想必也會非常欣慰。如果願意多給一點加持那就賺到。

我在四樓挑燈夜戰，還是可以聽見Puma在一樓的哎哎叫聲，可見多淒絕。聽久了，總是會捨不得，只好下樓將Puma抱上四樓。

我將牠放在腳邊，一邊念書，一邊用腳踩牠、按摩牠軟軟的肚子跟背。

「Puma啊，你覺得小華是不是對我欲擒故縱，所以才寫那樣的紙條給我？」

「……」

「如果你有機會見到小華，你要表現得可愛一點，對二哥哥會是加分喔！」

「……」

「Puma你的毛踏起來好舒服喔，以後你死掉了，二哥哥會把你的標本做成踏墊喔，你高興嗎？」

「……」

「要不然做成面紙盒好了，到時候抽衛牛紙擤鼻涕就可以順便摸摸你了。」

「……」

不需要寂寞也不需要看見鬼的Puma不是很乖，牠被我踩累了，就會躁動。

有時候牠會偷偷跑去陽台，拙劣地「幫」奶奶種的盆栽重新培土，我發現後，就得用手一把

一把將散倒在地上的泥土抓回盆栽，半夜幹這種事，真的很氣。

「你為什麼不大隻一點就好了，你那麼小，我要怎麼揍你啊！」我舉起Puma，對著牠大吼大叫，用頭去撞他的頭。

「嘿嘿嘿嘿嘿嘿嘿嘿……」Puma咧嘴傻笑，一臉無辜。

我看著Puma的鼻子沾滿了泥土，忍不住就笑了出來，雪特，Puma一定在我笑出來的瞬間識破我的裝腔作勢。

不管多晚，我都得拎著Puma到洗手台，一邊嘆氣一邊將牠的爪子清洗乾淨。要不再晚一點，Puma在我床上巡邏的時候，沾滿泥土的腳會踩爛我的臉。

Puma似乎吃定了我最容易心軟，所以每次都趁我在的時候多做一些讓我心煩意亂的事。光是在深夜亂吠這一點，就讓我念書一定得攜帶Puma上四樓，而我喜歡讓Puma自由自在逛大街享受一下沒有繩子的滋味，也讓Puma得寸進尺，不是掘土弄髒自己，就是在神桌底下給我尿尿，害我擦得要命。

於是我念書越念越晚，都在處理一些有的沒的。

高中聯考我靠「硬要努力」得到了不錯的成績，足足高出第一志願彰化高中四十幾分，但我一向無法接受男校，深信全班都是男生這種教育會阻礙我荷爾蒙的正常分泌，平常看一下《魁！男塾》就可以了，真的去念男校就……算了。

所以我就跟一群好朋友直升了精誠中學高中部，男女合校，我愛死了。

然而我上了高中，換了另一套制服，對Puma來說完全沒有差別。

Puma晚上不肯一條狗自己睡覺不只搞到我，還連累了其他家人。

首先，Puma懶得跳下床，竟然就在我床上尿尿的次數越來越多。

「媽，對不起……」我看著一大早就忙著把棉被拆下來洗的媽媽。

「如果你真的對不起，就不要再把Puma抱上床睡覺。」媽媽瞪了我一眼。

「……」Puma歪著頭，不明就裡地看著笑著。

「可是Puma晚上一直叫真的很可憐，我沒有辦法不管牠啊……」我有點委屈。

「讓牠習慣！」媽生氣了。

如果Puma可以習慣就好了。

再說……

「我也不是因為喜歡抱狗睡覺裝可愛才抱Puma上樓的啊！」我有點難過地辯解：「而且平常Puma都被繩子給綁住，活動空間有限，誰喜歡啊？到了晚上睡覺的時候我將牠解開來，讓牠自由一下，對Puma才好啊！牠走來走去，最後都跳上床跟我睡，我也沒有辦法，如果牠願意躺在地板睡，我也不會主動把牠抱上床啊。」一口氣就說了好多。

媽沒有回話，逕自處理被漬了一坨黃黃的棉被。

「算了啦媽，棉被不用洗了，我這樣也可以睡覺。」我嘆氣。

「什麼叫不用洗！」我媽更生氣了。

……大概是在氣自己怎麼生了一個這麼髒的兒子吧。

然後是爸爸。

Puma一大早醒來，責任感上身，就會跳下床看看大家醒了沒。

據說動物大小便是為了劃出地盤，所以在Puma巡邏這個家（也就是牠的守備範圍）的時候，也會辛苦地到處大便，表示自己不管平時再怎麼調皮搗蛋，也會盡一下保護大家地盤的責任。

靠，所以經常有這種對話。

「田田，你可不可以擦一下？這裡有大便！」大哥睡眼惺忪，就會命令人。

「晚上是我把Puma帶上樓安撫的，所以大便應該是先看到的人擦！」我將很多句話變成這兩句話，乍聽強詞奪理，實際上揉合了很多做人處事的道理。

「二哥，你可不可以不要帶Puma上來睡覺，你看！」三三惱怒地把拖鞋反轉，底下都是大便的屍體。

「……Puma是你的獎品。」對老三，我就更簡潔扼要了。

不過害到自己兄弟也沒什麼，兄弟嘛，這種事難免的。

不過弄到爸爸，事情就很棘手了。

還記得那一天早上刷牙洗臉時，我看到爸爸默不作聲在洗腳，表情嚴肅。

我有點疑惑，想問，卻被也在刷牙的媽媽用凌厲的眼神阻止。

後來我才知道，辛苦值勤的Puma在爸爸的鞋子裡面噴射，害爸爸一大早下樓穿鞋子的時候，就踩死了一條大便……還是軟的。

「你絕對絕對，不准再把Puma抱上樓了！」媽媽看著我，重重地說。

總之我跟Puma一起睡覺，家人是越看越不順眼。

Puma才剛成為我們家的一份子不到一年，很多相處規矩一開始就確立，讓牠知道什麼事做了大家會說牠乖，什麼事做了會變成當天的晚餐。

我了解寵Puma的後果，但我始終沒辦法丟下這個小弟弟。

有很長一陣子，踩到大便的爸爸都自願最後一個上樓睡覺，而聰明但老裝傻的Puma「懂得」怕爸爸，所以一點也不敢亂叫，等不到我，沒事幹的牠久而久之也就啟動自動睡著模式。

爸上樓後，就警告我們三兄弟不准發出任何聲音驚動Puma，乖乖地念書就好。不過，Puma可是精得要命……

我們四兄弟，常常在房間裡玩丟乒乓球的遊戲。

大哥將乒乓球隨便丟在地上，Puma瘋狂衝過去攻擊它。

我將沾滿口水的乒乓球丟在地上，Puma瘋狂衝過去攻擊它。

三三將印滿腳印的乒乓球丟在地上，Puma瘋狂衝過去攻擊它。

大概就是這種玩法。

「不知道牠會不會玩膩啊？」三三丟。答答答答答……

「遲早會的吧。」大哥丟。答答答答答……

「那就不要玩太久，讓牠保持想攻擊乒乓球的慾望。」我將球扔進我的衣服裡。Puma發瘋撲了過來，拚命想扯開衣服下襬、鑽進裡面。

老實說，我一直覺得當狗很無聊。

不是大小便、吃東西，就是睡覺，要不然就是要偶爾假裝遵從人類的命令。大多數清醒的時間，狗狗都沒有辦法從事關於「計畫未來」的思想活動，一直發呆，也不是辦法。

流浪狗為了生存，雖然面對各式各樣危機，卻也因此將每一天充實地過下去。

我有點憂心Puma住在我們家，沒事幹，成為一條覺得自己過得很慘的狗。

另一方面，我都用充滿鼓勵的語氣讓Puma去做牠應該做的、平凡無奇的事。

例如：「Puma，你有沒有忠心耿耿啊？坐下！」

例如：「Puma，聽說你今天大了兩次便，真厲害耶！好棒喔……坐下！」

例如：「Puma，你怎麼這麼毛啊！好厲害喔！坐下！」

話說Puma真的很秋，怎麼教牠簡單的指令，牠從頭到尾只聽得懂「坐下」這兩個字，而且就算聽得懂，Puma也不見得照辦。

說真的，牠幹嘛要照辦？聽得懂就一定要做到的話，那街上就沒搶匪了，大家考試也都一百分了，那些機機歪歪的政客也會全部安靜下來。

永遠記得，有一次我蹲在地上餵Puma吃肉，猛誇獎：「Puma你最厲害了！」

當時媽媽正好端菜下樓。

「什麼最厲害？牠就只會吃肉而已！」剛剛辛苦煮飯的媽媽沒好氣地說。

一瞬間，我們先是愣了一下，然後全都笑得前俯後仰。

「哎喲，就真的啊，牠就只會吃肉而已，有什麼好笑?」媽媽後來也邊說邊笑了出來。

我一直想發明更多的遊戲，不然Puma很無聊。無聊就會變成一隻叛逆的狗。

有一次我們三兄弟看著在地上與爛抹布格鬥的四弟，我突發奇想說：「Puma，二哥哥有一個新遊戲要跟你玩，叫跳跳樂。來。」

說著，就把Puma抱在矮矮的板凳上，停格一秒，立刻將Puma抱下去。

如此一直重複，抱下去，抱上來，抱下去，抱上來……大哥跟三三都嘻皮笑臉看著Puma上上下下，而Puma卻面無表情。

「好厲害喔Puma！你怎麼一直跳來跳去啊！」我自己配音：「因為我就是一條厲害的狗啊，吼嗚～吼嗚～」

幾百下後，我累了，終於將Puma安安穩穩放在地上。

那一眨眼，Puma吐了。

「幹你為什麼要這樣玩Puma，牠暈了啦！」大哥趕緊拍拍Puma的背。

「真的很沒有節制耶！」三三瞪了我一眼，好像我剛剛把Puma丟下樓。

「對不起！Puma對不起！」我自己最心疼。

於是這個叫跳跳樂的爛遊戲就只玩這麼一次。

跟狗玩太複雜的遊戲牠會不懂，所以後來都玩得很簡單。

我常常低著身體、用怪物的吼聲接近Puma，讓牠有點不同於平時的緊張。

「吼！吼！」我張牙舞爪，眼神兇狠。

「……」Puma歪著頭，然後也應付似齜牙咧嘴了一下。

我突然衝了出去，牠也大步衝了過來，一人一狗在地上快速扭抱起來。

或是玩附身的遊戲，假裝我被鬼上身。

「嘿嘿嘿嘿嘿嘿……我已經不是二哥哥了，嘿嘿嘿嘿嘿嘿嘿……」我陰惻惻地笑，只差沒把手電筒放在下巴朝臉照。

「……」Puma呆呆地看著我，完全無法進入狀況。

我只好加碼演出，將頭髮抓亂：「嘿嘿嘿嘿嘿嘿嘿，柯普馬，你喜歡的二哥哥已經被我控制了，嘿嘿嘿嘿嘿……想要救他的話……」

Puma突然弄懂了，一口氣跳上我的床，然後趴在我的臉上狂吃我的鼻涕。

「唉！不是這樣啦！二哥哥被附身了耶！哎喲！」我抱著很激動的Puma，牠的舌頭拚命性騷擾我的鼻孔。

不過Puma跟我還有另一種色色的玩法。

這個玩法對很多養狗的人來說也不稀奇，不過我做得相當徹底。

我念書的時候，會將褲管捲起來，讓精力旺盛的Puma抱著我的小腿抽插。

「這一題真的會考出來嗎？有必要這麼賤嗎？」

佛堂前，燈光下，我一邊演算著不該被人類發明出來的數學，一邊任我的小腿被Puma抱著凌辱。

有時候Puma搞得特激動時還會兩腿騰空，只用兩隻前腳死命抱住我的腳肚子，每次Puma都一副專注又深情的模樣，我覺得，好怪，又好感動。

然後書桌底下、我的小腿上都是熱騰騰的狗精液。

如果人可以大致用「酷」跟「不酷」作二分區別，我應該是站在「酷」的那邊，然而Puma在幹我的腳的時候，我還是避免讓媽媽看到，畢竟……反正就是不大對勁。

有一次媽媽遠遠看到了，有點傻眼：「你跟Puma在玩什麼？」

「喔，啊牠就這樣啊……」我裝作若無其事。

「以後不要玩這種的。」媽媽順手從桌上的面紙盒抽出幾張，蹲下來就擦。

「媽！這個等一下我來擦就好啦！」我大驚失色。

「Puma，你怎麼這樣……」媽一邊擦，一邊看著離開我的腳、卻兀自小雞雞腫大的Puma。還在射的Puma一臉剛毅卓絕，非常有型。

大哥一直覺得我的腳很變態，是世界上最不正常的一種亂倫行為。

「Puma把你的腳當作是母狗。」他老是重複這句話。

「那你去幫Puma找女朋友啊！」我總是丟這句話回去。

既不幫Puma找女朋友狗，又不讓Puma發洩，那不如閹掉牠算了。

但，你會闔掉自己的弟弟嗎？

不會啊！！！

第四章　那些年，二哥哥眼中的蘋果

我有個夢想，就是讓佳儀抱抱Puma，
然後將那個畫面刻在我的眼睛底。

討厭上學似乎是所有人的共識，更是每一個「很酷的人」回憶往事的必定。

但我高中時真喜歡上學，寒假跟暑假對我來說完全就是浪費生命。因為我只有到學校，才能看見我喜歡的女孩。一看到她，我精神百倍，裝模作樣。沒看到她，我會拚命想她，為看到她處心積慮。

那女孩叫佳儀，在那些可稱青春的熱血日子裡，我們幾個好朋友前仆後繼一起追了她八年。那是一個很澎湃的故事。

千方百計，如果能跟佳儀多一點相處時間，我都願意。甚至還包括用功讀書。

佳儀如果沒補習，放學後她會一個人選一間安靜的教室，留在學校念書。於是我也在放學後，到側門口吃包乾麵加蛋，晚上便留在學校自己開一間教室讀書到九點，直到佳儀媽媽開車接她回家後，我才能放心離開。

留校念書當然是裝用功，真正的目的是等佳儀讀累了，在校園散步時找到我念書的教室，進來跟我這個用功的男子漢聊一下，一起吃個餅乾。

夜晚的校園很安靜，只有工友巡邏的腳步聲跟野狗打架的齜咧聲。

兩個人共用一張桌子，如果這不能稱為獨處，什麼也不能。

「柯景騰，每天吃餅乾有點無聊耶。」佳儀吃著她拿來的歐思麥餅乾。

「是喔，要不然明天吃夾心的，看看會不會比較有聊一點。」我也吃著。

「不是啦！你知道三角公園那邊有一間很好吃的麵包店，叫好香屋的嗎？」

「知道啊，真的還蠻好吃的。」

「那你下次放學去幫我買，我要吃奶酥或肉鬆的。」她說得一副理所當然。

「不要，離學校太遠了，我有神經病啊？」我嗤之以鼻。

要知道，即時滿足女孩所有的期待，絕對不是追到女生的法門。

靠，那只會讓你變成跑腿的。

「柯景騰，幫女士服務是你的榮幸好不好？」

「是喔，不過我說親愛的沈佳儀啊，我又沒有要追妳，不然妳叫阿和還是廖英宏幫妳買啊，他們一定咻咻咻一下子就衝去了，超方便。」我露出少來了的表情。

「算了！」她有點懊惱。

佳儀這個女生有點毛病，老說她現在沒有談戀愛的心情，現階段只想好好讀書。所有想追她的男生都被她視為幼稚，擋在好友名單之外，只有像我這種不把她當寶貝看待的男生，才能拐了個彎進入她的密友世界。欲擒故縱這四個字，是我喜歡佳儀最主要的、也是唯一能獲勝的主題。

「對了，說到好香屋，妳有沒有看過裡面那兩隻狗？」我看著她的馬尾。

「就胖胖的那兩隻？」她一直有很美的淡淡雀斑。

「嗯啊，真的很扯，上次我哥去好香屋買麵包，看到那兩隻圓滾滾的狗，結帳時就跟老闆說：老闆，你那兩隻鬆獅犬會不會太胖了點？」我的臉寫了伏筆兩字。

「結果呢？」

「結果啊，老闆臉上就三條線，尷尬說：那不是鬆獅犬啦，是博美！」

我們兩個都大笑起來。

原來那兩隻博美狗每天都在吃麵包店不小心掉在地上的屑屑，久而久之，身體就像吹氣球一樣膨脹，從小小的博美長成了巨大的鬃獅，簡直是生命的奇蹟。

「每次我牽Puma去好香屋買麵包，都覺得那兩隻博美很恐怖，一邊走路一邊喘，好像隨時都會中風。」我自己都笑到肚子痛：「原來博美也可以長得那麼巨大！」

「下次去我會注意一下那兩隻狗。」佳儀擦掉眼淚：「不過你真的不幫我買嗎？」

「想得美！」

後來，我倒是一次也沒有買過好香屋的麵包給佳儀。

男孩的彆扭、跟自以為是，常常是如此分不清楚的。

無時無刻，我都跟Puma聊佳儀。

如果晚上閒閒沒事，我會將Puma放在媽媽腳踏車前面的籠子裡，然後載著牠從彰化市慢慢騎到佳儀居住的大竹，來回總要快一個小時。

Puma的小爪子勾著塑膠籠子，每次出門都異常興奮，左顧右看。紅綠燈時，我會摸摸Puma翹起來的耳朵，說：「快到了，就快到二哥哥喜歡的女生的家了。要記住這裡喔，說不定你以後就是要投胎到這個地方。」

這是我的偏執。

由於我是篤定會娶佳儀為妻的，為了讓Puma可以精準投胎成為我的兒子，有時候我會厚著臉皮，問佳儀什麼時候要來我家一下下，看看我的Puma到底長什麼樣。

但由於我都問得漫不經心，佳儀也就沒認真答過。要知道，若不小心洩露了我喜歡她的心

事，我就跟那些追求佳儀的男孩們同一個等級了，未免太划不來。

我很用功，大哥相反。就在我升高二的那年暑假，家裡發生一件恐怖的大事。

那就是大哥又考砸了大學聯考，日間部沒有一間學校可以上！

市面上多的是奇怪又熱血的「學歷無用論」，或是很多告訴你「失敗並沒有什麼了不起、重要的是你學到了什麼」那一類的勵志書，但我們家很保守，大哥繼三年前高中聯考全彰化縣沒有一間學校可以上，又創下讀了三年私立高中卻沒辦法上大學的新記錄，讓爸媽很抓狂，一想到親戚朋友會怎麼驚訝大哥連一間學校都沒考上的畫面，爸就寢食難安。

而媽又被外公打電話斥責了，說好好一個聰明的孩子是怎麼教的？竟然會考不上大學？媽氣哭了好幾次。

哥是一敗塗地了，家裡的氣氛跟鬧鬼沒兩樣。

我整天躲到佛堂念書，只有Puma依舊天真無邪地幹著我的腳。

「你打算怎麼辦？」我擦著腳上的狗精液。

「我想重考。」大哥心事重重地說：「曉薇也考不好，她已經報名補習班重考了。我想跟她再努力一年。」

Puma看了大哥一眼。

「你是怕曉薇在重考班被別人追走吧？」我一語戳破。

「好不容易追到了，當然想在一起努力啊。」哥跪在佛堂的墊子上，燒了一把香，表情比任何時刻都要虔誠。

這幾天他活在地獄裡，也把其他家人請進去住。

爸這次的立場非常堅定，他要哥去考夜間部。

「我可以去考，但我不會去念，我想認真重考一年，然後上日間部的大學。」

「重考的事情等你考上夜間部的學校再說，你要是連夜間部的學校都沒考上，就代表你高中三年一點也沒有努力過！就去給我當兵！」爸暴躁異常。

就這樣，哥去考了夜間部聯招，也真的讓他掛上了中國醫藥學院藥學系。

沒有幻想中的重考機會，爸一聲令下，哥離開家去台中讀書了。

——成為Puma第一個無法常常見到面的哥哥。

哥離開家去念大學，我繼續讀我的書，追我的佳儀。

Puma一直很被動地接受牠所不明白的很多事。

包括洗澡。

Puma之不喜歡洗澡，顯露出牠是一隻豪邁不羈的狂狗。

常常Puma為了逃避「聽話」，牠會假裝聽不懂很多語詞，例如最常溝通的指令是「坐下」、「睡覺」、「吃飯」、「尿尿」、「大便」、「乖」。我想這跟牠的自尊心有關。我能理解總是乖乖聽話其實很折損驕傲，我的狗弟弟想藉著恣意妄為說服自己是一隻有個性的狗，我欣然接受。

永遠聽得懂的單字有兩個，一個是「走！」，一個則是「洗澡」。

聽到「走！」時，Puma就會抖擻精神，準備跟我出門衝刺。

聽到「洗澡」，Puma就會全身發抖——是真的發抖，然後在我解開繩子的那一瞬間跑到陰暗處躲起來。我常常故意在洗澡前跟Puma玩捉迷藏，我一邊喊著：「要洗澡囉！哈哈哈要洗澡囉！」一邊慢慢靠近東奔西逃的Puma。等我抓住牠，牠的小心跳都超劇烈。

Puma的毛很長，藏污納垢的，幫牠洗澡是一件大工程。

反正結果都是溼透，我乾脆脫光光只剩一條內褲，然後用一大桶溫熱水反覆沖牠刷牠，一邊捏死受不了熱水逃出長毛庇蔭的小蟲。有一種去死吧的爽感。

「不要自卑，你還是很帥的。」我笑笑，看著牠濕答答、變小變瘦的身子。

「……」Puma滿臉的害怕，似乎在壓抑憤怒。

「洗澡就是這樣啊，每一隻狗都會變小的，但等一下吹乾了就會超帥！」

「……」

「對了Puma，你會不會以為自己是白痴啊？所以才跟二哥哥長得不一樣，也不用上學。」我開導著對這世界一知半解的Puma，一邊用泡沫蹂躪牠：「其實不是喔，你是狗，狗本來就跟人長得不一樣，你們也比較笨，不過沒關係，因為你就是狗嘛！」

「……」

「洗澡的時候不要勃起，這樣不禮貌，來，深呼吸。」

一下子用清潔粉一下子用消毒藥水，耗時半小時的澡終於結束，我在地上攤開幾張報紙，再將大浴巾鋪在上面，讓Puma趴在上頭吹風。此時一邊用梳子梳開牠溼溼的毛，將幾隻撐到最後還不死、卻昏迷過去的蟲子給捏死。

吹乾了，毛蓬鬆了，苦盡甘來的Puma就變成了一隻很暢秋的Puma。

牠顧盼自得，用帝王的姿態抖擻身子，走來走去。

「對吧！是不是很帥！」我用腳踢牠，打開參考書。

「汪！」牠像章魚吸盤黏住我的腳，用衝刺慶祝洗澡結束。

洗完澡的Puma特別好睡，只要洗完澡的晚上我們相擁而眠時，牠都特別乖。

好乖。

哥離開後的兩年，我也開始打包行李。

我甄試上交大，要去比台中更遠的新竹念書。

「對不起Puma，二哥哥還是沒有追到佳儀，不過上了大學勝負才剛剛開始，二哥哥會繼續努力的，你不要擔心。」我檢查Puma的屁股有沒有沾到大便。

「Puma，要乖乖，聽爸爸媽媽跟奶奶的話，晚上一條狗睡覺要勇敢一點，看到奇怪的東西就當沒看見，不要太白目一直叫。」我摟著牠，捏捏牠，敲敲牠：「二哥哥會常回來看你的。」

Puma完全狀況外，只顧著將舌頭伸進我的鼻子，大快朵頤。

「三三，如果Puma晚上一直叫，你就抱牠上去睡覺。」我交代。

「我看看。」三三聳聳肩。

「Puma，要堅強，你是二哥哥的狗，是，一條忠心耿耿的好狗。」我抱抱。

「嘿嘿嘿嘿嘿嘿……」Puma熱烈地吐著舌頭。

然後，我走了。

成為第二個Puma無法常常見面的哥哥。

離家求學，週末偶爾回家，是多少學子習以為常的人生階段。

我們理解，我們懂，但趴在家門口一直吐舌等你回家的狗狗呢？

Puma不可能明白牠最喜歡的二哥哥為什麼突然不見了。

我一直忘不了剛去交大兩個月後的某天下午。

我在計算機中心寫C語言程式，寫著寫著，想起這些日子都忙著打新生盃辯論賽、忙參加迎新、忙著跟同學騎車夜遊……自己已經好幾個禮拜沒有回家。

外面下著雨，一條溼透的流浪狗走進了計算機中心。

牠一個人一個人挨著嗅，像是找吃的，又像什麼也不期待。很乖，不吵鬧。

然而也毫不意外，那又病又醜的狗被行政人員趕了出去。

我想起Puma洗澡時溼透了，也是這般的狼狽。

我起身，冒雨走到計中對面的中正堂，買了一條熱狗，揣在懷中衝回來。

那流浪狗依舊坐在計中屋簷下，呆呆地看著這世界下雨。

「喂，這個。」我蹲下，將熱狗撕了一塊放在地上：「還可以。」

那黑黑的狗幾口就迅速解決，於是我又撕了一塊，又撕了一塊……

一下子就給吃光光。牠好整以暇看著我，感激地發出低鳴聲。

我凝視著牠，任牠無邪的眼神穿透我沒有防備的靈魂。

如果Puma有一天不小心迷路了，在外面走著走著找不到回家的路，又下著牠最討厭的雨……真希望Puma也可以遇到好心的人，弄點東西給牠吃……

於是我又衝去中正堂，買了第二條熱狗回來。

這次我還沒蹲下，眼淚就炸掉了我的所有視線。

「來，不可以叫，跟著我。」

我用熱狗誘引著狗狗，讓牠跟著我偷偷進入計中的男廁。

關上門，我坐在馬桶上，將熱狗放在地上。

牠專心吃著，我專心哭著。人哭著。

我好難受。

Puma現在正在做什麼呢?

牠會不會以為自己做錯了什麼事，所以二哥哥才沒有回家懲罰牠?

牠不會知道什麼叫上大學的，牠只知道我不在了。

牠一定很想我。該死，牠一定很想我……

我縮在馬桶上哭到崩潰。

據說，一條狗一輩子只會認一個當主人。

我好高興，大家都說Puma選了我。

沒有真正養過狗，甚至怕狗的我，從來就不知道該怎麼對待Puma。

我只知道，Puma晚上不敢一條狗睡覺的時候，我不能丟下牠。

我只知道，如果Puma在路上遇到大狗巡街，要快點把牠抱起來，不然牠會衝過去跟那些大狗戰鬥。

我只知道，如果Puma真的不想洗澡，那就不要洗……過幾天再洗……

我只知道，常常跟Puma講話，牠就算聽不懂，也會很高興地專心聽。

我只知道，如果Puma想幹我的腳，那也沒什麼，就把襪子脫掉吧!

就只是這樣，就只是做了每個人都能辦到的事，Puma就選了我當主人。

二哥哥很笨，從來就不知道要用什麼方式愛你。

對不起，這個禮拜我就回家……

男孩總是沾沾自喜地跟喜歡的女孩分享自己熱愛的事物。

男孩，男人都一樣。這是一種堅強的生物本能。

這種生物本能在促進宇宙繼起之生命上通常是成功的，因為在展現自己真正熱情的時候，那種真誠的、如假包換的專注力往往可以吸引到女孩的芳心。我在想，如果當時我已經找到了寫小說這項長才，十之八九，應該真的追到佳儀了。

說起來，真相比往後我跟所有記者說的時間點都要早。

上了大學，我幾乎立刻著手寫小說。這或多或少有點瘋狂。

沒有自己的電腦，我找了張空白的隨堂測驗紙，寫下一個我從國中一年級就開始構思的武俠故事。那是我看了徐克導演、許冠傑主演的笑傲江湖後，念念不忘，在腦中不斷發展的巨大武俠故事。後來看了金庸的武俠小說，更胡亂抄襲了東邪、西毒、南帝、北丐、中神通的概念進去。

要開始寫小說了，我很興奮。

故事一開始，是一個黑衣蒙面客闖進少林寺藏經閣偷書，不意與守護典籍的和尚動了手，黑衣蒙面客使出武林絕跡的古老武功，令和尚大吃一驚。

這故事一揚帆，只航行了一個下午，不過半張紙，就宣告失敗。

原因很簡單，就是我的跳躍性思考好像無法用紙筆的方式完成。

我喜歡東寫一句西湊一句，段落之間的連貫性很快就有問題。又由於是第一次正式寫小說，只要寫錯字，我一定用立可白仔細塗掉、吹乾再寫。如果有漏句要補，我也捨不得用插句醜醜地斜劃一條線補綴，而是用立可白整句塗掉、重寫。慎重的程度嚴重戕害我的行文，我想想，還是放棄算了。

幸好當初沒有寫完那個故事。

那可是個變態厲害的好傢伙，留給當時的我來寫，未免暴殄天物。

寫小說拿來炫耀不行，但我還有Puma。

我有個夢想，就是讓佳儀抱抱Puma，然後將那個畫面刻在我的眼睛底。

升大二的暑假，除了我回彰化跟死黨游了一整個夏天的水，還有個重頭戲，就是我約佳儀到我家，跟她未來的兒子碰個面，然後我順便教她怎麼用網路上BBS班板，方便聯絡……要知道在我讀大學的時代，這個世界上只有百分之一的人知道什麼是上網，而裡面也只有十分之一的人真正知道網路將改變這個世界。

「沈佳儀今天要來我們家啊？」奶奶問。

「對啊。」我說，全家人都早知道我喜歡她。

「啊大概是幾點來啊？」

「不確定耶，可能是一、兩點吧？」

我永遠不會忘記那天奶奶從下午一點就搬了張塑膠椅子，坐在藥局店門口聽廣播，眼巴巴地看著人來人往的街道，等著她未來的孫媳婦。

而我也老早抱著Puma，強迫牠洗了個不情願的澡，弄得精神奕奕的。

「等一下要好好表現，要乖，不要隨便勃起。」我告誡正在暢秋的Puma：「還有，最重要的是，把佳儀姊姊身上的味道記住，要投胎的時候就瞄準她的肚子，一鼓作氣衝進去！」

Puma雖然很躁動，但大致同意了。

奶奶等得快睡著，我抱著Puma睡在椅子上也昏迷了幾次。

等到快五點，佳儀才出現，親切地跟假裝只是碰巧坐在門口的奶奶問好。

「喂，未免也太晚了吧？」我臉上納悶，心裡卻很高興。

「哇，牠就是傳說中的Puma嗎？」佳儀蹲下來，看著趴在地上的小帥狗。

「想抱……就抱啊！」我一定是臉紅了，卻裝作大剌剌的。

「要怎麼抱啊？」佳儀伸出手，卻不知從何下手。

「妳是笨蛋喔？」我將Puma一把抓起，塞進她的懷裡。

那天下午，佳儀就這樣抱著有點不安、但努力裝乖的Puma，聽我上了一堂BBS網路使用課。

我一直很高興。

「總之，妳不上班板是不行的，我知道妳笨，所以已經幫妳註冊一個帳號了，密碼我暫時用了妳的生日，之後妳自己進入系統，一定要改密碼喔，不然太好破解！」我說。

「好啦好啦。」佳儀輕輕拍著快要睡著的Puma。

之後我們聊了很多上了大學之後，各自經歷的社團和學校課程。

佳儀是個積極樂觀的好學生，又有我追她，好像沒可能遇到什麼不愉快的事。我抱怨一個系上老師在我們什麼屁都不了解的情況下，竟要我們自行挑選一支股票做技術分析，還要寫報告，真是太扯了。

「唯一的好處是，我開始有點懂股票了。」

「好啊，那以後投資的事就交給你了。」

「……啊？以後？」

「對啊，你弄懂以後，投資……投資的事就交給你了。」

那一瞬間我一定是頭暈了。

看起來很屌但實際上比誰都膽怯的我，竟然開始顧左右而言他，大概也是鼓了很大勇氣假裝不經意說了那句話的佳儀，也只好開始胡說八道。

不久，佳儀要走了。

「謝謝你教我上網，我要走啦。」佳儀小心翼翼將Puma交還給我。

「謝謝妳抱了Puma，這件事對我來說很重要。」這是我拿出僅剩的勇氣，所能說出來的、發自肺腑的話。

目送著佳儀騎機車離去，我的心裡有說不出的滿足。

可以遇到她，可以這麼喜歡她，可以跟她成為好朋友，哇，我真幸運。

「下次一定要約她出去玩，就只有我們兩個。」我發誓。

我現在會變得那麼厚臉皮，想什麼就說出來，想要什麼就全力以赴，一定是因為我不想再錯過生命裡的美好機會。要知道，老天爺最看不過去的，就是那種一直接到妙傳，卻不敢第一時間出手的笨蛋。

最終，上帝一定會氣到扔出一個大暴傳。

又開學了。

大二了，加入了系羽隊的佳儀越來越忙，而我則辦了一場轟動交大黑暗界、從此成為有人信有人不信的經典賽事：「九刀盃自由格鬥賽」。

比賽結束的那晚，我情緒高亢地打電話給佳儀，炫耀我打得一身傷卻還是勇往直前地跟對手互毆到最後，是男子漢的表率。

佳儀潑了我一大盆冷水，我氣到在電話裡向她咆哮。

咆哮，然後委屈到縮起身子。

「我好像，無法再繼續前進了。」我哭了出來：「沈佳儀，我好像，沒有辦法繼續追妳了，我的心裡非常難受，非常難受。」

「那就不要再追了啊！」她也很倔強。

在我最喜歡佳儀的時候，我終於選擇了放棄。那晚我邊哭邊寫了一封長信給佳儀，告訴她對不起我真的無以為繼。我遠遠沒有我想像中的堅強與自信。

這是人生，不是愛情小說。

有時一件事怎麼結束的你會說不上來，多年以後苦苦思索起來，除了推卸到緣分不夠、時間不對，真的找不到像樣的理由。

人生很多事畢竟是沒有真正原因的，只剩下說法。

我感到最抱歉的，竟是聽了我說喜歡佳儀說了七、八年的Puma。

「對不起，二哥哥會找到下一個女孩的。你到時候可要……」

我抱著拚命掙扎的Puma，哭了好幾個晚上。

第五章　遇見我的小龍女

聊了兩個月多，老實說，我好像喜歡上這個小龍女了。

生活中除了跟她聊天，好像什麼事都是為了把命活下去順便做的，朝氣勃勃跟苟延殘喘的矛盾感覺同時存在。

到了這種地步，我真誠希望她不要是隻大龍女，那打擊太大了。

是時候約出來見面了……吧？

如果她不願意，是大龍女的機會就很大。

如果她一口答應，那麼，應該長得不差吧？是吧？是吧？

念交大的日子裡，與其說發生，不如說製造了很多怪怪的趣事。

話說我住在新竹的三叔結婚補請客那天，我邀兩個最好的朋友孝綸跟義智一起去吃好料的。地點在中信飯店，為了表示慎重，我們都穿了稱頭的西裝。

吃完喜酒後回交大，三人穿著西裝走在八舍走廊，撞見的同學們都愣住了，因為人模人樣的打扮在宅男群聚的交大並不常見。

「九把刀，幹嘛穿西裝啊？」一個在走廊運球的同學瞥了我一眼。

「喔，今天是我訂婚，所以當然要穿帥一點啊。」我隨口扯爛。

孝綸跟義智挫了一下，也不發作。

「訂婚？」那同學停止運球。

「對啊，我今天跟小時候一起長大的女生訂婚了，在新竹補請。」我歉然，解開領帶：「對不起啦，因為跟大家還不熟，所以只邀了孝綸跟義智。」

「我們才大一耶，你把人家肚子搞大了喔？」那同學傻眼。

「幹最好是啦。」

我隨後唬爛了一套彰化中部的特殊習俗。家中長輩如果超過三十歲才結婚的話，後輩中就要有人在一百日內出來結婚，以成禮。但現在民風改變，再不能這樣亂強迫別人，所以改成後輩中只要有人出面訂婚就可以了。

「真的假的，好扯喔！」

「你們彰化真的好奇怪喔，長輩結婚關後輩什麼事啊？」

「那你到底跟誰訂婚啊？我記得你沒女朋友啊？」

不知不覺，在我演講的時候，走廊上已圍了一大堆拿著臉盆準備去洗澡的同學。大家熱烈地討論起來，有人信，有人不信。

「不過新娘子很漂亮，九把刀算是賺到了。」號稱去「觀禮」的孝綸竟然出口幫我。這一出口，原本不信的人也動搖了，紛紛看向最老實的義智。

「新娘子的朋友也都很漂亮。」義智艱難地說。

聽到新娘子的朋友也很漂亮，此時穿著藍白拖的大家瞎起鬨，要我答應結婚的時候，一定要發帖子給全系，大家要一起去婚禮玩。

「好吧，不過到時候要包大一點啊！」我嘆氣。

回到孝綸跟義智的寢室，我大笑起來。

「你很無聊耶，幹嘛這樣騙別人？」義智還在驚嚇狀態。

「幹我也阻止不了我自己啊，反正你們兩個都別說出去，看我一個人怎麼把全系都騙下來吧！對！一定要全部都騙下來！」我握拳，突然有了這麼一個鴻圖大志。

「是有點好玩。」孝綸冷眼旁觀後續發展。

這個「九把刀訂婚」的消息迅速從八舍傳開，燒遍整個管科系。

一開始只是隨口鬼扯的玩笑，如火如荼變成了一個計畫。

只要遇到好事的人問我，我就鬼扯彰化的傳統習俗，還邊說邊修正，精緻化我的唬爛。即使是同樣家鄉在彰化的其他同學說他們沒聽過這種怪禮俗，也會被我迅速將上一軍。

「啊，我們姓柯的是從伸港搬過去的，所以應該算是伸港那邊的傳統啦。」

「喔！原來如此！好像有聽過喔！」

這種硬要假裝「好像有聽過喔」的表情，就是聰明人上當的典型。

為了穩穩取信所有人，擒賊得先擒王。

我買了一大包的喜糖，趁著經濟學上課時走上講台，笑嘻嘻抓了一把給老師。

大家一陣譁然。

「老師，我訂婚了，請你吃糖。」我恭敬地在桌子上撒了一把。

「你訂婚了？該不會是把對方……」老師要笑不笑的。

「不是啦，這是我們彰化的習俗，是這樣的……」

我不疾不徐將那一套解釋了一遍，聽得老師不停點頭稱是，還說他以前也是大學時期就結婚了，早婚其實對人生規劃很有助益等等。

我凱旋下台後，全班發瘋似的鼓掌，不知道是在爽什麼。

喜糖在底下傳來傳去，大家議論紛紛。

重點是，除了遲交作業的理由一向是鬼扯外，絕對不敢有人當著全班的面騙教授訂婚這種事，我這個大膽的舉動肯定將九成九的人都矇倒了。

很快，我的家族學長在高級日本料理店召開了臨時家聚，為我的訂婚慶祝一下。滿桌的好料，啤酒開了好幾瓶，大家都很high。

「不用這麼麻煩啦，訂婚而已啊！」我謙虛地舉起酒杯。

「哈哈哈哈哈幹嘛那麼客套，訂婚耶！今天一定要把你灌醉！喝！」學長很豪放，自己先乾了一大杯。

「這個送你，訂婚快樂！」我的漂亮學伴送了我一套橡樹布娃娃。

「唉，幹嘛這麼客氣啊！」我假裝推辭了一下，便收下大家送我的各個禮物。

受騙的人不計其數。

當時我的同鄉室友世昌，不只蒙在鼓裡，還信誓旦旦地跟每一個還在懷疑我的人說：「九把刀真的訂婚了，如果他沒訂婚，我就被二一退學！」我隨便幫他算一下，世昌至少要被退學十幾次才算應誓。

還記得高潮在後頭。

「九把刀，從頭到尾我都不信你訂婚。」一個自視甚高的同學坐在我床上。

「喔，隨便啊。」我不以為意，自顧看我的書。

對付這種人，據理力爭就輸了。

「說真的，騙這種事到底有什麼好處，我不懂耶。」他用斜眼看我。

「喔，這樣啊。」我意興闌珊，懶得理他。

「如果是真的，告訴我新娘子是誰應該沒關係吧！反正她都要嫁給你了，應該沒有隱瞞的必要。」他冷笑，靠了過來，打算當第一個揭穿我惡作劇的英雄。

「高師大英語系的李姿儀啊。」我連正眼都沒看他一眼。幹，去死吧。

「好，我正好有朋友念那邊，我打電話去查。」他彈起來，嘿嘿笑了兩聲才出去：「沒想到這麼巧吧！」

靠，還等你啊！我早就安排好了！

話說上個月我跟著辯論社去高雄打租稅盃辯論賽時，就順道跑去高師大，找了我那改了名字的初戀情人李小華敘舊。

雖然那次見面不是個太愉快的回憶，但我總算是了卻我多年來的一樁心事。

而在我開始騙婚計畫後，我就打了一通電話給小華，請她務必幫我完成這個惡作劇，若有人問起，就來個順水推舟。小華雖然忘光光以前所有的曖昧往事，到底是了解我個性的，便笑笑答允了我，期限到這個學期末為止。

半小時後，房門打開。

「九把刀……」那個眼高於頂的同學呆呆站在門口。

「衝蝦小？」我皺眉。

「恭喜。」他難以置信，說完就走。

整個學期，走在路上都有人跟我恭喜。

在交誼廳吃個便當看個電視，都有人走過來問我婚禮籌備的進度。

到了學期末，當大家都在系館考線性代數的時候，早就因不可能過關而退選線代的我好整以暇坐在計算機中心，在網路上發表我行騙整個學期的始末與細節。

我一一點明重要的苦主進行表面上的感謝，骨子裡卻是瘋狂大笑。

感謝沈文祥學長的高級日本料理。很貴，很好吃，我很滿意。

感謝曾惠琴學伴的高級布偶娃娃，我會送給我真正的新娘子。

感謝褚宗堯老師被我騙吃喜糖，請不要當我，我有認真考試。

感謝室友世昌大力挺我，不惜犧牲自己被退學也堅定相信我。

一路寫，感謝了好幾個人，笑到我肚子都快抽筋了。最後按下貼出鍵。

此時逐漸有人考完試，回到宿舍上網，一個個震驚在電腦前面。

等我以勝利者之姿從計中回到男八舍後，一路上都是幹罵聲與拳打腳踢。正當快笑死了的我要走到四樓的房間時，孝綸跟義智在半途將我攔住。

「九把刀，你死定了，還不快逃！」孝綸按住我的頭。

「逃？」

「沈文祥學長拿著球棒，躺在你的床上，說要打死你！」義智嚴肅地說：「九把刀，我看沈文祥是來真的，你還是快點逃到辯論社社窩避避風頭吧。」

靠，沈學長是系壘，擅長揮棒……

「幹我絕對不想變成全壘打。」我當機立斷，馬上逃到辯論社社窩。

當天晚上，始作俑者的孝綸與義智拿著棉被，到社窩陪我睡了一夜。

「九把刀，我不得不說你真的很無聊。」義智：「這種事一點意義也沒有。」

「唉，可是我一想到多年以後我可以吹噓這件事，我就忍不住啊！」我大笑。

據說沈學長有事沒事就拿球棒去躺我的床，而我的室友世昌一定很樂意告訴他我什麼時候回去睡。害我這一躲，躲了整整一個禮拜，吃喝拉撒睡都在社窩。

這件超級惡作劇，從此成為管科各家族家聚時幹罵再三的經典。

其實啊，大學家聚通常都很無聊的，沒話找話，不熟裝熟，我算努力貢獻了不少熱力十足的嗑牙話題。

真希望管科人現在家族家聚時，還有人在謠扯那件事啊……

大二了。

交大是一間由網路構成的奇妙學校，大家都活在網路的各種事件裡。

我也承襲了這個不算優良的傳統。交大資工BBS站通常是我筆戰的好去處，以一挑數百是常有的事。中午休息時間，我常待在宿舍，一邊吃著福利社的便當一邊驗收我跟人筆戰的成果，偶爾上網找人聊天。

那天中午，在古老的BBS聊天系統中有個帳號，暱稱很吸引我，叫「小龍女」。

要知道，金庸的神鵰俠侶我可是看了二十幾遍，除了小龍女被尹志平那畜牲糟蹋那一段我是決計不再複習外，其餘都一看再看、看到對話都背起來的地步。

「是喔？妳好，我叫楊過，好久不見。」我傳水球過去。

「你是楊過嗎？」對方的打字速度不快，大概是個新手。

「是啊，本人就是。」

「你已經是今天第四個自稱楊過的人了，哈哈。」

是這樣喔，我笑了出來。

「不過，妳可是我今天遇到的第一個小龍女啊。」我敲下，送出。

她回應一個笑臉符號，如此簡簡單單就聊了開。

我負責亂開玩笑，她負責亂笑。

一個小時後，我的便當還剩下半個，要上不上的課則有一堂。

「我要去上課了，明天同一時間再聊？」我用橡皮筋套上冷掉的便當。

「好啊，不過你會記得我嗎？」她意猶未盡。

「楊過當然記得小龍女，8181。」我笑笑斷線。

就這麼結束。

不用到隔天，下午我回到宿舍，就看到小龍女在線上，跟另一個人聊天中。

素不相識，但我竟然有點吃醋。

「妳還在？」我淡淡地丟了一個水球過去。

「剛剛上完課，你呢？」小龍女迅速結束跟另一個人的聊天。

「妳不是在聊天嗎，沒關係我只是上來看看啦。」我打字，心口不一。

「我比較喜歡跟你聊。」小龍女也不害羞。

嘿嘿，那當然啦，這種恭維我一向不覺得是客套話的。

我的反應原本就很快，隔了一個網路，對話反應所需的時間又多延遲了好幾秒，要講一些好笑的話或是扯翻天的話逗逗女生，真是太容易了。

是的，取作小龍女的網路暱稱未必就是女生，更未必就是像美麗小龍女的女生。很可能不是女生，也很可能是一隻人龍女。

在網路上聊天一直有太多不確定的風險，在十年前尤其如此，因為數位相機根本還沒發明出來，那時也沒有MSN，要知道對方長什麼樣子，除非伸手要對方寄照片。

不過，我不是挺在意這些。

聊天就聊天，漂不漂亮也無所謂，反正大家打發時間。

如果聊著聊著，突然就開口跟對方要照片，不覺得有點沒禮貌嗎？

如果對方想要多了解我一點，或者，想讓我多了解她一點，自然就會釋放多一點訊息不是？

於是，我們每天都聊。

中午休息時聊，下課聊，有時晚上也聊。

聊她的朋友，聊她今天晚上要寫什麼作業，聊她中午自助餐吃了什麼。聊我喜歡一個叫佳儀的女孩，聊我養了一隻會幹我的腳的狗。

她是台北人，小我一歲，在市北師念書，大一，平常都是在學校計中上網跟我聊天，一開始我所知道就這麼多，但這已足夠。

為了節省時間，還記得我買了好幾盒方塊酥代替正餐，往嘴裡丟一塊，可以連續打上十幾句話。

「嘿！九把刀！」同是辯論社的室友孝綸光著上身，舉著二十三磅的啞鈴。

「衝蝦小？」我聚精會神敲著鍵盤。

「又在跟那個醜女聊天啊？」孝綸有肌肉過度崇拜症。

「幹，人家說不定很漂亮啊。」我不理會。

「很漂亮的話，早就寄照片給你了，才不會這樣悶不吭聲。」

「我也沒寄照片給她啊，靠我多帥啊！」我蹲在床上敲鍵盤。

「那你下午社團時間，還去不去宿舍招生啊？」孝綸將啞鈴直接扔在地上。

「去個屁。」我豎起中指。

「那你也不打算去社窩，指導那些大一的笨蛋討論新生盃辯論賽嗎？」

「唉，辯論這種東西，強就會強，不強的話怎麼練也不會強，你幫我跟他們說，九學長給他們四個字：莊敬自強。」我搖搖手，完全無心當個好學長。

聊了兩個月多，老實說，我好像喜歡上這個小龍女了。

生活中除了跟她聊天，好像什麼事都是為了把命活下去順便做的，朝氣勃勃跟苟延殘喘的矛盾感覺同時存在。

到了這種地步，我真誠希望她不要是隻大龍女，那打擊太大了。

是時候約出來見面了……吧？如果她不願意，是大龍女的機會就很大。

如果她一口答應，那麼，應該長得不差吧？是吧？是吧？

我深呼吸，小心翼翼敲下：「年底，我們一起去看鐵達尼號好不好啊？」

「好啊，那我們要在新竹看還是台北看？」小龍女很快就說好。

我大受鼓舞，手指如飛：「妳來新竹，我請妳看電影，請妳吃飯。」

「各出各的就好了啦，那約在火車站嗎？」

「好，約在火車站，我去載妳！」

再鬼扯一段，結束對話。

我全身脫力倒在電腦前的床上。真不是蓋的，終於要見面了。

這個女孩，很有可能在喜歡我，否則不會答應得這麼乾脆。

再說，若對我沒有一點好感，肯定不會跟我聊兩個多月吧？還幾乎每天都聊。

呼。

看鐵達尼號的時候，應該會感動到哭吧？

那個時候我應該趁機握住她的手嗎？

鐵達尼號沉了之後，兩個人要做什麼好呢？

吃什麼好呢？

吃完了以後又要去哪裡走一走？

身為只要看漫畫就能確實活下去的窮學生，我平常在新竹完全亂吃一通，根本不知道哪裡有好吃、又可以拿來約會的店啊！平時晚上我都載家族學妹到處去晃，到處都黑黑的，什麼地方有情調我都搞不清楚。

我為第一次見面的問題煩惱了很久。

「九把刀，如果她很醜的話，你怎麼辦？」室友義智怪腔怪調。

「我幹嘛怪老師！」我不去想。

約定的日子來了。

頂著一頭碰到肩膀的長捲髮，手裡拿著一罐喝到一半的礦泉水。我穿著一身白，白上衣，白休閒褲，白球鞋，完全就是白馬王子的盜版。

她由一位胖胖的女性朋友陪著，是她的大學同學。而她一頭俏麗的短髮，個子小小的，眼睛大大的。有一點可愛。

雖然還不到一見鍾情的程度，但已足夠讓我講話跳針。

「我把她交給你啦，你不可以欺負她！」女性朋友識相地撂下話，就走了。

我鬆了一口氣，坦白說剛剛我腦袋一片空白，想說如果留下來的不是眼前的她，而是那個女性友人，我可能會當場哭出來。

剩下我們了，氣氛有點尷尬。

幸好從新竹火車站走到中興百貨的電影院，約莫只有十幾分鐘的距離。

我想起不知道在哪裡看到的「第一次約會的鐵律」：讚美對方！

「妳長得不錯耶，沒有我幻想中那麼恐怖說！」我脫口說出。

「……啊？」她傻眼。

「等一下電影看完後，妳那個很強壯的朋友不會來接妳吧？」我欣賞她的側臉。有點膨皮膨皮的，白白的，好可愛。

「你幹嘛這樣說人家？」她有點氣惱。

在奇怪的氣氛下，開始了我們第一次的約會。

燈光暗下，席琳狄翁悠遠的歌聲響起。

我打定主意這部電影遲早要看第二次，所以把注意力都擺在女孩身上。她很專注，但我知道她很緊張，十之八九也不是把重點放在電影上。

窮光蛋傑克在船艙中，說服肥蘿寬衣解帶，假裝要畫她其實是在想色色的事。

「幹，有脫耶。」我吃驚。

「……」她傻眼。

然後鐵達尼號撞上冰山，唏哩嘩啦，很多人都淹死。

男女主角站在傾斜的船頭，看著底下冰冷的大海。

肥蘿對著皮包骨傑克哭喊：「你跳！我跳！」一臉深情款款。

「幹，要跳也是妳先跳，不然就算跳成功了也會被妳壓死。」我旁白。

「……」她瞪了我一眼。

忘了到底是誰先跳，總之肥蘿霸佔了求生的木板，不讓嘴唇發白的傑克上去。很快的，冷到失去性慾的傑克沉到海底，海上到處都是浮屍。

我注意到她的眼角泛著淚光。

「妳哭了嗎？」我挨過去。

「幹嘛啦？」她侷促。

「妳哭了喔？」我從口袋裡拿出皺皺的衛生紙，黏上她的臉。

「對啦！」她沒好氣地擦著眼淚。

從電影院走出來，外面的十二月空氣冷得讓人精神為之一振。

但她似乎心情不是挺好，沒有意思要跟我續攤。有點失望的我送她到新竹火車站，她那位壯壯的女性友人早在那裡等她，好像真的很不放心這場約會。

「接下來，妳們要去哪啊？」我有點敵視那位攬局的女性友人。

「我要帶她回彰化我家跨年。」女性友人拉住她的手。

「是喔？妳也是彰化人啊！」我訝異。

「對啊，不行嗎？」那位女性友人冷冷說：「她今天晚上住我家，我要帶她去縣政府前面跨年倒數。」

「喔！那我也一起回彰化好了，明天再約妳去八卦山玩，好不好？」我笑嘻嘻地看著躲在強壯的女性友人身後的她。無論如何，我都想再多相處一下。

「……我想一下。」她含蓄地說。

就這樣，我們一起搭電車從新竹回彰化。她住在同學家，而我當然回我家。

在即將跨過一九九七到一九九八的前一刻，我打電話給她，一起倒數。

她似乎很高興，但我不是很確定。我知道她見到我之後好像有點失望，除了我有點矮，大概跟我慣性的口不擇言更有關係。

我躺在床上。

「Puma，二哥哥有點confused。」我看著在我身上走來走去的Puma。

「……」Puma停下，使勁地掘著我的肚子，脖子上的鈴鐺清脆發響。

「說不定，只是說不定……二哥哥會追到一個女生。」我捏捏Puma的後頸，說：「不過二哥哥有沒有那麼喜歡她，也說不上來。這樣好嗎？」

Puma走上我的臉，用牠臭臭的嘴巴熱吻我的鼻孔。

隔天，我約她出來走一走。

彰化是我的地盤，八卦山上的大佛是我擅自拜的師父，所以自然就騎機車載她上八卦山，在大佛廣場附近的步道亂走一通。

走疲了，就隨便找了一塊草地坐下。

「其實，我一直在想，如果有一天外星人偷偷入侵地球，綁架幾個人類到飛碟上做實驗，如果倒楣綁到我們的話該怎麼辦？」我皺眉。

「喔，是喔。」她覺得有點好笑：「不過這不可能發生吧。」

「通常妳認為絕對不可能發生的事，就一定會發生，所以事先想好要怎麼辦，事到臨頭才能大顯身手。」我嚴肅地說。

「好吧，那你想好要怎麼辦了嗎？」

「我看了很多類似的、訪談生還者的報導，外星人綁架地球人以後，通常分成兩組。一組是解剖，所以很多生還者的身上都有手術的痕跡，縫線的方式當然很特別，有的只留下很不明顯的、焦焦的疤痕。」

「真的假的，幹嘛解剖啊？」

「就像我們人類研究其他的動物，也常解剖，不過外星人的技術很好，通常不會弄死人，只是那些被解剖完又被縫好的人類，身體常常會有奇怪的金屬反應或輻射反應，通過機場的金屬探測

器前都會引起嗶嗶聲。」

「……聽起來有點玄，是被裝了奇怪的東西吧？」

「還有另一組，就是負責交配給外星人看。」我回憶著那些沒營養的怪書內容：「外星人對地球生物的交配行為一直都很好奇，實驗的方式也很變態，人跟人交配算幸運的，有的人會被命令跟牡牛交配，有的還跟更奇怪的生物做。所以有很多生還者下了飛碟，都對外星人罵不絕口。」

「好變態喔！」

「如果我們被外星人抓去飛碟了，一定要很快表達我們的選擇。」

「什麼選擇？」

「在飛碟上，我們兩個要盡量靠在一起，才有機會被分配在同一組，這樣才不會被送去解剖。如果要送交配組的話，也比較有可能是我們兩個自己交配，而不是跟奇怪的動物交配。」

「……真的會有這種事嗎？」

「多想沒有壞處。說真的，如果真的被抓去了，妳可以跟我同一組嗎？」

「好吧。」她猶豫了一下下。

「謝謝。」我大受鼓舞。

「……說不客氣好奇怪喔。」她有點彆扭。

不知怎地，我們哈哈大笑起來。

後來，我又在草地上跟她玩起我臨時發明的爛遊戲。忘了是什麼爛遊戲，總之可以摸到她的手，故此我一遍又一遍，樂此不疲。

她也被我的奇怪玩笑逗得笑開懷。這是很大的收穫。

我喜歡看女孩子笑，她笑得眼淚都迸出來、要我稍微停止一下的表情，讓我深深著迷。毫無疑問，我應該將我昨天的失分完全扳了回來。

下了八卦山，我送她到那強壯的女同學家後，回到家，發現衣服穿反了。

一整天，一整天！我的衣服都是反著穿！我傻眼，立刻打電話給她。

「妳知道我今天的衣服穿反了嗎？」我靈魂出竅。

「……知道啊。」

「那妳為什麼不跟我說啊！」我慘叫。

「我怕你覺得丟臉……對不起，結果更丟臉了嗎？」

「對！超丟臉的啊！」

丟臉歸丟臉，我們，又約了下一次見面。

再見面的時候，我的人生……

在寫這段回憶的此時此刻，是二〇〇八年的一月十六日。

二水鄉公所的外面，飄著凍人的細雨。

原來，也十年了。

一九九八年，一月十七日，星期六。

她開始放寒假了，我則需要趕完最後兩個報告才能解脫。我們預定在新竹玩兩天，由於室友都走光了，四人份的房間只剩下我，還有三張空床可以收留她。

現在想想，彼此都有點不可思議。

那夜下著間間斷斷的毛毛細雨，我們約在老地方新竹火車站。

「幫妳買了一頂安全帽，全新的。」我擦掉機車座墊上的雨水，笑笑說：「有點冷喔，妳穿得夠暖嗎？」

「還好。」她有點緊張，上了車：「我們現在要去哪裡啊？」

「還沒吃過晚餐吧？我們去清大夜市亂吃一下，然後帶妳到清大後山散步。」我說，發動車子：「明天呢，如果天氣好一點的話，想帶妳去寶山水庫的吊橋，或者去南寮海邊走一走，怎麼樣？」

「都好啦，讓你安排囉。」她戰戰兢兢地抓著後面的橫桿。

一起在清大夜市吃了麵，將機車停好，我帶著她走進夜的清大。

「你念交大，為什麼帶我來清大啊？」她不解。

「交大樹太少了，到處都是看起來很先進的大樓，有點酷，但不適合約會啦。」我笑嘻嘻地說：「清大樹很多，尤其是後山，妳看，到處都是樹，這樣不是蠻有氣氛的嗎？」

天空又飄起了細雨，空氣冷冷的，卻不討厭。

我們挨著遮雨的大樹，在微弱的路燈下緩步前進。

「這裡就是梅園，據說有鬼。」

「騙人。」

「我也希望是騙人，不過那裡是清大校長的衣冠塚，有點鬼，也是正常的。」我對著雙手吐氣，看著氣結成白霧：「還有人說，在那個亭子裡跳一下，就會被當一科，很多人跳太多下就被二一了。」

「好扯喔。」她猶豫了一下：「那我們不要走過去好了。」

走著走著，我指著遠遠的、外表看起來既壯觀又畸形的人社院，說：「人社院後面有一個兒童樂園，明明就不可能有兒童專程跑去，卻有很多翹翹板、鞦韆之類的設備，不覺得很奇怪嗎？所以那裡也有很多傳說。」

「……你不要一直說那麼可怕的事啦！」她不由自主挨近我。

一路上聊了很多，這次我少了很多搞笑。

她聽得多，我說得多。

有一種奇妙的氣氛在落雨與呼吸間自然醞釀著。

雨小了，我們在相思湖附近的長椅上坐了下來。

「我喜歡妳，很喜歡妳。」我說著超出我情感的話。

「……」她完全說不出話，只是看著我。

「可以，當我的女朋友嗎？」我完全沒有感到一點緊張，彷彿順理成章。

「……」她僵硬地點點頭：「好……好啊。」

「真的！」我倒是嚇了一跳。

「嗯。」她避開我的目光。

雨中，我吻了她。

這是我們的初吻。

我學著在電影裡看到的舌吻技巧，永遠忘不了我努力地將舌頭伸進去她的小嘴時，所遭遇到頑強的抵抗。她緊緊咬著牙齒，不讓我得逞。

「我會緊張。」她快哭了。

「我……我也沒試過，不然再一次好了。」我意亂情迷。

再一次，我的舌頭勇往直前，兵臨城下時再度被堅定的牙齒部隊擋住。

一步也無法越雷池。

「對不起。」她道歉，整個不敢看我。

「我才對不起。」我好像有點太躁進了。

不親了，我們牽著手下山，像兩個小朋友。

下山時的心情跟上山時的心情大大不同，雨點打在身上的觸感也不同。

人生的此刻，我終於交了第一個女友。

老實說，雖然只是抱著交往看看的心情，但有一隻好好牽的小手陪著我，讓我心中飽飽的都是溫暖。掌心那股溫熱燙熟了我，一路都無法停止笑。

哇！有女朋友了！

人生第一個女朋友耶！

「我好開心啊！妳呢？」我太樂了，快飛起來了。

「你要對我很好喔。」她也蹦蹦跳跳的，笑得輕舞飛揚。

回宿舍前，我們到錄影帶店租了一支片子「絕命大反擊」，梅爾吉勃遜跟茱莉亞羅勃茲合演的關於陰謀論的片。

心虛地潛入了人走了泰半的男八舍，有點緊張，有點驕傲。

我們一邊在電腦前看影片，一邊牽手，我實在捨不得放開。

我注意到她在影片中段就開始打盹。

「睡了吧。」

「好。」

原本講好我睡我室友位於下鋪的床，而她則睡在我位於上鋪的床。

但，永遠不要小看男生畢竟在生物學分類上，隸屬雄性動物這個事實。

「我可以抱著妳……睡嗎？」我的眼神閃爍。

「真的嗎？」她有點為難。

「我會乖乖的。我保證一定會乖乖的。」我保證，但沒發誓。

「那……好吧。」她有點呼吸困難：「可是，你保證喔。」

就這樣，我摸上了上舖。

整個晚上，我都在嘗試用舌頭撬開她的牙齒。

快天亮時終於成功。

這個世界，未免也太美好了吧？

我從來沒想過，人生會在我大二的寒假峰迴路轉到這個境界。

懷抱裡，躺了一個同樣腦袋空白的女孩，對我又愛又氣。

她大概也沒有喜歡我到可以一起相擁入眠的程度。至少第一個晚上還不行吧。

而我，才剛剛結束對一個女孩的追求，心底，可還沒斷了對她的喜歡。我說不清楚我到底在做什麼，只感到天旋地轉，一切都很要命，很澎湃。

兩個年輕不懂事的男孩女孩，依偎在薄薄的木板床上。

看不清楚模模糊糊的前方，卻相信我們都是彼此的火炬，試著在冒險的過程中照亮對方的臉，想一起將未來看個清楚。

「肚子餓了嗎？」我抱著她。

「嗯，但更想睡呢。」她迷迷糊糊地說。

「那就醒來再吃吧。」我也累了。

「不可以再亂我了。」

「好。」

對了，一直忘了提。

後來，小龍女這個名字不見了。

我都叫女孩「毛毛狗」。

這個名字陪了我好久好久，陪我展開生命中最驚奇的冒險。

陪著我，安於弱，慢慢變強。

第六章　可是，前面有她

那些年，我很窮。
可是有她。
那些年，我只有一台會噴出黑煙的烏賊機車。
可是，
前面有她。

那是個充滿研究精神的寒假。

白天在宿舍都睡到下午兩點多，隨便亂寫個報告，就出門去玩。

南寮海邊實在沒什麼看頭，大冷天刮大風的，很有自殺的氣氛。不過談戀愛畢竟是無敵的，毛毛狗跟我漫步在灰暗的陰天下，吹著溼潤的海風，即使不說話也很滿足。

儘管在網上聊了不少，真實世界的我們還真的不熟，卻也不急著了解對方，牽著手，慢慢聊。毛毛狗想多跟我相處，打了不少唬爛她媽媽的電話回家，說她要在大學同學家多玩幾天再回去，我在公共電話旁邊聽著那些對話，緊張得不得了。

有天晚上，我帶毛毛狗到新竹大學生一定有去過的，竹東寶山水庫吊橋。

要到那個約會聖地，得先經過荒涼的產業道路，再鑽進曲曲折折的山間小徑。如果正好遇到有人棄屍，那是一點也不奇怪。要是碰上鬼，那也非常合理。

我是個怕鬼達人，但很妙的是，身後有個女孩緊緊抱著我、信賴我會保護她，讓我幾乎忘記鬼如果出現我肯定第一時間閃屎。

我們在小徑間的陰風中聊天，慢慢抵達，將機車停在漆了紅字的水庫吊橋旁。

「別怕，這裡總是這樣的。」我牽著她。

「我沒有怕啊。」她天真無邪。

我們來到吊橋中間，坐下。天冷，互相搓著對方的手取暖。

四下無人，霧氣重鎖，舉頭無月，倒是有個穿著白衣的女人在橋下洗衣服。

「靠，什麼顏色不穿，給我穿白的。」我嘀咕。

「為什麼不可以穿白的？」毛毛狗不解。

「沒啦，不管她。」我轉移話題。

熱戀的情侶是地表上行為最古怪的動物，明明在哪裡都可以聊天，卻偏偏要大費周章跑到人跡罕至的地方進行聊天的舉動，這種行動策略常常對聊天本身毫無助益，而且非常有可能傷害聊天本身。

以上文謅謅寫了一屁股，要說的就是——我非常在意那個在橋下洗衣服的白衣女子。

「她洗了有十分鐘了吧？」我突然說。

「可能衣服很多吧？」毛毛狗還沒發現我的不安。

「在我們來的時候，她就已經在洗了，假設她在之前洗了十分鐘，現在再加上我們到了以後的十分鐘，那就是二十分鐘了。」我搔搔頭，用力搓著手：「有人會在晚上的河邊，洗那麼久的衣服嗎？」

「那怎麼辦？」毛毛狗皺眉，完全就不了解我的困擾。

「沒怎麼辦。」我哼哼。

我們繼續聊，猛聊。

聊什麼，十年後的我怎麼可能記得。

唯一有印象的，就是過了快半小時，那白衣女子還在那裡給我洗衣服。

「家裡沒洗衣機嗎？」我瞪著底下的白影。

「她嗎？」毛毛狗終於也覺得不對勁。

我終於按捺不住。

「我……我想走了。」我吁出一口長氣。

「好啊。」毛毛狗慢慢起身，拍拍屁股。

當我發動機車，快速載毛毛狗離開那個鬼地方時，心中的陰影一直揮之不去。沿途我都拒絕看後視鏡，因為我不想看到奇怪的東西。

直到機車衝出山徑，重新回到像樣的大馬路時，我才呀呼～～～～了起來。

「怎麼了？」毛毛狗抱緊我。

「沒事。」我笑開懷。

剛剛「在一起」的那幾天印象之深刻，十年後歷歷在目。

白天都騎著機車在新竹到處晃，不管到哪個景點都覺得格外有意思，青草湖、十八尖山、城隍廟、東門城圓環、古奇峰……以前沒去過的都一口氣去了，不過最常做的還是一口氣騎到竹北看二輪電影，或是在清大夜市裡的租書店看漫畫，一邊吃小吃打發一餐。至於該交的報告就亂寫一通。

晚上回到男八舍，要洗澡，可有趣了。

躲躲閃閃的，從晾衣間迂迴前進，我先確認不會被發現，再叫毛毛狗拿著臉盆快衝到浴室。

「真的不可以一起洗嗎？」我期待地看著浴室門裡的她。

「出去！」毛毛狗快生氣的臉。

兩個人隔間洗澡，沐浴乳跟洗髮精在兩間浴室上方傳來傳去。當時我有種古怪的念頭，就是如果被舍監發現了，或是被裝乖的樓友舉發，好像也挺有面子的。

有時洗完澡出去，還會看到其他的女生東張西望從浴室出來或在男友的陪同下伺機進去，彼此都偷偷摸摸的，於是眼神交會、默契地迅速避開對方的眼神各做各的。

放了假的男八舍，就是如此朝氣蓬勃。

睡覺時，便是一次又一次意義不明的小冒險。

我想變成男人，她還想繼續當女孩。

努力地攻擊防守，各司其職。

「快睡了，你喔！」毛毛狗敲著我的腦袋，又氣又好笑。

「是！」我笑嘻嘻地躺好。

女朋友啊女朋友……真好啊，等過年時死黨們打牌聚會，一定要好好跟大家宣佈這個消息才行。

我抱住暖暖的毛毛狗，看著她睡到口水都流出來，真的無法形容的幸福。

我的臉貼著她的臉，聞著她口水的味道。

這個女孩子，真的很勇敢。

而我，不會讓妳失望的。

「我真的很喜歡妳。」

我說，這次是真心真意。

要過年了，宿舍終於要封關了。

我載毛毛狗到火車站，她要回台北，我要回彰化，兩個人都戀戀不捨。還都哭了。

「要常常打電話給我喔。」毛毛狗紅著眼。

「一定，要想我喔，過年找天到我家拜年吧！」我捏捏她的臉。

再見了，女朋友。

大包小包回到彰化，Puma發瘋似衝了過來，像是嗑了藥，脖子上的繩子硬是拖著塑膠籠子不斷前進，完全就是超愛我的。

「哈哈，二哥哥回來囉！」我歡天喜地蹲下。

Puma撲上我的臉，舌頭伸進我的鼻孔裡狂舔，好癢，好想打噴嚏。

「你不在，牠最可憐，每天都被我虐待。」奶奶作勢用腳踢Puma。

「先跟你說，不可以抱牠上去睡，好不容易牠養成了在樓下睡覺的好習慣，不要因為你一回

來，就讓牠沒有規矩。爸爸會生氣。」媽媽皺眉：「還有，不要讓牠一直吃你的鼻涕啦，不衛生！」

嘻嘻，不抱牠睡覺，那怎麼可能嘛！

「哎呀，柯普馬，你有沒有忠心耿耿啊？」我抱起躁動的Puma。

只見Puma小小的身子，竟然給我勃起。

「哇，你又長大了一點喔。」我科科科地看著Puma。

二哥哥，也開始長大了呢。

作家有很多華麗又豐沛的詞藻用來感動讀者，但實際上往往是另一回事。

但真的。

即使過了十年，第一次交女朋友的感動還牢牢駐守在我的心底。

愛情有很多樣貌，話永遠別說得太早。

在牽起毛毛狗的手之前，我完全想像不到原來兩個人可以先在一起，然後再慢慢熟悉對方、愛上對方。

深愛對方，深深深深愛著對方。

好像作弊一樣。

大過年的，我跟我的手下照例聚在一起打牌，零錢堆得滿桌。

玩梭哈，一向只有楊澤于跟我有得拚。

「你交女朋友了？」許博淳驚愕不已。

「對啊，小我一歲，念市北師初教系，一開始是網友。」我發牌。

「很漂亮嗎？」曹國勝拿牌，瞇了一下。

「算可愛啦。」我有點得意。

「啊你不是在追沈佳儀嗎？怎麼就這樣放棄了啊？」阿和笑得很暢快，因為連我也沒追到大家都追不到的那女孩。

「……哼。」我不置可否，說：「五塊。」

大家都跟，一堆零錢叮叮噹噹滾到桌子中間。

「進度呢？到幾壘了？有超過牽手跟接吻嗎？」廖英宏非常關心這部分。

「嘿嘿。」我發出第二輪牌，露出所有男生都擅長的那種表情。

大家發出一陣喔喔喔喔喔喔的鬼叫。真夠意思。

不知所云的寒假過去，毛毛狗跟我回到我們的戀愛基地，新竹。

毛毛狗開始暱稱我老公，很快就改叫成公公。

我則叫她各式各樣的毛：阿毛、毛頭、毛毛……

週五天一黑，我就騎車到大學路與光復路交叉路口的加油站，將剛下車、睡眼惺忪的毛毛狗撿起來，為她繫好安全帽的帶子。

「阿毛，很想我嗎？」我反手捏捏她肚子上的肉，右手催動油門。

「搞清楚是誰搭車過來找誰啊，當然很想啊！」毛毛狗嗔道。

才剛剛見面的時間最快樂了，兩個人高高興興到清大夜市吃晚飯。

我們最喜歡光顧一家位於巷子裡、擺設簡陋的牛排店，因為裡面有一道「雙份牛排」，才八十塊，份量卻多到可以把我們的肚子都撐大。

交大學生會跟清大學生會常常在每週五晚上，各自在大禮堂舉辦兩場電影播映。電影都很新，介於首輪電影跟二輪電影之間那麼新，看一次才二十五塊錢，不看簡直會折壽。

「交大在演《王牌特派員》，清大在演《非常手段》，妳想看哪一部啊？」

「都好啊，看你。」

「妳真的都沒關係嗎？」

「那我們去看《王牌特派員》好不好？我很愛金凱瑞啊！」

吃完絕對超值的雙份牛排，我們就去交大看電影。

問題是，只看一個晚上的電影……怎麼夠？

禮拜五過去，到了禮拜六，我還是很喜歡跟毛毛狗在八舍交誼廳，翻著報紙的電影時間表，研究二輪電影的配片，討論等一下應該去竹北的金寶戲院，還是在新竹市中心的新復珍戲院看。

可以便宜看電影真的太幸福了。

為了省錢看二輪電影，別說我可以騎好久的機車到竹北，就算是更遠的、比竹北還北的新豐我也肯去。毛毛狗沒有意見，都說好，她只要在後面緊緊抱著我就很快樂。

有時是看電影前，有時是看電影後，我們會在竹北二輪電影院附近的家樂福逛逛。那時真的是口袋空空啊，家樂福那種什麼都有、什麼都便宜的大賣場最合適我們這種窮窮小情侶去走一走了，因為我們可以什麼都不買，也不用承受店員關切的眼神，就只是手牽著手瞎逛。

「哇，好貴啊。」我嘖嘖嘖，拿起一件綠色的無牌衣服。

「公公，你覺得這件小背心適合我嗎？你看你看嘛！」毛毛狗猶豫了好久，對著鏡子比了比。

只要超過三百元的衣服或褲子，在我眼中就是名牌等級了。如果有衣服竟然能賣超過五百，我大概連試穿都省下來。

毛毛狗也是個窮寶貝，挑個三百元的裙子可以想上一個小時不嫌累。

我最喜歡逛相機部門。

眼睛貼著展示櫥窗，注視著茫茫機海中OLYMPUS品牌的精巧小相機，鼻子慢慢吐出的氣霧掉了面前的玻璃，呼吸變得小心翼翼。

「好小喔，除了裝底片的空間以外，好像沒有多餘的部分耶。」我目不轉睛，讚嘆不已。「可是好貴喔，竟然要五千多塊，這是怎樣……」毛毛狗的手指情不自禁摳著玻璃，留下可愛的指紋。

不想裝出一副「認真考慮」的表情，只要店員一走近，我們就默契地走開。

「如果將來有錢，一定要買一台這種的。」我老是嘀咕。

「好啊好啊。」毛毛狗晃著我的手。

常常，我們連當天的晚餐都一併在家樂福解決。最喜歡合吃八十塊錢一隻的全雞，外加一大瓶巧克力牛奶。只要超值，就會被我們吃進肚子裡。

吃完晚餐，我們就在頂樓的遊樂區裡玩剛剛盛行起來的投籃機，或是挑一場賽車。全部都是快樂的回憶。

某天，我看著剛剛投完籃球、滿身大汗的毛毛狗。

「我們做個約定好不好？」我突然有個感觸。

「什麼約定？」毛毛狗用手掌搧風。

「在家樂福裡，絕對不可以吵架喔。」我伸出手指。

「好，真的喔！」毛毛狗甜甜笑著：「這是我們的幸福基地。」

勾勾手。

有了這個珍貴的約定，不管我們起了什麼幼稚的爭執，只要我們走進了家樂福，在自動門叮咚一聲的瞬間，手牽著手，都不會繼續吵下去。

約定之所以珍貴，就在於它無論如何都要被遵守。

後來的後來，我們總算買了相機，開始記錄共同的畫面。

但不是夢想中的一台五千多元的名牌袖珍機，而是一台一千元的廉價相機，不僅不迷你，還有夠大台。

可惜我們只用它拍了幾次，就因為用錯了碳鋅電池燒壞了內部機板，永遠報銷……

儘管省吃儉用，約會的花費終究比一個人宅在宿舍裡多很多。

平常一個人的時候，能不花錢就不花錢。錢要留著週末約會。

我從哥哥那邊A來的小一百機車，排氣管會噴出爆炸性的黑煙。

我問車行師傅：「車子會爆炸嗎？」

師傅寒著臉：「不會。」

喔，那我就不修。

不久，油表也壞了。

我問車行師傅：「油表修要多少啊？」

師傅溫情地說：「一千塊。」

一千塊，那……那修個屁？當然就是靠超能力感應油箱還剩多少。

不過依靠超能力是有點虛無縹緲的，因此發生了很多次半途熄火的糗事。

記得有一次，我騎機車載毛毛狗從市區回到交大時，又沒油了。

沒油，推機車去加油站也就是了。

問題是，我沒有錢。

毛毛狗也沒有錢。

兩個人身上加起來的銅板，只有五十元整。

諷刺的是，在機車突然熄火前我們的討論話題，偏偏就是如何利用五十塊錢度過今天晚上。當時的答案是在宿舍福利社買一包麻油雞絲麵泡麵，外加一顆雞蛋充充場面。

而現在，瀕死的機車正在跟我搶劫那最後的五十元。

「公公，怎麼辦？」毛毛狗眼神陷入絕望。

「我現在還不能提款，距離我上次提款的時間太近了，我媽會罵。」我苦惱。

這陣子才因為花錢太兇被我媽要求記帳，如果繼續這樣下去，我媽一定會對毛毛狗印象不好的。

我原本預計在明天中午再提款，能多拉長一天是一天。

「那還是先加油好了，這樣才回得去啊。」毛毛狗沉住氣。

「把錢拿去加油的話，我們今天晚上不就沒東西吃了？」我嗤之以鼻。

「我們可以……喝水啊。」毛毛狗有點生氣了。

我只好跑到最近的電話亭，打到宿舍求救，要我的室友到光復路來救我。

十幾分鐘後，我的室友騎機車姍姍來遲。

「要跟你們借錢加油啦！」我直接說出重點。

「賽咧，我也沒錢了，我還想等一下跟你借咧！」室友傻眼。

「真的假的？我只是要跟你借五十塊耶！」我硬要比窮。

「五十塊？我身上只剩下一百，怎麼借？」室友也是窮翻天了。

毛毛狗在一旁，聽到這種爛對話完全就是呆掉。

「一百已經比我多了啦！你晚餐吃過了沒？」我不放棄。

「吃過了啊。」

「吃過的話就借我五十，明天就提款還你啦！」

就這樣，我搶走了室友全部身家的一半。

我跟毛毛狗坐在熄火的機車上保持平衡，室友在後面用腳踢著我的機車屁股，一路踢踢踢，直到踢到最近的加油站為止。不過我只加了二十塊錢的油，好把晚餐基金提高到八十元……說不定還可以一併解決明天的早餐。

「公公，我覺得好丟臉喔。」毛毛狗頭低低的。

「哈哈，真的耶！」我卻一直哈哈大笑。

「有什麼好笑的？真的很丟臉啊！」她惱道。

「十年後想起今天晚上發生的事，一定會覺得超好笑的啦！」我大笑。

「一點也不好笑。」她在我的腰上擰了一把。

貧窮的情侶也有貧窮的生存之道。

漫畫看一本才五塊錢，於是漫畫租書店也是約會的重鎮。

話說大學時，我進出租書店的次數遠遠多過進教室，在那個幽閉的書叢空間裡，我可以一邊解決晚餐一邊跟湘北打山王。以十年後的現在的語言來說，就是宅。

「《七龍珠》超級好看的，不看活著也沒意思。」我首先推薦。

「可是我不喜歡看打來打去的漫畫。」毛毛狗嘟著嘴。

「悟空小時候算是走可愛路線的，不會一直打，到了後面才是打到連宇宙都快撐不下去了。」我絕不放棄推薦我愛的女孩看《七龍珠》。

「那我可以只看悟空小時候嗎？」毛毛狗嘆氣。

「當然好啊！」我欣然同意。

我心想：鳥山明超凡入聖的功力，怎麼可能讓妳停留在悟空小時候呢？到時候一票怪物跑到那美克星，打翻天就打翻天了吧！

幾個禮拜後，漫畫裡天真無邪的悟空長大了，也就不那麼天真無邪地生了悟飯，還一起變成金髮不良少年超級賽亞人。入迷的毛毛狗果真不可自拔看到全劇終。

永遠記得，毛毛狗在看到賽魯毆打尚未覺醒的悟飯時，悟空一副老神在在的畫面。她很氣，闔上漫畫跟我說：「我不喜歡悟空。」

「為什麼？」

「因為悟空腦子裡只有打架，根本不關心他兒子。」

「是喔。」

「我喜歡比克，因為他很愛悟飯。」

「嗯，可是他變遜了。」

「變遜又怎樣，我還是喜歡他。」

說是這麼說，可我記下了毛毛狗喜歡比克這件事。

在漫畫店約會的日子，不可不提恐怖漫畫家伊藤潤二。

「這個漫畫家，腦子一定被奇怪的細菌感染了，不然不可能想出這麼詭異的故事。」我讚嘆地從架子拿下一本伊藤潤二全集其中一本，說：「他真的很厲害，別人都在畫鬼嚇人，他根本不搞那套，他靠的是創意！」

「是嗎？真的很恐怖嗎？」毛毛狗半信半疑，顯然不懂什麼叫靠創意嚇人。

我翻到我最喜歡的短篇「長夢」，請毛毛狗鑑定。

那是一個夢境很長造成極度困擾的男人，在夢裡，時間是以好幾年的程度在進行，比如連續打了七年的硫磺島戰爭的困倦、連續找了八年的廁所還找不到的焦慮……

長夢結束。然後一個接一個驚悚怪誕的故事。

「真的很酷吧！真的很變態！」我興高采烈，彷彿那些故事是我想出來似的。

「他怎麼想得出來這些東西啊，看得我頭都暈了。」毛毛狗驚愕莫名。

富江、頭髮、無街的城市、至死不渝的愛、人頭氣球、雙一的暑假、漩渦……肩並著肩，深陷在微微龜裂的黑色沙發裡，我們一起成為伊藤潤二的重度粉絲。

那是無比重要的時刻。

那些電影導演、漫畫大師向世人展現他們無比創意的姿態，我記住了。

希望在未來的「總有一天」，我能不只是單純的著迷。

我也想大聲對這個世界說點什麼。

不管是看電影還是看漫畫，約會就僅限於週末。

週一早上六點，鬧鐘一響，分離的時候到了。毛毛狗得回去市北師上課。

「再抱一下下好不好？」毛毛狗睡眼惺忪地說。

「好，再一下下。」我聞著她嘴角殘留的口水味。

勉強爬起來後，我牽著毛毛狗躡手躡腳離開男八舍。

在清晨僵硬的冷空氣中走到機車棚，發動我不知道油還剩多少的小機車，沿著蜿蜒的車道滑出交大，載著她前往清大門口的新竹客運。

我感覺到毛毛狗抱著我的手越來越緊，像一隻浣熊。

「要想我喔。」我輕輕拍著她的手。

「真的好不想走喔。」她的臉貼著我的背。

「再過五天，就可以見面了啊。」

「還要五天。」

「要好好照顧自己，知道嗎？」

「你也是喔，答應我，不要蹺太多課好不好？」

「好，好好好。」

我停下車，反手將她的安全帽解下。

「阿毛再見。」我轉身一吻。

「公公再見。」她心不甘情不願下了車。

毛毛狗終於上了新竹客運，戀戀不捨地從車窗玻璃內看著我。

客運巴士發動，毛毛狗貼著車窗，用嘴巴在玻璃上呵氣。

用手指慢慢畫了一個愛心。

沒有言語，毛毛狗的指尖不斷重複同樣的軌跡。

震耳欲聾的引擎聲中，客運巴士遠去。

「……」我的胸口突然好悶。

催動油門，我飛快跟了上去。

我用力在巴士後面揮著手，揮著手。

她貼著車窗，把五官都壓得好扁好扁。

依稀是笑了。

那些年，我很窮。

可是有她。

那些年，我只有一台會噴出黑煙的烏賊機車。

可是，

前面有她。

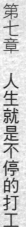

第七章　人生就是不停的打工

也許在夜市打工洗碗，可以帶給我的人生，
一點洗碗技巧之外的幫助。
或啟發。我不知道。
也許永遠也不會有，
我就只是擦了幾千次桌子，
洗過幾千個碗罷了。
代價再公平不過，就是鈔票。
我常常臭屁，如果我認真起來，連我自己都會害怕啊！
但我什麼時候要開始認真戰鬥我的人生？

為了儲存約會基金，我開始打工。

一開始是最簡單也最枯燥的發傳單、貼海報，完全就是非常自我約束的工作。

每天我都得說服自己不想有報應的話，就該把傳單送到每個路人的手上，想安心花錢的話，就該把每張海報貼在新竹各校宿舍的公佈欄上，而不是一股腦丟進垃圾桶。

然後我在科學園區的管理局裡兼了一份差，幫一個國外大學在新竹開的碩士學分班擔任課程助教，負責在上課前影印講義。來上課的都是來自科學園區的上班族，只要老師開始講課，把教室門關上後，我就可以做自己的事。

老實說我不是一個很好的助教，每次影印完講義，我就會偷偷跑去對面的國際會議廳偷看園區播放的電影。負責守門收票的工讀生每次看到我，就一副「你怎麼什麼爛電影都想看啊？」的表情，然後踢了一道門縫讓我溜進去。

有時候爛電影也有一看的價值。寫小說寫壞掉畢竟是一個人的事，但一部電影砸了那麼多錢、用了如此多人，為什麼還可以恬不知恥地把它拍爛呢？

看好電影時往往過於聚精會神無法想太多別的事，但爛電影？我倒是可以用最輕鬆的心情，慢條斯理拆解它。分析的結果往往帶給我重要的創作啟示。

等到電影散場，我再神不知鬼不覺溜回教室外坐好。

「剛剛偷溜喔？中間休息的時候你都不在。」上課的上班族大姊姊常常虧我。

「我去尋找人生的意義。」我一本正經地說。

最詭異的打工，就是暑假時幫台灣大哥大公司測試手機訊號的強度。

那時手機才剛剛盛行起來，各家電信公司的基地台都陸陸續續興建，偏遠地區的手機訊號強度不一，為了改善訊號品質，就需要一堆工讀生到處測試。

暑假，太陽變成一團有毒的大火球，我騎著不曉得何時會熄火的機車、拿著好幾十張新竹偏遠地帶的地圖，按照規定每二十戶人家就停下來看一下手機訊號有幾格，可能的話還得進去人家屋子裡，拜託他讓我在房子裡打打看……為此當然吃了不少排頭，不過看在一天竟然有一千五百塊錢打工費的份上，被當作白目也不是不能接受啦！

由於是暑假，為了多點相處的時間，毛毛狗常常也會陪著我上山下海。便利商店的重量杯可樂是我們補充水分的標準配備，只有一邊騎車一邊嚼冰塊才能確保我隨時清醒。

兩個人都被大太陽虐待到脖子曬傷、皮膚黑紅。

「公公，太陽好大，我都變黑了。」毛毛狗抱怨。

「哪有變黑，我看……還是好好的啊！」我亂講。

「我好累喔，今天可不可以休息了？」她快哭了：「我不快樂。」

「再測半小時就大功告成啦，等一下我們去吃冰喔，乖！」

「我說我不快樂！」

「……喔乖！」

雖然常常因為天氣太熱了胡亂吵架，但有毛毛狗陪著，就不無聊。

我最常在機車上漫談經年累月藏在自己大腦裡、不斷演化的武俠小說。

「主角呢，就叫洛劍秋，是個右手使快劍、左手使怪劍的天才！」我大聲說。

「可是，有人姓洛的嗎？」毛毛狗抱著我，閉著眼睛防曬。

「不知道耶，那不是重點啦！這種事我自己決定就可以了！」我滔滔不絕：「還有北狂拳，他是條威風凜凜的北方漢子。相比之下出身富貴世家的南宮指就娘多了。而東方戩是個大俠，但是武功就只是比普通還好一點而已。西門劍真的很賤，老是在想用一些奇怪的方法稱霸武林，卻不好好認真練劍。」

「可是……這不就跟金庸的東邪、西毒、南帝、北丐很像嗎？」

「唉，只怪我從國中就開始想這個故事了，所以名稱根本就大受影響啊。」

我大聲說著故事的每個細節，毛毛狗也很努力地回應我。

洛劍秋真的很暢秋，在眾多高手環伺的江湖上練成了天下無敵的四壁劍法，而北狂拳天生神力，率領一千大漠怪物將中原高手殺得臉面無光……當然了，這些故事Puma都聽過了大概。

「你想了這麼多，不把它們寫出來好可惜喔。」毛毛狗喝著早就不冰的可樂。

「不寫出來也沒關係啊，它還是會好好活在我的腦子裡。」我想了想：「這個故事我已經反覆想了四、五遍了吧，每一次都會更改一些劇情，讓它越來越厲害！」

記得在我生日當天，毛毛狗跑去台北開同學會，留我獨自一個人在竹東山區裡測試訊號。我抱著悠閒的心情，不料騎著騎著，路越來越小條。

挫賽，我好像迷路了？

我有點緊張，畢竟我的機車還剩多少油鬼才知道，萬一演變成在深山裡牽著一台廢鐵走來走去，那該如何是好？我必須在車子還有力氣的時候，想辦法騎到大馬路上。

不知不覺，我來到一個風景豪爽的山谷。

山谷中央，有一隻正在吃草的牛，牠慢慢抬起頭來與我四目相接。

我有點感動。

「是牛耶。」我索性熄火，享受山谷的寧靜。

我感嘆地看著牛，牛也看著我。

我為了把牛看得更清楚，我慢慢後退、後退、後退……

突然間，我的屁股失去了正常的重量感，視線也慢慢向上傾斜！

「賽咧！」

這一切來得頗慢，但慢歸慢，完全無法抵抗。

我冷靜地朝著恍惚的天空罵了聲賽，然後更冷靜地抓著機車把手、摔倒在被野草覆蓋的山溝裡。全都是慢動作分鏡。

「……」這裡四下無人，叫也沒有用，掙扎也是枉然。

我只是靜靜地躺在地上，聞著臉上的草屑氣味。有點好笑，但真正笑出來的話恐怕也有點造作，所以我繼續思考著萬花筒般的人生……今天我生日耶，真的好猛喔！

所幸這樣的狀態沒有持續太久。

「喂！你要不要緊啊？」

上面傳來一個帶著台客腔的、強有力的詢問聲。

我狼狽地坐了起來，有點不好意思地看著山溝上的人。

說話的是個挑染金髮的少年，騎著一台改裝成機械獸的機車，一副天涯海角任我闖的模樣。他很熱心地蹲在山溝邊看著我，說：「要不要幫忙啊？」

廢話！

「喔，好啊，謝謝耶！」我苦笑。

然後我拚命把機車推上去，讓見義勇為的金髮少年抓住拉上。

就這樣，我安撫了一下嚇壞了的機車，問了最快、也是唯一衝到沒有牛的正常世界的路，結束了難忘的看牛逆摔記。

升大三的暑假過了一半，手機訊號測試的打工也結束了。

成績一直起起伏伏、讓人擔心的我弟，破表考上了師大工教系，從我爸媽簡直高興得快瘋了的表情來看，我弟的成績真是一大奇蹟。

之後，平常家裡又要少一個人了。

坐火車回到彰化，我帶毛毛狗回藥局家裡，看看我忠心耿耿的最小弟弟。

我們站在家門口，遠遠看著趴在椅子下睡覺的Puma。

「阿嬤，我回來了。」看著奶奶，我刻意用氣音打招呼。

坐在藥局門口聽廣播節目的奶奶，只是點點頭。

「爸、媽，我回來了。」我還是用氣音跟正在顧店的爸媽打招呼。

爸爸抬頭瞪了我一眼。

「……」媽媽用手指指著椅子下的Puma，用自己發明的手語說牠睡了很久。

我躡手躡腳接近呼呼大睡的Puma，毛毛狗只好自動省略了正常的打招呼模式。

還沒伸手摸到Puma，Puma便閃電睜開眼睛，在一瞬間坐好。

牠看著我，我看著牠。

牠的身體因太過激動微微發抖。

過了半分鐘，我才笑嘻嘻開口：「柯普馬，你有沒有忠心耿耿啊？」

Puma立刻大聲回應我，原地轉了兩圈後，便砲彈般飛快衝了過來。

真好耶。

不管我多久沒回家，Puma總是不計前嫌地抱住我的腳。

「哇！好可愛喔！」毛毛狗蹲下，小心翼翼地摸著牠劇烈發抖的背。

「放心，牠不會咬人。」我溫柔地低下頭，讓Puma溼熱熱的舌頭捲進我的鼻孔。

「我知道啊，你說過好幾次了。」毛毛狗微笑。

「妳看，牠會幹我的腳耶！」我說，伸出我的腳讓Puma整個抓住。

Puma中邪般瘋狂抽插。

「你幹嘛啊！你媽媽在看耶……」毛毛狗臉紅了，侷促地說。

「牠就是這樣啊！」我毫不在乎，用小腿感受Puma的年輕活力。

Puma總是這樣的。

儘管牠很跩，平時在什麼地方尿尿大便誰也管不了，但一遇到了久久回家一次的我，說什麼也來不及假裝不認識我、氣我一下，就急著跟我好。

真難為了Puma。

自從交了女朋友後，遠距離戀愛不容易，平日兩個人都要上課，只有假日才能跟毛毛狗相處，理所當然回家的次數就減少。

孩子長大了，爸媽寂寞了。

家裡的狗卻什麼也不知道、什麼也不明白地承受著小主人一天又一天的缺席。

還記得前幾個月，Puma就這麼生病了。

「Puma生重病，你快點回家。」媽媽在電話裡簡短地說。

「啊？生重病？是感冒嗎？」我腦袋一片空白。

「今天就回家。」媽媽難得的堅持。

掛上電話，上完最後一堂課我就搭夜車回家。

一進門，我就看見媽媽像抱著嬰兒般抱著虛弱的Puma，用吸滿牛奶的針筒插進Puma的嘴角，慢慢灌進營養。

一開始我還覺得有點好玩，但Puma看到我回家，立刻掙扎著要爬起來，一亂動，剛剛好不容易灌進去的牛奶便給吐了出來。媽媽無可奈何將Puma放在地上，Puma就跌跌撞撞向我走來。

我快哭了，抱起邊走邊走歪掉的Puma，感受著牠奮力發出的開心顫抖。

「真難得，你不在的時候，Puma什麼都不吃也都不動，看到你就好一半了。」媽媽說。

「幾天了？」

「前幾天就怪怪的了，可是一直從昨天開始，Puma完全不吃東西我才嚇到。」

「Puma，你有忠心耿耿，二哥哥知道，都知道喔。」我安撫著躁動的牠。

別亂動了，別花力氣亂動了。

二哥哥回來了，喔乖。二哥哥回家了喔！

「可是你一在，牠就不乖。」媽皺眉，晃著手中還有一半：「吃下去的東西全部吐掉，剛剛好不容易餵的一些牛奶都白費了，這樣下去沒補充營養的話，好不起來。」

「牠有吃藥了嗎？」我拍拍Puma的背，讓牠趴在塑膠拼板的地板上。

「我有餵牠吃一點肝藥，加上感冒藥水，不過Puma一直不吃東西，就算吃了也是吐，沒有體力也不行。」媽盡量說得客觀：「現在就是讓牠吃東西，然後都不可以吐出來。」

那時，我真怕Puma死掉。

晚上我抱著虛弱的Puma睡覺，Puma睡得極沉，有時好久都一動也不動。睡不安穩的我小心翼翼將手指放在Puma的鼻子前感受牠的呼吸，深怕這個小弟弟就這樣在睡夢中告別了我。

一直以來，我都很怕Puma在我離家的時候過世，那樣的牠太寂寞，而我也完全無法接受。我們彼此都很愛對方，我經常祈禱Puma在永遠闔上眼睛前，再感受一次我的懷抱。

牠需要，我也需要。

所以我一直跟牠約定，如果有重大的病痛，一定要撐到我回家。

而媽媽也答應過我，如果Puma怎麼了，不管我人在哪裡在做什麼，一定要立刻打電話叫我回家。立刻。立刻！

「謝謝你等二哥哥。可是，現在還太早了喔。」我摸著Puma充滿嘔吐物氣味的黃毛，說：「你還要活更久，二哥哥還沒有堅強到可以送你走喔。」

隔天一醒來，我就展開我的Puma人復活計畫。

我在剛煮好的白飯裡淋上熱熱的肉湯，再鋪上一層厚厚的肉鬆，然後放進嘴裡嚼啊嚼，嚼成肉鬆飯泥後，吐在掌心讓Puma慢慢舔……慢慢舔……接著就嘗試吃了幾小口。

「很厲害喔！不愧是忠心耿耿的超級Puma狗！」我樂壞了。

慢慢的，Puma又吃了幾次，食慾就打開了。

到了第三天，Puma恢復了體力。

「來，獎品！」我把褲管捲起來。

「……嘿嘿嘿嘿！」Puma抱著我的小腿，急切地相好起來。

還挺有精神的嘛你！

毛毛狗是造成我跟Puma聚少離多的重要原因，所以我也規定毛毛狗要跟Puma要好一點，補償一下罹患相思病的Puma。

每次毛毛狗抽空陪我回彰化，我就會載著毛毛狗，不時催動機車油門。

而奶奶就會牽著Puma站在藥局前庭，嘲笑Puma根本就不敢跳上機車的踏板。

「Puma，勇敢！」我用力說道，繼續催緊油門，引擎發出快解體的咆哮聲。

「……」Puma侷促地一下子衝前，一下子緊急煞車。

膽小的牠就是打不定主意跳上機車踏板，跟我們一起去八卦山玩。

奶奶常常等到不耐煩，說：「你們自己去玩啦，帶牠去只是多添麻煩。」

我斷然拒絕：「本來就是要帶牠去跑一跑的啊。快，Puma！戰鬥了！」

「勇敢喔Puma！」毛毛狗也鼓勵著：「跳上來跳上來！」

「拜託！你小時候連床都可以一下子跳上去！快點啦！」我感到好笑。

其實我也沒資格說Puma，我自己就超級怕高的。

什麼樣的主人養出什麼樣的狗，果然有幾分道理。

「……這隻就是不敢啦！」奶奶抱起Puma，想將牠直接放在機車腳踏墊上。

「不要啦阿嬤！我就是要Puma自己跳啦！」我慌亂地阻止。

Puma就這樣前前後後衝了十幾次，最後終於鼓起盲目的勇氣一躍而上。

「好囉！我們去玩吧！」我哈哈大笑，慢慢伸起支撐的腳。

一路上，Puma迎著風、縮起耳朵，自信十足地欣賞山路風景。

偶爾我都會伸手下去摸摸Puma的頸子，讓牠知道我沒有疏忽牠的存在。

彰化師大位於八卦山的分部，有幾個無敵大的大草皮，就算工友在上面飼養迅猛龍也完全沒問題。我們的目的地就在那裡。

在草皮邊停好車，Puma立刻發瘋般衝下去，連續抬腳尿了三次後，就完全不受管控地在一望無際的大草皮上跑來跑去。

很快的，一大片耀眼的鮮綠中，只剩一個到處亂竄的黃點。

毛毛狗的手放在眉毛上遮擋刺眼的陽光，感嘆：「Puma看起來好快樂喔。」

可不是？

我衝了出去，張牙舞爪對著沾滿草屑的Puma大吼：「吼～吼～吼～」

兩個人，一條狗，玩起沒有規則的追逐戰……

如果有人問我：「請問，狗的人生是什麼？」

「跑來跑去。」我一定這麼回答。

我還想多存一點錢，便在清大夜市裡找到了一份工作。

那是間便當店兼牛肉麵店，算是綜合性質的小吃店，生意爆好，每天都人來人往，除了下午兩點到四點沒生意，其餘幾乎沒有休息的時間。

之前有工讀生偷錢被老闆辭退，為了避嫌，我每天乾脆都穿一件只有一個薄薄口袋的短褲上班，裡面絕不裝錢。生活費就放在停在店門口的機車置物箱裡。

我什麼工作都得做，裝菜、盛飯、收錢找錢、清理桌面、洗碗。其中就數洗碗最……最棘手。話說位於室內的洗碗槽，旁邊就是一大桶套上黑色塑膠袋的餿水桶，裡面都是順手倒進去的、客人吃剩的食物殘渣，發出一陣陣濃烈的酸臭。

我將客人吃完的碗筷收進廚房後，在洗碗槽累積了一定的髒碗，就要開始清理。但右手邊的餿水桶的氣味實在中人欲嘔，不必聞久，聞一下下就很想吐，道理有點類似你被一個暈車的歐巴桑吐了滿身，不久後就必定換你吐。

所以，每次進廚房洗碗，我都深深吸一大口氣，然後閉氣洗碗。

如果受不了了，就拉開衣領，頭低下，朝著黏答答的身體快速換氣。

——寧願呼吸體臭，也不想吸進餿水的味道。

有時毛毛狗來探班，會貼心地駐守在廚房幫我洗碗，或是幫我拿抹布清理桌面。兩個人在小吃店裡搞得全身油膩膩的，竟然也是約會的一大部分。

「公公，這真的好臭喔。」

毛毛狗一手沖水，一手將碗裡的麵條倒進垃圾袋。

「唉，還不是為了要跟妳約會。」

我放下一堆新的髒碗，又出去招呼客人了。

雖然我心知肚明毛毛狗是好意幫忙，但她抱怨的次數多到讓我偶爾都會跟她吵架。有時甚至會在小吃店裡鬥氣，真的是很那個。

有時候，難免遇到去那邊吃飯的同學。那些同學經常露出尷尬的表情，但我反而得笑笑招呼他們，偶爾還會幫他們多添一些肉塊之類的。

我猜想他們並不是瞧不起我出賣勞力的打工，而是看到我渾身髒兮兮、任人使喚，不由自主想同情我，卻又覺得那種同情無論如何都太傷人了的尷尬。

我只有笑，才能安撫他們那種不上不下的情緒。

「這個滷蛋……我請客的。哈哈！」我夾了一顆滷蛋，逕自放進麵裡。

「九把刀……謝謝。」同學也笑了。

晚飯時間最累，幾乎每三分鐘就有人屁股離開椅子，然後又有新的人進來。

那時只有令腦筋完全空白、讓身體機械地執行每個單調的環節，我才能跟疲倦暫時脫鉤，否則心情很容易煩躁。

過了九點，換了吃宵夜的客人，節奏才整個慢下來。我開始在煮麵、燙青菜的過程中反覆構

思「洛劍秋」、「北狂拳」等人的武俠故事。故事一層又一層鋪蓋上來，解決了好多窮極無聊、卻累到不行的時刻。

凌晨一點，打烊。

我開始掃地拖地，抹乾桌子，將廚房跟料理台打掃乾淨。

那包裝滿餿水的巨型垃圾袋到了這個時候已是超級飽滿，肥得快要爆炸。我必須小心翼翼而用力地將它抱了起來，然後半扛著走到店門口放著，等人來收。

如果我膽敢偷懶，將那袋餿水放在地上拖拖拖，接下來袋子一破掉，我就得花上數倍的時間在清理超噁爛的地板。

於是那股非得壓在肩上不可、壓榨腕力極限的巨大酸臭，至今不可能忘。

忙完了，已經是深夜兩點。

筋疲力盡，卻因為太累而沒有睡意。

「我們去走一走好不好？」我疲倦地騎著車。

「去哪？」毛毛狗不敢太用力抱我，因為我不僅臭，還很黏。

「……」我困頓地說：「還是去那裡好了。」

我跟毛毛狗到附近的建功國小，大門旁的小門總是沒鎖。

牽著手，兩個虛脫的情人在空無一人的操場跑道上，走了一圈又一圈。

聊天，或不聊天。

想事情，也不想事情。

漫無止境地走在跑道上，夜正濃稠，風總是很涼很柔，筋骨一下子就鬆開了。

「謝謝妳陪我洗碗。」我揉著她的手。洗潔精很傷手，我很心疼。

「反正就約會啊。」毛不在乎。

在一起的這段期間，毛每個週末都陪我吃宵夜，變胖了不少，挑裙子時常常挑到生氣。我看著她有點胖胖的側臉，今晚睡覺一定要親得她滿臉都是口水。

「我們躺下來好不好？我腳痠了。」毛毛狗不等我回答，直接就坐下。

「我也想躺一下。」我大字形倒下，跑道上的塑料顆粒竟是溫溫的。

看著上空巨大的黑，我的心底，總是有股不踏實。

打工是自食其力、不分貴賤。

更何況不見得每個人都命好，可以不用打工就能夠有車騎、有手機打、有正版的原文書讀、看首輪電影……這些我都沒有，沒有，就去賺，沒什麼不對。

我可以無所謂學歷，捲起袖子去夜市洗碗，反而是我的本事，我的器量。

雖然如此，但那個時候的我不免有些擔心。

擔心什麼？

正當我在小吃店洗碗打雜的時候，其他的同學不是在宿舍用功讀書、上補習班準備考研究所，就是在聽起來很酷的大公司裡當見習的工讀生。即使是一般打雜如影印文件之類的，也是在可以在商業週刊上看到的大企業裡觀摩學習啊。

他們都是很優秀的大學生，把握了重要時刻在充實自己，培養更強的競爭力。

在我的同學越來越像菁英的時候，我在夜市洗碗。

……嗯，我重複強調了很多次，洗碗。

我當然可以有很棒的自食其力的說詞，但那不過是一場說詞而已。

他們在變強，而我還在原地踏步。

這是顯而易見的殘酷事實。

在大學同學的眼中，不愛刮鬍子、一頭捲髮加上拖鞋，功課很爛卻老是一副神采飛揚的怪人，就是九把刀的註解。但這樣的註解不過是「怪咖」，怪不等於高深莫測，更不等於這個人將來會有前途。

尤其在人才薈萃的交大，比鄰著象徵成功的科學園區，更顯得我的渺小。

想著想著，竟然有點喪氣。

「毛，如果我沒有辦法變成很厲害的人，妳還會喜歡我嗎？」我轉頭。

「會啊，因為你是公公。」毛看著沒什麼好看的天空。

「謝謝。」我嘆氣：「我越來越無法保證什麼了，只能說我會努力。」

「不過，你的脾氣太差了，要改喔。」毛故意的。

「是喔……我考慮一下。」我哼哼。

也許在夜市打工洗碗，可以帶給我的人生，一點洗碗技巧之外的幫助。或啟發。

我不知道。

也許永遠也不會有，我就只是擦了幾千次桌子，洗過幾千個碗罷了。

代價再公平不過，就是鈔票。

我常常臭屁，如果我認真起來，連我自己都會害怕啊！

但我什麼時候要開始認真戰鬥我的人生？

「公公，我睏了。」毛幽幽地說：「也有點冷。」

「那我們回去宿舍吧。」我抬起雙腳，一晃，坐起。

「拉我！」她撒嬌。

「……嘿咻！」我拉起毛毛狗，拍拍她沾滿灰塵的屁股。

嘻嘻，她笑著。

「妳好臭。」我故意湊過去聞。

「你才好臭咧！」毛惱火，用力打了我一下。

兩個臭臭的人，騎著小100cc，心甘情願地晃回了夜深人靜的交大。

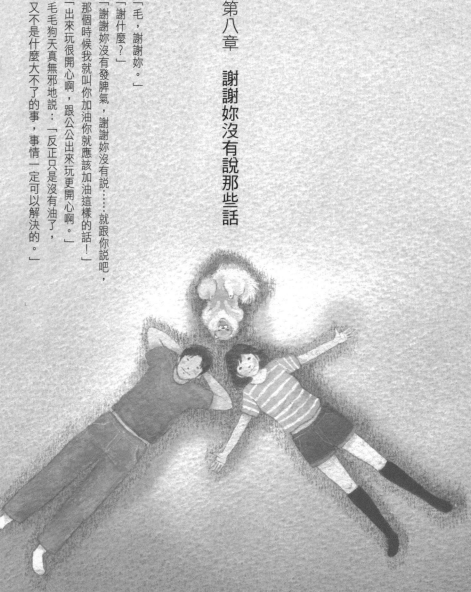

第八章　謝謝妳沒有說那些話

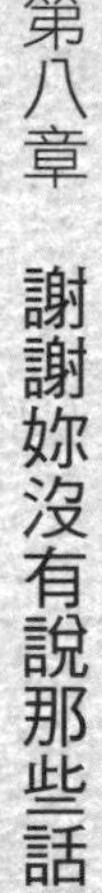

「毛，謝謝妳。」

「謝什麼？」

「謝謝妳沒有發脾氣，謝謝妳沒有說……就跟你說吧，那個時候我就叫你加油你就應該加油這樣的話！」

「出來玩很開心啊，跟公公出來玩更開心啊。」

毛毛狗天真無邪地說：「反正只是沒有油了，又不是什麼大不了的事，事情一定可以解決的。」

暑假到了尾聲，我們決定去新竹五峰鄉的觀霧玩兩天。

「為什麼是觀霧啊？」毛毛狗不懂，但很配合地打包行李。

「因為義智跟山服社團去過，他說很好玩。」我答得很簡單。

不只室友義智，很多同學都去過觀霧，既然大家都去了，那我也要。

暑假快結束了，我可不想將來回憶起這個夏天，只聞到打工的酸臭味。

幾乎是從網路上抄下從新竹市前往觀霧的機車路線圖後，就立刻請假出發。

一大早，太陽沒有那麼霸道，風涼爽到全身毛細孔都跳舞了起來。

天氣好，但我們的心情更勝一籌。

「公公，我好開心啊！」毛貼著我的背。

「對啊，我也超開心的。哈哈！觀霧聽起來就是霧很多的地方，一定美得讓我害怕啊！」我開心地喔喔喔了起來，好像全世界都知道我們要去旅行似的。

大概過了一個小時，旅行的感覺正好，我們經過了竹東加油站。

「要加油嗎？」毛的手伸進我的衣服裡，搔我癢。

「現在？應該不必吧！」我笑笑，說：「我們一鼓作氣攻上去，中間遇到加油站再說吧！早一點到觀霧，早一點找到住的地方比較不虧。」

就這樣，我們意氣風發地催動小100cc機車，繼續愉快的旅程。

其實要去觀霧玩，觀霧是個什麼樣的地方，我真的一點概念也沒有，完全就是一時興起。只知道是個有點遠，必須要過夜認真玩的地方，所以我們帶了換洗內衣褲，其餘都不知道。

這個時候應該要用什麼成語呢？

（A）藝高人膽大（B）愚不可及（C）不知天高地厚（D）見鬼了。

應該是……以上皆是吧？

沿途山明水秀，大山惡水，果然不是平地可以比擬的風景。

我們一路騎車，騎到屁股都快抽筋了。

未免也太久了吧？按照我的幻想，現在應該要躺在旅館床上抱抱了啊？

「屁股好痠喔。」毛忍了很久才說。

「那……休息一下好了。」我熄火停下。

兩個人都下車走一走，順便拍照，在路邊暢快一下。

拉上拉鍊，我有點疑惑地拿出我從網路抄下的路線圖，不禁納悶。

明明是這樣走沒有錯，而且沿路上來就只有這一條路可以走，沒道理走錯啊？

慘了，如果迷路就挫賽了。迷路是我最致命的專長，平常也不打緊，可是在這種放眼望去就只有超藍天空的鬼地方……還加上一個非常信任我的毛毛狗，這次可不是我挫賽就可以解決的局面。

「好像在爬山喔，剛剛都是上坡。」毛喝完水，將瓶子遞給我。

「嗯，的確是這種感覺。」我喝水，裝作鎮定。

我心想，觀霧說不定就在深山裡，難怪有那麼多霧。嘖嘖，我有點小看了。

這時有汽車從後方慢慢開了過來，我趕緊揮手攔下。

「請問妳們是要去觀霧嗎？」我彎腰。

「對啊！」開車的是個女生，搖下車窗，滿車都是看起來正忙著暈車的人。

「一直往前走就會到了嗎？」我趕緊確認這點。

「應該是吧？」那女生轉頭，滿車的女生都點點頭。

對話結束，我趕緊發動機車，遠遠地跟著前面的汽車走。

不曉得是前面的車子大概也知道膽小的我們在跟車，於是刻意放慢速度，還是山路原本就很蜿蜒崎嶇，這一跟車，竟足足跟了兩個多小時。

「天啊，這也太久了吧？」我苦笑，但嘴角揚起的角度有限。

「公公，我屁股好瘦喔。」毛像一個海星，虛弱地黏著我的背。

「唉，我的屁股也快裂開來了，可是我們一停下來，就跟不上前面的車子了。」我曉以大義：「這樣的話，我們就完完全全，百分之百要靠自己找路了，那樣真有點太恐怖。」

「我知道啊……我只是愛抱怨……」毛繼續裝哭。

突然，油門的感覺有點怪異。

我心中閃過一道超級不吉利的閃電！

機車完全不動了。

「沒……沒油了。」我很平靜地說出這三個字。

「那就只好用走的囉。」毛乖乖下了車。

前方的汽車雖然不能用揚長而去這四個字形容，但終究毫不留情地遠去。

雖然挫賽是挫定了，我想了想，便將機車停在路邊。

我的理論是，反正去觀霧的路就只這麼一條，下來時也必定會經過，不如先靠邊停好，兩個人用走的上去比較輕鬆。畢竟天知道前往觀霧的路程還有多遠，中間是否還有加油站，用牽車攻山搞不好會先累死掉。

我打起精神，裝出笑容。

兩個人像出來遠足的小朋友，無憂無慮地牽手爬山。

「我有感覺，很快就會到了。」我帶著歉意的笑。

「嗯，我也是。」毛一點也沒有不悅。

「至少會遇到一間加油站吧，那時我們用礦泉水裝好油，再走回來。」

「嗯，一定可以解決的。」

「絕對沒問題的，妳相信我。」我只有靠不斷強調來掩飾不安。

「我沒擔心啊！」毛毛狗一邊喘氣一邊笑。

其實我還是很悶，超級悶，也很煩惱明天該怎麼下山的問題。

但我還有心愛的女孩要照顧，可不能輕易流露出「死定了」的表情，可能的話，就讓毛毛狗一直維持一貫的樂觀吧，不然沒有油又加上沿途吵架，那就是旅行地獄了。

休息了約莫五分鐘，一輛白色轎車從我們後面逼近。

我還沒開口，車子就主動停下來。

一個通緝犯模樣的男人搖下車窗，大聲問：「喂！要不要順便載你們上去！」

「靠，當然要！」我振臂大呼。

這時就不計較，這模樣兇狠的男人是不是正好開車來深山棄屍了。

我們很幸運地搭到便車，在二十分鐘內就到達了觀霧山莊。

沿途，毛毛狗發現一個美侖美奐的標示，寫著「雪霸國家公園」。

我大吃一驚，原來觀霧就是雪霸國家公園！天啊！天啊！雖然我跟雪霸國家公園超不熟的，但關鍵字「雪」、還有「霸」，加起來就是超級高的意思啊！

如果早知道我們是要來這麼高級的地方！我一定會乖乖加滿油的！

終於白色的車子停下。

兇狠模樣的男子朝更高的山上開去，繼續他的棄屍之旅。

下了車，我們竭盡所能地道謝，然後在觀霧山莊找了一個便宜的房間住下。

記得住宿費才六百多塊，還附贈一桌超級美味的晚餐。

吃到快吐才罷手。我們在附近隨意走了走，一近傍晚，霧就大到匪夷所思的地步，為了不想碰上靈異事件，我們只是稍微晃了一下就回到房間看電視。

老實說我每分每秒都在思考明天退房後，該如何解決沒有汽油這重大問題。

毛毛狗再白痴也看出來了，但她絲毫不擔心，或不想擔心，她只是很大而化之地重複：「別擔心，公公，船到橋頭自然直！」

睡覺前我到觀霧山莊的大廳問服務人員，能不能夠賣我汽油，得到的答案都是：「天啊！你怎麼沒有在竹東加油站把油加滿啊！」好像我是故意自找麻煩。

我煩死了，偏偏還聽到幾個同樣夜宿在觀霧山莊的大學生，興高采烈地討論著如何在凌晨時分騎車攻頂、看壯闊的雲海日出的計畫。

賽咧，好羨慕，可我沒有汽油是要攻個屁啊，我可以平安下山就偷笑了。

沒辦法了，我只好動用我的男人魂。

我打了公共電話給還在交大醉生夢死的室友義智。

他為人耿直不屈，一身正氣……也就是很好騙。

「義智，我聽說你是交大管科最有義氣的男人，這個傳言是真的嗎？」

「雖然不能說全部正確，但八九不離十啊。」義智謙虛地說。

「義智，所謂的義氣，到底是什麼呢？」我語氣中帶著情感。

「……你要幹嘛啦九把刀？」義智冷冷地說。

「我在觀霧山莊，機車沒油了，你幫我帶一瓶九五無鉛，當年份的頂級精釀汽油過來，中午到就可以了，因為我早上要跟毛毛狗在附近走路玩。謝謝！」

「九把刀……」

「嗯？」

「不要！」

義智幾乎要掛上電話的千鈞一刻，我大叫：「叫孝綸來聽！」

接下來就是換冷血、殘酷、但說不定竟然有義氣的孝綸接電話。

「孝綸，明天中午拿一罐汽油到觀霧山莊給我，我車沒油了。」我淡淡地說。

「不要。」孝綸也淡淡地說。

「……」

「……」

「如果你卡在觀霧，車沒油了，我一定騎去拿油給你。」

「放屁。」

我們大概是一起掛上電話的吧。

雖然我剛剛真的是在放屁，但還是滿臉恨意地走回房間。

看了當時很紅的「台灣靈異事件」當睡前的電視節目後，我們兩個就很害怕地抱在一起睡覺。但整個晚上翻來覆去，我一閉上眼睛，就想到機車一路攻山上來的鉅額時間——這還是有油的狀態。如果沒有油地滑下去，明天說不定要夜宿在荒山野嶺中。

「公公。」毛毛狗含含糊糊地說。

「唉。」我抱著有點胖胖的她。

「如果你真的很擔心，我們明天一大早就下去，也不要玩了。」

「可是好不容易到了這裡，不玩一下……」

「一直擔心也不會突然出現汽油啊，我們早點下去，就可以早點把問題解決啊。」毛毛狗的聲音一半都被枕頭吸了進去，模模糊糊的：「可是，你現在要好好睡覺啊，這樣明天才有精神。」

「嗯。」

「有精神，才可以照顧我啊。」毛說了關鍵的一句話。

「……好，晚安。」我努力閉上眼睛。

南無阿彌陀佛。請保佑我們。

隔天一大早。

吃完贈送的早餐，又多買了一堆逃命用的乾糧裝滿包包後，我們就出發下山。

永遠都記得，從觀霧山莊每往下一公里，就有一個告示牌清楚標示出來，毛毛狗跟我就在那個告示牌旁邊合照。每推進一公里，我們就擊掌擁吻一次。

我想如果不幸發生山難了，好歹照相機可以代我們說出很多故事。

一開始是刻意的說說笑笑，久了，出奇的，我漸漸拋下昨晚的憂愁煩惱。

因為我手裡牽著的，可是沒有停止過蹦蹦跳跳的毛毛狗。

她完全享受了整個過程。

走著走著。

「妳看！這是乾掉的蛇耶！」我眼睛一亮，蹲在路邊。

「真的耶！不過好小喔……」毛毛狗跟著蹲下。

「你很可惡耶！」

「可是妳最近變胖了耶。」

「公公，如果我們下山迷路了，我走不動了，你會揹我嗎？」

走著走著。

走著走著。

「毛，謝謝妳。」

「謝什麼？」

「謝謝妳沒有發脾氣，謝謝妳沒有說……就跟你說吧，那個時候我就叫你加油你就應該加油這樣的話！」

「出來玩很開心啊，跟公公出來玩更開心啊。」毛毛狗天真無邪地說：「反正只是沒有油了，又不是什麼大不了的事，事情一定可以解決的。」

不知不覺，我們已經看到那台可憐被我們遺棄在深山裡的小機車。

淋了一整夜的露水，它看起來的樣子好像在發抖。

我們相視一笑，一前一後坐上去，開始絕妙的下坡之旅！

「公公！」毛的聲音緊緊貼著我的背。

「阿毛！」我大叫，風從耳際一道又一道劃過。

「風好涼啊！哇！」

「超級棒的啊！一輩子都不會忘記啊！」

我用煞車跟腳同時控制下坡的速度，一邊祈禱這樣的順境可以持續久一點。

遇到地勢平一點的地方，就心不甘情不願跳下來用牽的。

渴了就喝水，餓了就吃餅乾。

無聊就聊天，不聊天就讓毛緊緊抱著我。

「公，你有沒有想過，花錢把油表修好啊？」毛虧我。

「據說要一千塊耶！」我斷然拒絕。

就這樣亂七八糟地滑到半山腰，終於出現了奇蹟似的人煙。

我向原住民買了兩瓶500cc的汽油，總共花了一百塊。

嘖嘖，真的是給它有點貴到，但白痴才不買！！

解決了唯一一點點的擔憂，接下來就是心情超好地繼續滑下去。

看著幾乎一動也不動的前方，左右卻是不斷往後飛逝的風景。

——不知道該如何解釋，總之是有點鼻酸的快樂吧。

這裡是觀霧。渾名「雪霸國家公園」。

有油上去，沒油下來。

但又怎樣？

「毛，我一輩子都不會忘記今天。」

「我也是，不可以忘記喔！」

第九章　人生中最雞巴的幸運

人生中最厲害、最猛的幸運，
一開始出現在你面前的時候，往往是窮凶極惡、張牙舞爪的。
你會覺得全世界都在跟你作對，都在拚命嘲弄你，
讓你覺得人生就是一場吃大便。
但實際上，那或許是驚人的逆轉開始。

狗，一直是我生命裡的重點。

大三了，我依然很不用功，只念自己有興趣的課，每個學期都沒辦法all pass，原本大一上學期就該過的線性代數老是被死當。坦白說我一點都不想弄懂線性代數是蝦小，只想打混過去。

為了確保我的天敵線性代數過關，我偶爾會去教線性代數的女教授研究室裡，笑嘻嘻蹲在地上跟她養的大狼狗玩，還假裝一點都不害怕在搔弄牠的脖子。

「咬我！快！咬我！」我心中祈禱，偷偷用力捏了牠一把。

只要這條大狼狗突然發瘋咬了我一口，我的線代一定穩過的！

可惜那條大狼狗始終沒有咬我，於是我的線代照樣被當了第三次。

儘管被一當再當，讓我很不爽，但有件事我跟那位嚴格的女教授所見略同。

當時有十幾隻流浪狗在交大走來走去，久了就被一些學生志工社團給認養起來，套上項圈編號。那位愛狗的女教授資助了志工社團不少錢，幫那些流浪狗結紮、買狗食等等。

美其名每隻流浪狗都是校狗，但不見得每個大學生都喜歡在學校裡看到這些狗的存在，尤其不見得每隻校狗的個性都很好，有幾隻剛剛被套上項圈的狗，到了晚上就會變得歇斯底里，讓狹路相逢的學生感到緊張。

老實說，就連我這種白天常常餵牠們的大好人，到了晚上也會害怕牠們聚集在一起、對著我跟毛毛狗齜牙咧嘴的情況。倍感威脅。

「看清楚！我是白天餵你們吃東西的那個人！」我惱怒，緩緩前進。

「公公，牠們發瘋了嗎？」毛毛狗尤其害怕，緊緊抓著我的手。

「別怕，不要看牠們的眼睛，腳不要停下來。」我提醒。

「為什麼牠們不認識我們了呢？我真的好想罵牠們喔！」毛用力抓著我，用力到指甲都深深嵌進我的肉裡。

不見得愛狗的人，就不會被狗攻擊。

但對的事如果不能堅持做下去，就會停頓在錯誤的過程中——於是永遠沒有對的一天。

很多學校都有所謂的校狗，在學校圈養固定數量的校狗不僅可以潛移默化學生的生命教育，也能防止其他地方的流浪狗侵入校園，以狗制狗。然而受盡種種人類苦難的流浪狗，被規訓成人人喜愛的校狗的過渡時期，沒有人知道會花多久時間。很多人贊成，同樣也有很多人反對。

於是雙方在網路上開始大戰！

我很同情被人類丟棄所製造出的流浪狗，自然覺得在校園裡慢慢規訓這些狗是好的作法，於是站在贊成的一方與反對方筆戰。

還記得我的主要論點是：「既然大部分的流浪狗都是人類遺棄所造成，就代表那些人類很大程度同意沒有主人的狗可以在公共空間自由活動，如果不同意，當初那些人類就不該用遺棄的方式，而是直接請捕狗隊的人到家裡把狗抓去安樂死。交通大學是公立學校，有很大的公共空間的性質，所以我們應該負起某種程度的公共道德，將這些習慣在交大活動的流浪狗規訓成校狗，使牠們沒有攻擊性。」

坦白說這個論點完全是技術性的立場，用來網路辯論用的。

實際上我只是不忍心看到捕狗隊的人走進交大，將那些狗抓去殺掉。既然已經有志工社團願意負責幫狗結紮、養牠們、規訓牠們，就有不染血解決這件事的希望。

這一戰，竟為期好幾個月。

到了網戰末期，我的力量足以以一擋百，所用的網路帳號變得人盡皆知。

話說交大是間很奇妙的網路大學，許多的重大事件都脫離不了網路。例如有個女孩寫了首「交大無帥哥」引起軒然大波，一堆記者湧進了交大鬧了好幾天的新聞，幾天後我便寫了首超低級的「交大有恐龍」回應，在網路上被公幹得要死。

但脫離了網路，這群優秀學生的行動力就變得很虛弱。

記得有一次，忘了是什麼原因，數千個學生在BBS交大校園板裡熱烈串聯、打算向學校抗議某個事件的處理，大家相約在某月某日的中午一起在浩然圖書館前面靜坐，用集體的沉默向學校施壓，網路上的氣氛火到不行。

結果超爆笑的。

時間一到，我跟室友好奇跑去看了浩然圖書館前面，半個人影都沒有，倒是廣場周圍不時駐足像我一樣好奇的人，大家都沒等到真正說話算話、一屁股坐在廣場抗議學校的英雄。

我們綿延數月的網路大戰儘管火熱，但畢竟是虛擬世界。每個在網路上大放厥詞、揚言乾脆請香肉店的捕狗專家進學校抓狗的那些道德狂人，到了現實人生中，都是一團屁，通通躲在臨時申請的帳號底下不敢見人。

相對那些不敢親自抓狗的嘴砲，我就猖狂地用特殊塗料在衣服上寫下我的網路帳號，大大方方出沒在學校餐廳吃飯、穿去通識教室上課、在草地上餵狗當然也照穿不誤，表示「我就是說到做到的那種人」。

高調戰鬥的結果，讓我所到之處，一定聽見背後議論紛紛的聲音。等我一轉頭，那些聲音就瞬間消失，只看見幾個忙著將視線飄到別處去的人。

我這種行為當然很幼稚，而且是非常幼稚。

但如果每件事都太像那些惺惺作態的大人，死皮賴臉活著也沒意思。

毛毛狗一直不喜歡我花太多時間在網路上，跟數百個我根本不認識的人打筆仗，她覺得沒有意義。尤其當我熬夜打嘴砲被她發現，一定被唸到吵架。

只是，她始終沒有埋怨過我一件事。

我們在騎車約會看到路邊有瘦皮包骨的流浪狗的時候，我會停下來，請毛毛狗先下車「監視」這隻流浪狗的行動，然後我用最快的速度騎車衝到附近的便利商店，買一個大肉包回來，蹲在地上請這個可憐的小東西吃。

幾乎每次約會，都會遇到這樣的事。

儘管我們都是窮鬼，但至少知道我們明天還是能安安穩穩地活下去。

但這些萍水相逢的狗狗，真的很需要這麼一餐。

大概在流浪的旅程中受過不少人類的敵視，牠們普遍畏懼人類，對我放在地上的肉包感到不可思議。牠們會戒慎恐懼地不斷後退、想逃、卻又對熱呼呼的肉包戀戀不捨。

於是我跟毛只能遠遠走開，在機車上觀看終於鼓起勇氣的狗狗全神戒備地把肉包子咬起來、狼吞虎嚥後又快速消失在夜色中。

若能看到到處流浪的狗狗、願意信任我、信任到樂意在我的腳邊吃完包子，是十分幸福的畫面，也很容易刺激我的淚腺。

有一次，看著一隻得皮膚病的狗狗正低頭吃包子，我突然就哭了出來。

我還是想到了Puma。

到處流浪的狗狗幾乎都是體型稍大的狗，對環境的適應力強，但Puma是體型嬌小的博美狗，又不會獨自過馬路，一旦走失流浪在街頭的話，肯定一下子就死掉。如果有一天Puma走失了，我會努力祈禱有好心人撿牠回家，然後大方施捨自己的腳給Puma幹。

毛毛狗看到我哭了，只是靜靜地陪著我。

「公，我從來沒有看過，像你這麼善良的人。」毛慢慢地說。

「……謝謝。」我沒有擦掉眼淚，因為是在她身邊。

其實，我沒有像毛所說的那麼好。

我的缺點很多很多。

跟我最親密的毛，尤其承受得多。

但她說我善良這句話，不知道鼓舞了多少我往後的人生。

口袋的錢一直都不多。

最窮的時候，我每天都在寢室裡收集掉在地板上的硬幣，好拖延提款的時限。家裡始終負債，如果我太頻繁提款的話會有很強烈的罪惡感。

還記得每個晚上我都在掙扎——是否要從飯錢裡省下個五塊，區區的五塊，去清大夜市的租書店看一本漫畫，還是要將那五塊錢換成肉燥飯上的一顆滷蛋。所以《第一神拳》跟《刃牙》畫得太精采，對我也是非常困擾的。

沒錢就不約會的話未免有毛病，除了每週都必看的二輪電影，毛毛狗跟我在新竹重要的娛樂，就是到什麼都很便宜的花市亂逛。

便宜的東西，怎麼吃都覺得很好吃、很賺。

不知道為什麼，每次去逛花市我都會買一串烤鳥蛋加醬油邊走邊吃，奢侈一點的話，就吃包了一大堆肉跟醬汁的棺財板。而毛毛狗，她肯定會買一大堆炸的東西，炸雞排、炸薯條、炸魚來吃……毛的身材越來越胖，我也不忍心阻止。

「公公，今天可以撈金魚嗎？」毛毛狗最喜歡撈金魚了。

「好吧。」我也有點想。

於是兩人就興高采烈蹲在一堆小孩子中，比賽起撈金魚。

還有很多便宜的小遊戲。

「毛，我們來比賽射水球吧！」我忍不住駐足在一堆很爛的獎品前。

「那你要讓我啊！」毛歪著頭。

「讓兩球。」

「才兩球！」

記得我們倆聯手射破的水球數目，只能換來口香糖、乾電池之類的小獎品。

花市裡也有很多亂七八糟的表演。

例如當場徒手從籠子裡抓毒蛇、硬生生從尖牙裡擠出蛇毒，然後倒在高粱酒裡分送給圍觀民眾喝的功夫師。不論他如何吹噓，我沒一次敢喝。

「要買他賣的蛇毒藥丸嗎？」毛有點動搖，因為據說皮膚會很好。

「又不保證他賣的藥丸，真的就是用他現場擠的蛇毒提煉的。」我點醒她。

例如拚命拿竹棍抽打桌面，用叫價拍賣的方式，販售其實根本就滯銷的茶壺、佛像或超廉價的玩具。我每次都跟毛毛狗偷偷研究人群中到底有誰是叫賣者的暗樁，負責在無人喊價時出聲炒熱氣氛。

「毛，我們也喊喊看嘛！」我躍躍欲試。

「你真的想要那尊關公像嗎？」毛皺眉。

「廢話，當然不想啊，但看了這麼久，我就是想賭賭看會不會有人在我後面喊價。我有一定的把握。」

「不要啦，如果真的喊到了，就一定要買耶！」

但我可是長期觀察入微，對那些廉價品的價格了然於胸，常常舉手亂喊也不必買，反而帶回一堆贈品。一堆其實也很爛、完全用不著的贈品。

又例如裝神弄鬼，把一個水桶罩住供品，把另一個水桶空無一物地罩在地上，號稱在令旗與紙錢的催動下，靈界正在兩個水桶間進行五鬼搬運的神棍。他們一邊販賣六合彩的明牌，一邊掀開水桶的縫隙說：「哇！快搬完了！」

其實根本就是放屁，我跟毛偷偷躲在遠處，親眼看他們在人群散去時將水桶翻開，結果根本就原封不動。我很失望，因為如果真的有靈異現象的話，一定很酷。

花市裡每一個表演我都很好奇，雖然明知道是唬爛，但那些拚命唬住民眾的過程都充滿了生命力，很猛，常常讓我一站就站了半小時、一個小時，直到毛毛狗完全失去耐心為止。

從花市回交大的寶山路上，蜿蜿蜒蜒的。

幾乎沒花什麼錢就在花市瞎逛了大半天，心情很不錯。

我一直都很喜歡，坐在機車後座、靠在肩膀上的毛毛狗跟我聊天的感覺。

「毛，我哥說，他要考研究所。」我說。

「是喔，他的成績不是很爛嗎？」毛隨口說出。

「可是他好像有在準備，所以很難講。」我沉吟：「我很好奇他是哪根筋去想到，人生可以考個研究所這麼高級的事。」

「你以後會想去考研究所嗎？」

「沒想過，可是我成績那麼爛，應該也考不上吧。」

「你認真準備就有機會啊！公，沒有什麼事是不需要努力就可以得到的。」

「……」

說是這樣說，但我也不知道自己的興趣。

我念的科系教給我的東西，老實說，我都不感興趣。

沒有興趣也沒有付出努力，可說浪費了許多課堂時光。大部分我在圖書館準備各科考試的時候，「不小心」從一般書架拿下來的雜書，反而耗盡了我大部分的時間。

這樣下去，一年後我從交大畢業，就只有得到一張虛有其表的名校文憑，卻沒有得到貨真價實的競爭力。錄取我的大公司或許傻傻的看不出來，但繫上領帶準備走進電梯的我，肯定心虛地笑不出來。

如果可以藉著讀研究所、重新培養自己在某方面的實力，也不錯。

問題是……

將來的我，想做什麼呢？

天空陰沉沉的，難道這就是我前途的預兆？

「我想當廣告文案的發想人。」我若有所思。

「嗯。」毛緊緊抱著我。

「或者是當電視節目的企劃，幫忙想創意。」

「嗯。搞笑的部分。」

「不然就是行銷電影，我看了那麼多電影，一定有它的道理。」

「一定有的。你也很會寫影評啊，每次跟你聊電影你都可以說很多。」

「毛，妳念師院真好，還沒畢業就知道自己以後的工作。」我感嘆。

「穩定是很好，可是現在教師甄試也很不容易啊，念公費才有保證分發，我念自費的，如果自己考不上學校，競爭力就比一般大學畢業的還弱。」毛正經八百地說：「如果可以重來，我一定不想念師院。」

「……」我不置可否。

終於，下起了大雨。

我趕緊將機車停在路邊，打開置物箱，裡面還是只有一件臭臭的雨衣。

訓練有素地，我們倆默契十足地撐開雨衣，我先穿，毛跟著將自己包在裡面。

天雨路滑，我不敢騎快，毛的呼吸滲透進我的衣服，暖著我的背。

「還可以嗎？」我有點捨不得。

「快悶死了。」毛哭喪著說：「而且裡面好臭喔！」

「忍耐一下！」我用手指撥開眼鏡上的水珠。

又過了半分鐘。

「快到了嗎？」毛忍不住抱怨：「我的鞋子都溼了。」

「快到了！快到了！」我反手，拍拍不斷在雨衣中忍耐燥熱與塑膠臭味的她。

「公不要騙我！裡面好悶好臭喔！」

「真的快到了！快到了喔！」

雨越下越大。

兩個人一起穿同一件雨衣，騎著小100cc機車，排氣管噴出嗚咽踉蹌的白氣。

沒有任何的追憶，比這樣的畫面——

更適合寫成一首詩。

我哥的曲折離奇才要開始。

實力跟考運一樣爛的我哥，不知道是否極泰來，還是預支了人生哪一部分的好運氣，竟然考上了北醫生藥研究所，開始了碩士生涯。

這件事有震撼到我。

連續兩次聯考都考了個屁的我哥，被我評估為「這個人就是無法好好學習」。現在他竟然也可以考進研究所，那麼，我應該也沒問題吧？

我開始研究……「研究所可以念些什麼」。

首先，我絕對不考企管所、經濟所、金融所等跟我本科系相關的東西。

我周遭充滿了太多刻苦準備這類型研究所的同學，他們從大三就開始補習、一直汲汲爭取擔

任班代跟社團社長等頭銜以卡位甄試資格，起步太慢的我絕對無法匹敵。何況我的興趣已經消磨殆盡。

大學生涯裡，我進出漫畫店跟電影院的次數多過於教室，感到興趣的課程只有大家都不重視的通識。要說我的強項，就是想像力。

如果不能將想像力當飯吃，那我畢業以後就要從事專職流浪漢。

要說什麼職業最需要想像力，那……

「九把刀，你很適合去念廣告研究所。」室友孝綸從床上丟下這一句。

「……原來，有廣告所啊！」我立刻上網搜尋。

廣告研究所完全契合我用胡說八道征服天下的夢想，不過……只有政大有。

回過神。

「公公，你考不上政大。」毛毛狗正色道。

「我真想反駁啊。」我嘆氣，翻到研究所「型錄」的下一頁。

那麼，把標準放寬一點，有點同行的新聞所吧?

我通識課也修過幾門課，甚至越級跑去交大傳播學研究所，跟幾個碩士生一起修傳播法律的必修，最後還拿了超高分。

何況，「新聞所」念起來好像不錯喔，蠻有專業的氣勢，意思接近的還有口語傳播研究所、圖文傳播研究所、資訊傳播研究所、國際傳播研究所、廣播電視研究所、出版學研究所，不僅系多，學校的選擇也豐富多了，看起來就是比較有希望。

「以後，我就要朝廣告界發展了。」我闔上厚厚的研究所型錄。

「公公加油！你一定沒問題的！」毛毛狗幫我握拳。

為了堅強決心，那就先繳錢吧！

升大四的暑假，我去台北報名了研究所補習班，還繳了兩萬多塊。考試的共同科目那就不必說了，五項選考科目有政治學、心理學、社會學、管理學、經濟學，我選了社會學，因為我在通識課裡修過一堆類似的課，很有興趣。

悶著頭奮發念了兩個月後，我赫然在另一本更厚的研究所型錄裡發現，各校的新聞所的錄取率，平均不到百分之一！

百分之一！

「Puma，你知不知道什麼是不到百分之一？」

我看著Puma抬起腳，噴射在第五輛汽車輪胎上。

Puma本著公狗的地域本能，每散步幾公尺，就要抬腳尿一下，就算只有幾滴牠也爽。

「二哥哥不是本科系的，他們都準備多久了，我現在剛剛開始，怎麼可能會是那百分之一，是吧？」我用腳輕輕踢了踢Puma的屁股，嘆氣：「唉，算了，換其他的研究所，應該也可以走到同一條路吧？」

Puma沒有反對，只是在原地轉圈圈，然後怡然自得地撐開兩腿。

「現在才要急起直追，真的是太困難了。」

我感傷地看著Puma大便，頗後悔大學時沒有好好努力用功一番。

有很長一陣子，我以為自己是一個非常容易臨陣脫逃的人。

沒有毅力，沒有決心。便宜行事是我的準則。

人生啊人生，不管是什麼，絕對不是不停的戰鬥。

在百分之一的壓制下，我還是逃開了。不知道是幸或不幸，我斷然放棄準備非常難考的新聞所考試，換個比較便宜的思維，仔細研究每一間大學的網頁，看看這些學校的研究所有哪些，以及更重要的——錄取率是否合理！

不久，我就發現社會學研究所的錄取率約在百分之六到百分之十二左右，這個數字已經是一般人類努力用功就可以確實收穫的保證。

更幸運的是，我對社會學始終有很強大的興趣。

Puma在彰師大的草地狂奔。

八歲的牠沒有以前那麼矯捷了，但看到一大片草地的興奮卻沒有改變。

「不過，念社會學出來以後可以做什麼呢？」毛毛狗蹲在地上。

「應該也可以做記者，或者當研究助理之類的吧。」我不自覺瞇起眼睛，但陽光其實沒有那麼刺眼。

「真的有這麼好嗎？」毛毛狗不大放心。

「不管做什麼，總之一定會比我現在要好。」我也搞不清楚自己在胡說八道什麼，只是自我催眠：「我欠自己一個努力用功的大學四年，只要可以上研究所，我就有機會一次討回來。」

有興趣，又有機會，我重新抖擻精神準備起社會學考試。

目標清大社研，因為……離交大近。

上輩子大概燒了好香，我對理論的理解一向是超級無敵快。但優秀的文人有個共同的毛病，就是廢話很多，每個社會學大師都擅長把簡單的事蔓延得很複雜，社會學理論就像一隻無法統合的龐然大物。

我只有半年不到可以準備，我可以選擇大量閱讀諸家理論，或是深刻了解其中幾個就好。該怎麼做呢？

「我認真起來，連我自己都會怕啊！」我熱血上湧。

為了考試上的需要，我開始訓練自己將十分熟悉的幾個理論反覆思考，讓這些理論可以隨時轉換論述的策略，去回答許多不同的問題。也就是說，與其背一百個理論去回答一百個問題，不如，精通十個理論，不管遇到什麼問題都可以從中挑選一個去回答。

研究法跟統計我就遜了。

沒有別的竅門，我就是很努力，徹底發揮出高中時期的那股狠勁，就連跟毛毛狗約會時也在浩然圖書館底下的二十四小時K書中心度過。

她沒有抱怨，只是常常陪我陪到睡著。

「對不起。」我摸著她因為趴在桌子上睡、被手臂印紅的臉頰。

「沒關係。只是，公公……」毛毛狗迷迷糊糊地說：「你一定要考上喔。」

有時候，人非得借助自己的恐懼幫助成長才行。

考前兩個月，為了完全清淨跟隔絕誘惑，我用拮据的打工費在校外租了一間雅房，進行最後的集中力特訓。

房租非常便宜，一個月才兩千塊，因為它就長在新竹市立殯儀館旁邊。

怕鬼是我的強項，一整天缺乏抑揚頓挫的誦經聲幾乎沒有間斷過，不斷提醒我我的的確確住在阿飄集散地的附近。

到了晚上我連窗戶都不想打開，免得「四目相接」。

更別說出去鬼混了……要知道，一想到深夜回家時有可能會在路上「看到什麼」，我就安分守己地把自己鎖在三坪大的房間裡一直看書。

「我一定會考上的，因為我很努力。」

進考場前，我彷彿變成了超級賽亞人，看著自己微微發抖的手。

清華大學社會學研究所初試放榜，我的筆試獲得猛爆性的高分，通過！

我在寢室裡發出一陣豪吼。

「天啊！連九把刀都可以上研究所！」室友王義智喃喃不可置信。

「……我真不敢相信，九把刀你要去讀清大了耶！」室友孝綸猛搖頭。

「哈哈哈哈，還有口試啦。」我裝謙虛。

「口試你一定過的啦好不好！你是口試的天才啊！」室友建漢故意這麼說。

也是。

從小我對上台報告這類型的事就缺乏恥覺，侃侃而談是我的強項。

口試？不就是保送我進研究所的、近乎作弊的關卡嗎！

即使很窮，我跟毛毛狗還是去吃貴族世家慶祝。

「不過，公公，你的口試作品要交什麼好？」毛毛狗樂壞了。

「不知道耶，我問過了，一般人都是交小論文還是畢業專題，我的話……只有通識課的報告跟社會學有關，但那個又明顯不夠格啊。」我叉著薄薄的肉塊往嘴裡送。

「那怎麼辦，不到兩個禮拜就口試了耶。」她擔心。

「我想想看吧。」我滿不在乎。

「不要想了啦，快點挑一個你有把握的題目寫個小論文啊！」

「如果趕著寫的話，一定會寫輸本科系畢業的學生啊，我……要出奇招！」

「奇招……聽起來很讓人擔心啊！」

「那些教授都很聰明，就算我不走傳統路線，他們還是可以從口試裡感覺到我是一個很有潛力的學生，所以形式不是重點，而是——我要讓他們知道我不只強，而且強得與眾不同！」我面目猙

獰地大笑。

「唉。」毛毛狗顯然更發愁了。

書面資料主要分三部分。

第一部分是自我介紹之類的自慰文，不值一哂。

第二部分是研究計畫，要唬爛自己將來打算朝哪個領域發展，寫的內容暗示著你想找哪個系上教授指導你寫論文。

我寫了兩個。兩個都超級扯。

最唬爛的是，為了實驗社會學家傅科的權力毛細管化的理論，我想跟教授事先串通好，讓自己因「告訴乃論罪」進警察局接受訊問、做筆錄。但我得採取不合作的態度，觀察警察是如何施展公權力在我這麼雞巴的公民身上，最好能讓自己因為種種機車的態度被警察關進拘留所，如此我就可以進一步觀察拘留所裡面犯人的權力結構如何形成，例如……便當裡的雞腿要進貢給哪個同寢犯人，晚上睡覺時我才不會因為屁股疼痛而驚醒。

其中一個比較不扯、但仍懸疑非常的是，我想觀察同一個社區的居民或店家，在固定或不固定餵食流浪狗時所產生的集體情感是如何發生的。此外，我想研究同一條流浪狗在被不同的人亂取不同的名字時，是怎麼產生牠的角色認同。一下子被叫「小白」、一下子被叫「優喜」，這條流浪狗會不會錯亂，還是照單全收呢？

第三部分是學術作品。這正是我完全欠缺、卻也最能發揮的東西。

抱持著輕鬆寫意的心情，沒有個人電腦的我坐在交大計算機中心裡，面對螢幕與鍵盤，有點興奮地盤算著「如何出奇招」。

一直都想說故事的我，自然而然敲下了生平第一行小說。

都市恐怖病，語言。

口試現場，六雙難以置信的眼神彷彿要將我釘穿。

「柯同學，你打算怎麼結束你在警察局裡的田野調查？」教授忍俊不已。

「我想請教授到警察局幫我交保，或者直接跟警察說我們是在做研究，不要跟我們計較太多啦。」我想得理所當然。

「那，你要怎麼執行在社區觀察流浪狗的研究？」另一個教授摸著下巴。

我想都不想：「跟蹤野狗啊。」

全場大笑。

「最後，你交了小說當學術作品？」教授狐疑。

「這是一個非常富有社會學意義的小說，不過準備口試的時間太短了，我只寫了六個短章。我估計全部完成時至少有十萬個字。」我毫不畏懼。

「為什麼它有社會學意義？」教授不帶情緒地問。

「社會學的經典提問之一：如果你想要知道一件事情對你多重要，最快的方法就是——失去

它。我在故事裡創造出一個沒有符號跟語言的世界，就是為了探討，符號跟語言對人類社會到底有多重要。」我自信滿滿地解釋：「重要的是，故事絕對很好看。」

忘了說，不只這篇小說，我還洋洋灑灑寫了未來三年的出版計畫。

只見那些教授開始竊笑，有的還笑到肚子顫抖。

太好了！我最怕教授一點反應都沒有，表示他們對我不感興趣。

現在他們還是在笑，我一定上的啦！

「柯同學，你交這幾頁小說是認真的嗎？」一位教授若有所思看著我。

「超好看的啦！這個小說雖然還沒寫完，但已經可以看出社會學意義的潛質，我發覺在小說創作中實踐社會學，真的很有意思……」我滔滔不絕地解釋。

「等等，你羅列了很多出版計畫，請問你之前有相關經驗嗎？」胖教授質疑。

「沒有。但我的人生座右銘是：If you risk nothing, then you risk anything.如果你一點危險也不冒，你就是在冒失去一切的危險。」我自信滿滿豎起大拇指。

「所以呢？」教授蹺起腿。

「我覺得只要我不放棄小說創作的理想，出版計畫遲早都會付諸實現。」

我笑笑，帥氣地掃視每個教授們的眼睛。

榜單揭曉的那天，我看著清大網頁，迫不及待一遍一遍按著重新整理鍵。從凌晨十二點按到中午十二點，榜單突然彈了出來。

「……挫賽。」我怔住。

我落榜了。

夾帶著筆試的超高分，在十六取十的超簡單口試裡，我被踢出局。

我的震驚遠遠大過於其他的情緒，尤其那年清大社研所缺額錄取，原本該取十個人的，最後只取了六個人，我以屁眼大的些微分數落榜，瞬間讓我覺得，那些教授是不是覺得我爛爆了，寧願缺額也不想取滿十人。

每個過來拍拍我肩膀，告訴我沒關係、繼續加油的同學，似乎都不把我的失敗當作很驚奇的事。他們大概都覺得很少在教室見到的我最後沒有考上研究所，再理所當然不過。

「九把刀，你能順利畢業已經很奢侈了，研究所還是別想太多啊！」

「九把刀，看開點吧，畢竟……這個世界上還是有公道啊！」

「九把刀，這個世界上還是有正義的。」

幹！

也許我沒有上，才能當作「努力的人才有收割的權利」的正面教材。

也許我沒有上，才能給努力用功卻沒有考上研究所的其他同學一個安慰。

「多少能理解仙道的感覺了。」

火車上，我看著玻璃上的反射。

熟悉的那張臉不是疲倦，而是囧。

人生中最厲害、最猛的幸運，一開始出現在你面前的時候，往往是窮凶惡極、張牙舞爪的。

你會覺得全世界都在跟你作對，都在拚命嘲弄你，人生就是一場吃大便。

但實際上，那或許是驚人的逆轉開始。

沒有在第一年考上研究所，絕對是我人生中拿到的第一張好牌。

超糗的失敗，讓我終於撞見讓我再也不想臨陣脫逃的……戰鬥！

第十章　九把刀是哪九把？

我被迫聽了很多不斷重複的冷笑話，還得向對方點頭微笑。

例如：

「九把刀？我還九支槍咧！」

「九把刀？你是要砍人還是要寫小說啊？」

「九把刀？我是十把刀！」

「九把刀？請問你的九把刀，是哪九把？」

吼呦！都非常冷好嗎！

「Puma，你有沒有忠心耿耿啊！」

迎面而來的，是身體不停興奮旋轉的小博美。

重考研究所的日子，我回家回得比較勤。

Puma對這一點非常滿意，因為三個不同父也不同母的哥哥都幾乎不在家，原本就沒有定立大志向的Puma更顯得無所事事，整天就是吃肉跟幻想。

回到家，我走到哪Puma就跟到哪，奶奶都說牠像跟屁蟲，叫我不要那麼寵牠。但Puma在我們家待了九年，如果是人都會打任天堂了，只是Puma比較像是連加法都學不會、整天只會在課堂上吃肉的小朋友。

如果年紀大了的Puma沒有一點家人的特權，實在說不過去，只要我在家，Puma想做什麼我都由牠，讓牠跟我一起上床睡覺也變成相當自然的事，到了這種程度，我爸也懶得管這麼多。

我們幾乎沒有訓練Puma做什麼事，畢竟家裡沒有雪橇，也沒有人眼睛看不見，也沒有人在賭賽狗，也沒有裝滿錢的保險箱，所以Puma超級的「沒有用」。

不過Puma只要跟我一起待在床上，牠便會燃起少有的護主意識——不管是誰，只要想將Puma從床上抱下去的話，就會被Puma兇狠地張嘴就咬。

「你這隻怎麼那麼可惡！」奶奶用台語怒道，將Puma一把抓下。

「你自己把Puma抱下床！」媽媽惱怒放棄，要我自己把Puma放下床。

「可惡！連恁爸都敢咬！」竟然也被咬的爸爸反摔Puma一巴掌。

就連很疼Puma的我哥跟我弟，也沒辦法例外。

印象很深，有一次他們兩個到房間找我討論事情，Puma就在我床上有點不安地走動，只要我哥的手一出現疑似將Puma抓下床的動作，牠就會緊張地開咬。老實說Puma的牙齒都掉得差不多了，咬人也不太痛。

「養了這麼久，Puma還是會咬你。」我弟淡淡地說。

「又怎樣？只要我愛牠就夠了。」我哥不以為意。

我有點感動，可Puma還是持續咬他們兩個，誰也沒辦法。

家裡開藥局，進進出出的客人很多。

常常我就在藥櫃子上寫小說，一邊伸腳讓Puma任幹。

長得一副帥氣模樣，Puma年輕時是狗界的李奧納多，現在快九歲了依舊是狗界的喬治克隆尼。記得有一次一個年輕的女客人一見到Puma就讚嘆不已，忙問我媽：「下次我可不可以帶我家的寶貝來店裡，讓你們家的……」

「Puma，牠叫做Puma。」我媽說。

「那我能不能帶我家的寶貝，也是博美，跟你們家的Puma配種！」女客人興奮地提議。

「好！」我趕緊大叫。

一低頭，看著在腳邊累倒的Puma，心想：「天啊！你終於要告別處狗了！」

不久，色色的一天終於到了。

對方的博美小母狗長得秀色可餐，Puma一看就失去理智了，兩隻小博美狗在店裡互相嗅著彼此的屁股，然後發瘋似地開始轉圈圈，轉啊轉個不停。

可惜Puma抽插習慣了我的小腿，對於怎麼跟同類交配，反而完全不明白。

小母狗急了，開始在藥局地板上尿尿洩恨。

滿腔慾火卻一頭霧水的Puma，也只能白爛地跟在小母狗旁邊，抬腳朝小母狗的身上噴尿。我看了覺得好丟臉。

是時候應用上國家地理頻道常常在播的獅子交配畫面了。

「Puma，那個……要這樣騎上去啦！」我試著抓住Puma的兩隻前腳，往小母狗的身上跨。但Puma似乎不得要領，只是一直興奮地猛喘氣。

「嗯嗯……」不知所措的女客人也只能支支吾吾地附和。

小母狗這邊尿一下，那邊也尿一下。Puma也跟著亂尿一通。

兩隻狗就這樣給我尿來尿去，直到我跟女客人都失去耐性為止。

失望的小母狗被滿臉通紅的女客人放上機車腳踏墊，一去不回。

可憐的Puma到九歲了還是條處狗。

「那個……算了，你還是幹二哥哥的腳好了。」我嘆氣，伸出腳。

「嘿嘿嘿嘿……」Puma咧開嘴，愉快地抱住我的小腿快速搖晃起來。

這樣也好啦，我們就一起接受吧。

幸運的人追逐屬於他們的命運。

非常幸運的人，則熱衷讓命運徹底支配他們。

小說成癮，戒之不能。

我的人生編年史，非得用小說作品名稱當時間軸不可。

我寫完《語言》後，並沒有依約好好準備研究所考試。我緊接著寫了《陰莖》、《影子》、《冰箱》跟《異夢》。重考那年我一共寫了三十萬字，寫到《異夢》結局時我坐在比核爆現場還吵的網咖裡，敲著被無數陌生人菸垢漬黑的鍵盤，寫到痛哭流涕。

「公公，你怎麼哭了？」在一旁用電腦寫作業的毛毛狗嚇到了。

「因為我……寫得太感人了。」我不能自拔。

「你好怪喔。」毛毛狗哭笑不得。

那晚，全世界有在看我的小說的讀者，不可能超過五十個人。

但那又怎樣？我已決定，無論如何我都要當一個小說家。

全職寫作的話當然很棒，不能全職，至少也要在平常工作後擠出時間寫小說。

殺手，歐陽盆栽常說：「每件事都有它的代價。」

前一年我在清大社研所的筆試裡拿走超高分，但隔年實力下降的我碰上社會學理論一大題全部都不會寫，完全沒有辦法旁徵博引。

「死定了。」我傻眼。

最後，我連最基本的筆試都無法通過，差了錄取分數二十幾分。

所幸我對自己的不用功早有覺悟，今年採用亂槍打鳥策略，一共報名了七間研究所，報名費破萬，最後錄取了四間，也算是神蹟。

四間學校裡，我選了東海大學社會所就讀。一方面離家近，二方面我竟然考了連我都嚇一跳的第三名，比較有成就感，開始幻想自己疑似資優生。

「你也有上東吳啊，東吳不是離我比較近嗎？」毛毛狗抱怨。

「東海附近的房租比較便宜呢。」我囁嚅。

從此我跟毛毛狗的遠距離戀愛，又從「台北到新竹」延展為「台北到台中」。

那一年真的驚奇連連。

非常認真的毛毛狗大有斬獲，從師院畢業的她考上了缺額超少的代課抵實習，往教職踏出了一大步，月薪接近正式教師，我們都太興奮了，用尖叫慶祝了整個夏天。

神真的存在。

我那莫名其妙念了生藥碩士的大哥，不僅順利畢業，還再接再厲考進了北醫的生藥博士班。

家人都非常高興，全家總動員去參加我哥哥的碩士畢業典禮。

「博士班耶！」毛毛狗替我們開心。

「我哥耶。」我表情肯定很古怪：「想當初，我哥有高中可以念，還是靠我一馬當先去教務處關說咧！」

真該叫我哥哥的國小、國中、高中老師都來看看他現在一路逆轉勝的模樣。人啊，真的沒有峰迴路轉就不叫人生啊！

小孩子都很喜歡Puma。

有些鄰居家的小鬼常常都跑到我們家看一下、摸一下、抱一下Puma也爽。有些上門買藥的客人會帶小孩，那些小孩在大人談話時只要注意到Puma，常常忍不住過來逗弄一下。

Puma很有小孩子緣，算是我們家開店敦親睦鄰的一部分。

但牠骨子裡怕死了這些動作粗魯的小鬼。

無視Puma的意願，小孩子動不動就伸手強行將Puma從地上「拔」了起來，用力在Puma身上又揉又捏的，還用相當「疼惜」的力道緊緊抱著Puma。Puma常常被抱到翻臉，這時我就得出面，皺眉說：「那個……這樣Puma會很不舒服喔。」然後將牠從小鬼們的懷裡「拔」了回來。

在一樓店裡寫小說，我習慣把Puma踩在腳下當踏墊，軟軟的好舒服，也會順便用點力幫牠按摩，Puma常常睡到肚子都翻了起來。

有時候我會很認真地看著牠，說：「Puma，你死掉以後，二哥哥把你做成面紙盒好不好？這樣以後二哥哥擤鼻涕的時候就會一直想到你了。」

剛好經過的媽媽會皺眉，說：「你怎麼這麼殘忍啊，Puma死了你還要把牠做成面紙盒！」

「做成面紙盒很可愛啊，不然要做成標本嗎？」我不以為然。

「當然是好好埋起來就好啊！」媽敲了我的頭一下。

回到那些Puma避之唯恐不及的鄰居小鬼，只要是那些常常用力對待牠的小魔星們來到店裡，人還沒到，聲音跟氣味遠遠先來，Puma就會全身發抖。

一直踩著Puma寫小說的我早一步發現了，就會用腳趾性騷擾Puma，讓牠慾火焚身，抱著我的小腿抽插起來。

涉世未深的小魔星當然不懂，只是楞楞地看著這畫面。

「牠在幹嘛啊？」小魔星甲困惑不已。

「不能講。」我神秘地說。

「牠的姿勢好奇怪喔！」小魔星乙本能地往後退了一步。

「總之Puma現在很忙，沒有辦法理你們。」我正色說道。

比起這些偶爾來我們家折騰Puma的小魔星們，許多親戚的小孩卻得對Puma抱著逼近尊敬的心。

這得打開族譜。

我爸是長子，我媽是長女，兩人聯手早早生下我哥，我哥理所當然是兩大家族裡最早出生的超級大長孫，我跟我弟自然就是家裡的超級二孫跟超級三孫，淺顯一點說，就是我們家的孩子都很「大」！

Puma有九歲，比起一干堂弟堂妹表弟表妹的年紀都還要大，只要是那些小親戚來我們家拜訪，見到Puma想跟牠玩的話，一定會有以下的狀況。

例如我的小小表弟明彥，來我們家玩的時候跟我一起牽Puma去散步。

小巷子裡，三歲的他小心翼翼牽著Puma，我在旁注意狀況。

「明彥啊，你看到Puma怎麼沒叫？」我認真地糾正。

「我有叫Puma啊。」小表弟明彥不明就裡。

「Puma不是你叫的，你當然是叫四哥啊。」我認真地說。

「為什麼我要叫Puma四哥？」明彥震驚。

「明彥，你幾歲？」我淡淡地說。

「我三歲！」明彥挺起小小的胸膛。

「Puma九歲，你當然要叫Puma四哥啊！」我嚴肅地說。

如此這般。所有的小親戚，只要年紀比Puma小的，來我家一律得叫Puma四哥，兩個小堂妹有一陣子還叫得挺委屈，幾乎就要哭了出來。

以狗的年紀換算成人類的歲數，狗的九歲大概是人類的五十五歲，已經是老狗的。Puma已沒有辦法像年輕時一樣，在樓梯之間飛快地跳躍，在四層樓的家裡到處嗅來嗅去找我。

不管我上樓做什麼，如果我不主動抱牠一起上樓，牠就會一直在樓梯口淒厲狂吠，好像在控訴我怎麼會忘記牠的日漸衰老、是不是不再需要牠了。

哪有可能。

每次我帶Puma到四樓佛堂拜拜的時候，一抱起Puma的小身體，Puma的兩隻前腳就會自動闔起來，樣子好像在合掌拜拜。

「觀世音菩薩，弟子Puma在這裡向您請安。弟子Puma雖然是一條狗，但每天都很努力，也很乖，希望下輩子可以投胎當二哥哥的兒子。不過Puma有點笨笨呆呆的，希望菩薩保佑，讓Puma在投胎的時候不要走錯路了。」

我搖晃著Puma的身體當作跪拜，慢慢唸道：「感謝菩薩，來，再拜。Puma投胎當二哥哥兒子的時候，要聰明健康喔。」

每次在菩薩面前，Puma都特別的乖，傻傻地任我擺佈。

我想，如果牠聽得懂我在說什麼，應該不會反對吧。

如果我想成為小說家，現在差不多時間該出本書了。

並沒有專心準備研究所考試的我，在網路上隨便搜尋出版社的資料跟徵稿啟事，抄下幾間出版社的地址後，我便將長篇科幻小說「都市恐怖病系列」存在磁碟片裡，一稿多投給八間出版社。

會沒品地一稿多投，是因為我跟出版社的立場不一樣。

每一間出版社當然都希望他們是優先審稿，但站在我的角度，我也希望在錄取我的出版社裡面做比較，都仔細談一談。

對出版社來說他們只不過是出了作家一本書，但對作家來說，他可是在為他的孩子，與他的創作生涯找一個可靠的夥伴，當然希望有更多的選擇。

更說穿了，我根本就覺得「不能一稿多投」是出版社一廂情願的利己主義，我也不相信一稿多投會慘遭封殺——醒醒吧孩子，這年頭哪一間出版社有閒情逸致封殺一個連書都沒出過的臭小子！

不過我寫的題材相當冷門，我拿到的考卷上，並沒有我妄想的選擇題。

這八間出版社裡，只有皇冠出版社在一個禮拜後飛速寫了一封正式的退稿信給我，新雨出版社的編輯要我印成紙稿再寄一次，其餘都當作我不存在。這完全很正常，因為後來我才知道自己很白爛地將這一系列的科幻小說，寄給了好幾間專出言情小說的出版社，難怪人家不理我。

某天午後，正當我考慮將小說印成厚厚一疊紙稿時，八個投稿對象裡唯一一間不能稱為「出版社」的魔豆工作室，打了一通電話給我。

「我覺得，故事很有潛力。」電話裡的聲音是這麼說，但聽起來沒什麼自信。

「這樣喔……那我不必把它印出來給你看嗎？」我搔搔頭。

「為什麼要印出來？我看完了啊。」電話裡的聲音感到莫名其妙。

「那現在是怎樣？我可以出書了嗎？」我很怕對方只是打電話來誇獎我的。

「我們先見面談談吧，聊一聊你接下來這個系列還想寫什麼。」

抱著受騙的心情，我搭車上台北，在火車站對面大亞百貨裡的誠品，跟一個長得很不像老闆的工作室負責人喝了一杯咖啡。對方很有耐心地聽我吹噓了兩個小時。

「總之，這是一個很長的故事。」我強調。

「嗯。」對方含著吸管。

「更重要的是，我超厲害的。」我再度強調。

「嗯嗯。」對方呆呆含著吸管。

拜別魔豆工作室的邀約，我一搭上往南的國光客運就打了一通電話給毛毛狗。

「毛。」我深呼吸。

「怎麼樣了？怎麼樣了？」毛毛狗突然緊張起來。

我興奮地摀著話筒：「我要出書了。而且，是整個系列都被簽下來了！」

毛尖叫：「恭喜公公！你要出書囉！要出書當作家囉！」

我大笑：「哈哈，這不是理所當然的嗎？故事很好看啊！」

這般這般，等待研究所入學的夏天尾聲，我出版了第一本書《陽具森林》。

《陽具森林》這本書是我都市恐怖病系列裡的《陰莖》改名而成，因為原故事名太刺眼了，重要的連鎖書店通路不是很願意有這樣的書名插在架上。

我一點名氣都沒有，連帶的對更改書名沒什麼堅持的骨氣，只要畸形的故事內容一個字都沒被刪改，我就覺得很幸福了。

「對了，你要不要取個筆名？」魔豆工作室的負責人問。

「取筆名有點噁心耶，我可以只用網路上的帳號Giddens就好了嗎？」

「Giddens啊……」

「不好嗎？用英文的話是不是聽起來有學問？」我科科科笑。

「我想，筆名用中文的話，對讀者的記憶比較好吧？」

「那……那就用九把刀吧。」我快速做出決定。

「啊？九把刀？是……九把刀的那個九把刀嗎？」

對方的聲音，就像中了一輝的鳳凰幻魔拳。

不過，這算什麼問句啊？

「對，這是我的綽號。用綽號出書就可以了。」

「ㄜ，你要不要再認真想一下，不用現在回答我，過幾天……」

「沒關係，就九把刀吧！」

沒關係個大頭鬼。

用九把刀當筆名，造成了我往後人生的困擾。

我被迫聽了很多不斷重複的冷笑話，還得向對方點頭微笑。

例如：

「九把刀？我還九支槍咧！」

「九把刀？你是要砍人還是要寫小說啊？」

「九把刀？我是十把刀！」

「九把刀？請問你的九把刀，是哪九把？」

吼呦！都非常冷好嗎！

不管筆名了，第一本書耶！

我相信每一個作家在拿到自己第一本書的喜悅，絕對遠遠超過其他。

克制不了第一次出書的興奮，常常我會在家裡附近的書店巡邏，觀察《陽具森林》的擺放位置。只是，我從未見過這本書被擺進大眾小說區。

第一次在書店裡看到陽具森林的蹤影，是在「兩性議題區」，這我勉強可以接受，畢竟故事是從負面角度描寫病態的男性陽具崇拜，跟兩性議題的確有點干係。

但我也會在「醫療保健區」看到《陽具森林》，這就有點匪夷所思了。

不過這都比不上我在「森林保育區」裡看到《陽具森林》的震撼。

要知道，如果有個國小的小女生要寫一份關於森林的報告，於是到書局裡的森林保育區買了一本《陽具森林》回家，翻了老半天，她只能天真無邪地跟她媽媽說：「媽咪，這本書裡面好多小雞雞喔！」

我光想像就頭皮發麻啊。

後來我的書陸陸續續出版，由於題材很多，恐怖寫一本，奇幻寫一本，愛情寫一本，武俠寫一本，但書都賣得很爛，所以不管哪一間書店都不把我的書放成堆，而是按照題材類型擺。

於是這裡放一本，那裡插一本，零零散散。久了，逛書店的讀者根本不會覺得這個作家能夠寫多種題材是很酷很敢的事，只會認為這個作家為什麼會異常缺乏定性，怎麼什麼都想沾一點，卻什麼也寫不長久似的？

因此每次逛書店，我都忍不住動手將自己的書「重新歸位」。

等到我離開，那間書店已擁有了我親自打造的「九把刀專區」。

由於一稿多投，發生了很多古怪的趣事。

半年後，大塊出版社打電話給我。

「請問是柯景騰先生嗎？」記得是個女人。

「我是，請問你那邊是？」印象深刻，我當時在肯德基等毛毛狗上洗手間。

「你好，我們是大塊出版社，我們很喜歡你的稿子『都市恐怖病之語言』，希望能約個時間談一下囉。」

大塊？語言？

我整個人都傻了。

「等等，我好像已經……投稿過去，差不多有半年了吧？」

「半年？可是我最近才看到你的稿子耶。」

「你要不要確認一下郵戳，因為我真的寄出去好久了啊！」

過了幾秒。

對方驚呼：「……真的耶，那我怎麼會這幾天才看到啊！」

我只能這麼說：「靈異現象。是靈異現象。」

扯，還有更扯的。

八個月後，曾經出版蔡智恆《第一次的親密接觸》的紅色出版社，總編葉小姐親自打電話給我，鄭重恭喜我的稿子被錄取了。

「錄取？你們是……什麼時候審稿的啊？」我當時正在藥局裡給Puma幹腳。

「我今天下午在抽屜裡看到一張磁碟片，我打開看了一下，覺得寫得很好。你有一種非常特殊的黑色幽默，我覺得還可以有更多發揮。」

「謝謝，真的很高興。不過有個大問題，我已經投稿很久了耶！」

「是嗎？我是記得收到有一段時間了，但……」

「算一算有八個月了吧！」我快速計算出答案。

Puma一直抱著我的小腿抽動，認真執著的表情令人讚嘆。

「那怎麼辦？你已經把稿子給別的出版社了嗎？」對方很詫異。

「對啊，書都快出了，就……就以後有機會吧？我剛剛寫完一篇小說，叫《月老》，比較符合你們出版社的調性，說不定妳會喜歡喔。」我也只能這麼說。

其實當初我最想要合作的，就是出版網路小說經驗最豐富的紅色，但沒第一時間合作，顯然命運上比較沒能互相牽繫。

是了，不管什麼事，扯到命運就特別厲害。

一年後，那間小小的魔豆工作室掛上了出版社的招牌。

名字叫「蓋亞」。

第十一章　雙手勝過安全帶

我從沒認真想過這輩子總要長大，
變成一個需要靠開車來證明自己可以獨當一面的那種人。
我想一直停留在戴安全帽，
想感受毛毛狗從後面用雙手抱我，勝過那一條安全帶。

難以忘記初次見妳，一雙迷人的眼睛，
在我腦海裡，妳的身影，揮散不去。
握你的雙手感覺你的溫柔，真的有點透不過氣，
你的天真，我想珍惜，
看到你受委屈，我會傷心。

作詞／張國祥　作曲／湯小康

庾澄慶的〈情非得已〉是二〇〇〇年到二〇〇一年台灣的主題曲，百貨公司、大賣場、路邊鞋店、各種服飾店都在播，青春洋溢了大街小巷。

連我這種沒看過《流星花園》的聳咖，此刻一回想起我第一次從彰化家裡騎機車到台中東海，嘴裡就忍不住跟著唱。當時一路上我的耳機裡都重複著這首歌。

東海大學附近的學生外宿區非常熱鬧，大家都稱呼「東別」。

我一向有很好的本事租到便宜的房子。

我用月租三千五百塊錢租了一個大房間，約有七坪大，是由兩間迷你套房打通弄成一間的格局。有點剝落的和式地板，但腳底板告訴我觸感還可以。

房間位於最高的第五樓、路燈偶爾壞掉的走廊盡頭旁。

疑似有一點陰風，但我假裝不在乎。

在距離我租屋處不到一分鐘腳程的地方，有一間沒什麼生意的機車行，機車行的老闆叫陳金火……嗯，那又是另一個故事了。

新房間挺大。

由於是兩間套房打通，裡頭什麼東西都是兩件兩件的。

一間浴室拿來洗澡，一間浴室拿來當雜物間。

兩張床併成一大張，看起來可以放肆地在上面滾來滾去。

兩張書桌理所當然併成帥氣的L形，書桌正向正面對窗戶。

我喜歡寫小說時有自然光，很有朝氣。

搞定大傢俱的位置，第一件事就是將《陽具森林》放在書櫃最顯眼的位置。

我後退了幾步，想像著一個畫面。

「總有一天，要讓你的弟弟妹妹們塞爆這個書櫃。」我科科科笑。

大掃除開始。

我將拖把插進水桶裡，就這麼溼答答拔起來，摔在木頭地板上寫書法。

聽膩了〈情非得已〉，我打開我生平第一台蘋果筆記型電腦，將一張盜版ＣＤ放進光碟機，一陣驚悚的喀喀聲後，光碟退了出來，我不放棄，咒罵幾聲後又將品質低劣的盜版ＣＤ插了進去。

話說兩個小時前，我瞥見路邊的盜版ＣＤ攤販上有一大堆的紅色。走近一看，幾乎都是一個全身包在紅色連身運動外套裡，只露出一張臉的歌手專輯。

那張臉還不怎麼帥，但一副就是自以為帥的模樣。

「……有那麼紅嗎，居然被盜成這樣？」我大概是不以為然地冷笑了。

抱著預備討厭偶像的古怪心情，我丟了五十塊錢在無人看管的紙箱裡。

現在，拖地缺了背景音樂，於是我按下了播放。

第一首歌。

第二首歌。

第三首歌……

第四首歌過去，我楞楞地將拖把插回水桶。

「……」我赤著腳走到書桌邊，打開印得亂七八糟的盜版歌詞。

沒辦法，我完全聽不清楚這個人支支吾吾究竟在唱什麼，為什麼嘴巴含著一顆滷蛋還可以當歌手呢？現在社會已經盲目到只要長得帥、什麼人都可以發片的地步了嗎？問題是，這個人又不帥？為什麼……為什麼……這個一點也不帥的傢伙的歌竟然……竟然這麼酷？！

我看著歌詞，幾百萬個毛細孔像喇叭跳動。

「這個人……會改變世界吧？」

這就是自我中心太強的人的偏執，以為自己就是全世界了。

我坐下，將音樂開得更大聲。

那是我買過的最後一張盜版ＣＤ。

很快的，像龍捲風一樣的……

這個全身包在紅色運動外套裡的傢伙，改變了很多人對音樂的想像。他一直被很多人喜歡，也一直被很多人討厭。他說了很多奇怪的又很雞巴的自high話，出了很多張專輯、卻從來沒有錢報名國語日報社的國語正音班。

無論如何，他沒有停下對音樂的探索。

那個幫他寫詞的怪咖，也成了很多人口中的大師。

我永遠記得那一天拖地，我拖了很久很久。

在新竹準備重考研究所時，曾養了一陣子魚。

我夢想的房間裡，有一個大魚缸。魚缸裡綠意盎然，殺氣奔騰。

「這個房間看起來……應該夠大了吧？」我看著房間正中央。

於是我就很任性地從水族店裡扛了一個二呎乘二呎的巨大魚缸到房間裡，在裡頭養了兩隻泰國淡水鯊（又叫成吉思汗）、一隻長頸龜、一隻小丑武士、兩隻金恐龍魚——這幾個大傢伙都是食量超大的肉食怪物。

我將剛買的幾株水草盆栽沉進缸底，將加溫棒黏在缸壁，設定好溫度。偏紫的燈打開，裡頭的肉食怪物們都驚了一下。

我剪好一塊塊活性碳綿塞在魚缸上面的濾水槽裡，心中盤算著，接下來要怎麼自製二氧化碳循環系統。網路上的教學說，需要寶特瓶、酵母菌、糖、衛生筷……如果土法煉鋼成功的話，配合燈照，很快就可以讓魚缸裡的水草冒出可愛的氧氣泡泡了。

呼。

「我們要在這裡待上至少兩年了。喜歡這裡嗎？」我脫下黏答答的塑膠手套。

「這裡好大喔，台中的房租真的好便宜耶。」毛毛狗的臉貼著魚缸。

長頸龜隔著玻璃跟毛毛狗四目相接，牠小小的腦袋輕輕往前撞，刺探似的。

我渾身大汗，蹲在毛毛狗旁邊跟她一起看魚。

「妳每次來這裡要更久了……對不起。」我摟著她。

「所以要對我更好啊，公公。」毛毛狗哀怨地說：「要請我吃飯。」

「好啊，等一下要吃什麼？我出書了，我請客！」我嘻嘻笑。

吃的喝的，東別這裡多的是。

什麼都便宜，什麼都很棒，各式各樣的學生小吃塞滿每一條巷子，競爭激烈的便當店也是超級棒，飲料店那更不用說了，如果你得花二十元以上才能買到好喝的飲料，那你就輸了。

每兩個禮拜毛毛狗就會下來台中跟我約會，我們的約會內容幾乎與大學時期沒有兩樣，就是看二輪電影跟看漫畫，然後在這個美食天堂裡吃來吃去。

很快的，毛毛狗跟我的體型越來越接近熊。

某天。

「……天啊，我是怎麼了？」我看著體重計上的六十七，超傻眼的。

我搖搖欲墜下來，換毛毛狗小心翼翼地站上去。

六十七點五。

毛毛狗氣急敗壞尖叫：「……怎麼會這樣？都是你害我的啦！」

我迅速冷靜下來，勉強笑道：「沒關係啦，反正我愛妳啊。」

說是這麼說，但身材走樣的確相當惱人，每次我們一起逛街買衣服時，兩個人都沒什麼好臉色。如果我不想吵架，我就得一直說謊。

「毛，那件衣服妳穿起來……還好，還不錯啦！」

「真的嗎？看起來不會胖胖的嗎？」

「轉一下，嗯，不會很明顯啦。」

「……」

但其實毛毛狗又不是瞎子，她每次挑衣服都挑到悶悶不樂。

我覺得很心疼，也很內疚。

要不是我那麼喜歡熬夜寫小說，就不會吃那麼多宵夜。

要不是毛毛狗陪著我嗑了那麼多頓宵夜，她也不會胖得這麼離譜。
「我好肥喔。」毛毛狗躺在床上，呆呆地吃著一大包薯餅。
「是可愛。」我在書桌上寫小說。
「我好肥喔！」毛毛狗咬牙切齒地吃著薯餅。
「胖胖的很好抱啊！」我繼續敲敲打打等一下要貼在網路上的小說。
「我說我好肥喔！」毛毛狗氣得大叫。
我飛速蓋下電腦螢幕，蹦蹦跳兩下衝到床上，搶過毛毛狗手中的薯餅。
我摟著她，她垮著一張臉。
「毛，我真的不介意啊，總有一天我們一定會瘦下來的。」
「真的嗎？」
「真的喔，既然我們一定會瘦，現在就讓我多享受一下妳的胖胖啊。」
「……」她嘶著嘴。
「……」我吻上去。
許久，毛毛狗亂動來亂動去的身體終於安靜下來。
「公公。」
「嗯？」
「謝謝。」

我戳著毛毛狗軟軟肥肥的肚子。

再過幾年，Puma就會跑到這裡來了吧……

研究所沒有我想像中的輕鬆愉快。

原文書又厚又討厭，大學不是本科系的我底子沒比別人紮實，看得很慢，想弄懂一、兩句話往往就要去找好幾頁的輔助資料幫自己搞清楚狀況。非常煎熬，想殺人又不能真的去殺。

大概每兩個禮拜就會輪到一次課堂報告，不認真點就會當眾出糗，唯一押著我繼續把原文書啃下去的動力，就是答應自己：「加油，如果再念三頁，湊十頁，你就可以寫一個小時的小說。」然後用「不可思議之螢光筆劃過去就算讀過了」的密技，快速看掉三頁，再快樂地打開電腦進入天馬行空的世界。

遠遠跟自我期許、出書賺錢、文筆越來越進步統統都沒關係，寫小說，完全就是念書空檔時娛樂自己的最佳手段，跟看電影、看漫畫差不多，但電影我沒辦法拍給自己看，漫畫我也沒辦法畫給自己看——但小說！我可以自己寫給自己爽！

真是不成比例的成就感。

記得每個禮拜三，晚上九點半上完最後一堂高承恕老師的課後，就到了我最熱愛的時間——因為隔天禮拜四，一整天我都沒有排課，我愛怎麼寫就怎麼寫。而在每個禮拜四晚上，我都固定在網路上發表最新進度的連載小說。

讀者很少，全宇宙同時在線上看小說的網友不會超過二十個，但由於大家都是看免錢的，他們超級不吝給我鼓勵，胡扯一些言過於實的稱讚，例如：「刀大你實在太神啦！」「毫無疑問，我的人生是為了禮拜四存在的！」「刀大，我要追你一輩子的小說！」

大家都愛亂講，我也就樂此不疲，一口一口吃掉這些讀者餵我的自信。

偶爾禮拜三晚上高教授在下課後，會帶大家喝酒聊天順便做學問，我也會跟——這可是相當好玩的社會系傳統。每每喝醉了回到租屋，我一頭栽下便睡，但隔天凌晨五點半一定硬爬起來、用冷水洗個臉就開始寫小說。

沒睡幾個小時，酒精還沒從我的任督二脈揮發出去，我的意識雖然清楚，但手指跟鍵盤之間的距離掌握得很差，只好眼睛貼著鍵盤，聚精會神地慢慢地敲、敲、敲，再抬頭核對螢幕上的字對不對。沒辦法，愛跟攤又愛寫小說，就得這麼拚命。

每次凌晨我坐在窗前寫小說，或有空白片刻，我看向外面。

天空深藍，在麻雀聲中透著微光，冷冽的朝露沾滿了玻璃。

我伸出手指在玻璃上頭寫字，寫著「你很強」，驚嘆號不忘一豎又一點。

指尖有點凍，肚子有點餓，視線卻給這三個字振奮到。

「永遠別忘記，你有多喜歡寫小說。」

我刻意記住這個自我砥礪的畫面。

我知道，經常回憶它可以給我力量，這就是熱情。

不過體重計上最後的數字有多驚人，我卻沒有太去回憶，現在也想不起來。

話說，我們兩個越來越肥了。

為了鼓勵毛毛狗下定決心減肥，我先拿自己當實驗品。

網路上的讀者出了一堆餿主意，我過濾了一下，開始力行不吃澱粉的計畫。除了早餐吃得又飽又健康外，我只吃青菜跟肉湯，肚子餓了就喝水，要不就是自己在宿舍裡用白開水煮魚肉或香菇來吃……超難吃。

肚子餓我絕對睡不著，宵夜能不能禁絕是能否維持原則的關鍵，所以晚上在肚子餓得咕咕叫之前就衝去睡覺，不讓自己有吃宵夜的機會。

運動最重要，不然好不容易瘦下來又會很快胖回去。

專程跑去游泳池有點麻煩，不能每天做，我便常常一絲不掛在房間裡「乾跑」，跑累了，就開始「用各式各樣自己發明的動作舉啞鈴」，包括拿著啞鈴做出不斷揮拳的動作，拿著啞鈴練習《第一神拳》裡的輪擺式移位招式，或乾脆一邊舉啞鈴一邊跑步，要不就躺在床上一邊仰臥起坐一邊舉啞鈴。

我神速瘦了下來，體重來到五十七，久違的腹肌竟然重出江湖。

毛毛狗非常吃驚，甚至開始抱怨我為什麼不等她一起瘦。

「公公你好厲害喔，那麼有毅力，說減就減。」

毛毛狗哀怨地說，一點也沒有替我高興的意思。

「只不過副作用有點厲害，我常常覺得這邊痛痛的。」我指著腹股溝右邊。

「怎麼個痛法？」

「就按下去會痛……嗯，不按的話也會痛。」

「要不要去看醫生？」胖嘟嘟的毛毛狗皺眉。

「不必吧？說不定不是跟舉重有關，而是我一直寫小說沒休息，坐太久了。」

我想，這應該就是勤勞作家的職業病吧？

好酷，我年紀輕輕竟然就得了，這一定是成功的預兆啊！

「是喔，那你要記得站起來走一走哇！」

「那當然囉。」

我同意，也照辦。

但那股痛楚並沒有減輕，反而越來越囂張，我注意到每次我剛剛舉啞鈴完，那股疼痛就會在我的腹股溝深處炸裂開來，實在不對勁。只有在我躺下來的時候疼痛才勉強緩解。

怎麼說我也沒辦法躺著寫小說，我終於去看了醫生。

「痛多久了？」醫生面無表情。

「應該有幾個月了。」我回憶道：「一開始還好，最近越來越密集，甚至會痛到我睡不著，痛

到我全身冒冷汗，我現在連走路都很痛。」

「褲子脫下來。」醫生看向遠方。

「……」我害羞地將褲子褪到膝蓋。

醫生斬釘截鐵地彈了彈我的要害。

「你這是疝氣。」

「疝氣?我真的得了疝氣!」我大概是用錯了表情，用到中樂透的那張臉。

「你是不是運動過度?最近有沒有搬太重的東西?」醫生依舊面無表情。

我馬上興奮地示範，我是怎麼用啞鈴做出各式各樣畸形的動作。

醫生沒有深受感動，只是核對一下行事曆，淡淡地宣佈:「明天開刀。」

「明天就開刀?會不會太趕了!」我大驚，忘了自己很閒。

「是你疝氣，不是我。你自己決定你還要痛多久啊。科科科。」

醫生科科科地笑，笑得我心底發寒啊。

隔天我躺在開刀房的時候，還好奇地東問西問裡面的設備。

「你怎麼那麼喜歡問?」醫生助手忍不住反問。

「因為我是寫小說的啊，什麼都很好奇。」我大方地說。

「寫小說?哪個類型的啊?」

「什麼都寫。」

「這麼厲害，那你用力吸一下這個。」醫生助手拿起一個面罩，靠向我的臉。

「麻醉喔？」我好奇。

「不用害怕這不是麻醉，這只是純氧，放心深呼吸。」

「……」我很想問幹嘛要吸純氧，是因為聽說純氧吸起來很high的關係嗎？

但問太多好像很白目，我就大方地深呼吸一口。

一瞬間，我的意識凍結。

「這個，很厲害。」

我幽幽說了這五個字，便昏過去了。

動了疝氣手術，我超度爛。

除了小鳥上面被幹了一刀，還被醫生禁止瘋狂鍛鍊身體。

回到電腦前第一件事，就是安排當時正在進行的小說《狼嚎》裡的大力士主角海門，於一場舉起沉重巨斧的重要事件中——在眾目睽睽下疝氣！

陳奕迅有一首歌，叫〈十年〉，真摯感人。

〈十年〉的粵語版，歌名〈明年今日〉，同樣是林夕填的詞，我跟毛毛狗非常喜歡。我們對著電腦螢幕，將音樂開得很大，看著歌詞、一遍又一遍用似懂非懂的廣東話跟著唱出來。

人總需要勇敢生存　我還是重新許願
例如學會　承受失戀
明年今日　未見你一年
誰捨得改變　離開你六十年
但願能認得出你的子女
臨別亦聽得到你講再見

作曲／陳小霞　作詞／林夕

林夕的詞填得真好，每一句話都寫中了擁有過愛情的人的要害。我的腦中浮現出如果有一天毛毛狗跟我沒有在一起了、多年之後的我們於城市裡某一角落不期而遇的畫面，我就覺得莫名的感傷。尤其是最後一段，更是唱了鼻酸。

在有生的瞬間能遇到你
竟花光所有運氣
到這日才發現　曾呼吸過空氣

相遇需要運氣。

相遇之後相守，需要比運氣更堅強的東西。

那種東西，在一起四年半了的毛跟我，有嗎？

「毛，我們永遠都在一起好不好？」我摟著她胖呼呼的身體。

「好哇公公。」她雙腳踢來踢去。

全台灣沒有一個地方，學開車比台中更便宜。

夏天到了，雖然根本沒錢買車，不過現在不學等以後離開台中再學的話就太吃虧了，於是毛狗跟我在網路上調查了一下台中駕訓班的風評，報名了一間據說是最便宜的地方。

為了避開酷暑，時間定在每天早上七點，學的是自排——因為我覺得在開車方面我跟毛毛狗應該都有學習障礙。

我想大家的學車經驗都一樣白爛，教練在後照鏡跟後座玻璃上都貼了黑色膠帶作記號，要我們跟著他的指示死板板地照做。

「倒車直到右後方的黑色膠帶中間那個白點，切齊標竿，方向盤立刻向右打到底，繼續倒車直到車身平行、方向盤回正……」

「是。」

「不要亂開，就跟你說看著窗戶上的記號，到路中央方向盤左打一又四分之一圈，看到雨刷這個點沒有？讓這個點一直維持在路的正中央……」

「好的。」

「就跟你說先不要自作主張，後退……後退到左後小燈泡壓到線，右打方向盤一又四分之一圈讓它維持在線上，出彎後繼續開到擋泥板也出彎，方向盤慢慢回正，看左後小燈泡壓到道路的線馬上……馬上什麼？右打方向盤到底啊！」

「OK啦！」

教練像是在唸結界咒，嘰哩咕嚕地，通通都是用口訣在教。

方向盤是抓了，油門也踩了，可就是不像在開車，倒像是一邊看著攻略本照本宣科打遊戲，超不好玩的。

直到教練集滿十個呵欠後，下車，才輪到我跟毛毛狗真正的party time。

「好緊張喔，好怕去撞到喔。」毛毛狗滿頭大汗，油門踩得很輕。

「幹嘛緊張啊？有我啊。」我笑嘻嘻在一旁，將冷氣轉到最大。

當老師的毛毛狗，非常習慣按部就班、照規矩做事，只見她立刻重複剛剛教練「傳授」的步驟。這些步驟的關鍵字都是「膠帶、標竿、這個紅點、地上的燈泡、後照鏡這個刻意弄髒的污漬、方向盤打幾個圈」——比三民主義課本還要難背！

「剛剛教練說這裡方向盤要轉幾圈？一圈還是一圈半？」毛毛狗突然停下。

「靠感覺啊，慢慢調就好了。」我就是記不住那些口訣。

「……你真的很不可靠耶。」毛毛狗抱怨，思忖：「應該是一圈半？」

我只是拿起數位相機，拍下毛毛狗緊張握方向盤的畫面。

「不要拍了啦，你幫我看那邊啦，是不是快壓到線了！」

「毛，笑一個。」我自顧自調整角度。

「公公！」她怒了。

毛毛狗反覆練習到記住每個步驟後，才輪到我的「人生就是——這樣也可以啦！」的開法。

我一遍又一遍繞著訓練場，假裝自己很厲害，覺得開車蠻好玩的。不過停車、倒車的時候常常沒記好口訣，壓線真的是壓爽的。

「就跟你說，人家教練是專家，教開車教了好幾年，就謙虛聽人家的，不要一下子就亂開……」毛毛狗聽到壓線的警報聲，可得意地看著我。

「可是一直照著記號開很白痴耶。」我只能這樣反駁。

「那你不要壓線啊。」

「壓就壓了啊，我多停幾次總可以吧。」

「不要到時候我有考到駕照你沒有喔，那樣就好笑了。」

「……」

寫小說很容易當夜貓子，但為了學車不早睡早起都不行，每天一大清早起床，就是衝去學開車。每次毛毛狗都先開，我在旁邊吃早餐說風涼話。

到後來教練都不需要出現的時候，我跟毛毛狗也能輕鬆愉快地練習考試項目，我們用假假的廣東話唱著〈明年今日〉，誰忘詞了、另一個人就要負責用兩倍的聲音唱過去，久了，〈明年今日〉唱熟了，我們就換練陳奕迅另一首超好聽的粵語歌〈十面埋伏〉，同樣是亂唱硬唱。

從駕訓班回到東海租屋，第一件事就是睡個超幸福的回籠覺。

不過，老是對照奇怪的記號練路邊停車、練倒車入庫、練轉彎，連循規蹈矩的毛毛狗也狐疑了起來。

「公公，這樣真的就算會開車了嗎？」毛毛狗練著枯燥的路邊停車。

「當然不算啊。」我拿著數位相機自拍。

「這樣怎麼辦，以後真正上路的時候我們真的有辦法開嗎？」

「先把駕照考到手再說吧……等有錢買車，一定是很久很久以後囉。」

有錢買車啊，的確，百分之百，一定得等很久很久。

讀者在網路上看習慣了，我的書賣得有夠爛，爛到寫好了乾放在網路上很久，出版社都提不起勁出。要靠版稅買車，不如直接去搶，要不就是到校門口賣雞排。

「我覺得有車開，就可以到處去玩了啊，那樣好好喔。」毛毛狗不放棄。

「是喔，我倒覺得不開車也沒差，我們去台北的時候，捷運跟公車都很方便啊，我們在台中跟彰化跟新竹，騎機車去哪裡也都很習慣了，而且我喜歡吹風，開車不覺得有點悶嗎？還要找停車位，好麻煩。」這倒是我的心裡話。

尤其，我從沒認真想過這輩子總要長大，變成一個需要靠開車來證明自己可以獨當一面的那種人。我想一直停留在戴安全帽，想感受毛毛狗從後面用雙手抱我，勝過那一條安全帶。

「開車到處去玩，感覺應該不錯……不然我們學開車不就等於白學了嗎？」毛毛狗嘛著嘴。

「不會白學啊，駕照反正是早晚都一定要考的。而且，跟妳一起學開車，一定是我這個暑假最美好的回憶。」我對累積回憶這一點，倒是相當擅長：「有多少情侶可以一起學開車啊？我們很幸福耶。」

「好吧。」

「什麼好吧？」我相機對著毛毛狗，說：「笑一個！」

夏天還剩一大半，我們順利拿到了駕照。

很長一段時間，我們只是在皮包裡放了一張一無用處的駕照。

等到我握著屬於我第一台車的方向盤時，我的人生，她的人生……

第十二章　選胖胖的妳

「好可憐，我愛的肚子快不見了。」

我從後面摸著毛毛狗的肚子。

「少來了。」

「真的，我很愛它的。」

毛毛狗撒嬌：「公公，如果胖的我跟瘦的我同時出現，你會選哪一個啊？」

我想都沒想：「當然是胖的那一個啊。」

「少騙人了，哪有人會選胖的啊。」

「……因為，胖胖的妳沒有人疼。」

領到駕照後，毛毛狗北上，我則回家跟Puma團聚。

我在十一歲的時候學會了梭哈、賭大老二、打架、偷東西、用刀子釘桌子，Puma什麼也沒學會，還是只會整天吃肉，牙齒掉光光，只剩下一顆黃黃的臼齒。而且變得很老——老到後腿乏力，老到沒辦法好好尿尿。

「Puma！走！」

我喊出這個強有力的「走」字，Puma還是精神抖擻地坐好。

不過現在牽Puma出去散步，牠都走得很慢，跟以前像一枚砲彈衝出去的氣勢判若兩狗。牠還是喜歡每隔幾公尺就朝汽車輪胎上尿尿，但牠不僅抬腿無力，連帶射尿的力道也完全消失，取而代之的是一滴、一滴、一滴地滲出來。

「沒關係，你慢慢來，二哥哥不急。」我故意不看牠，免得牠覺得自卑。

Puma沒辦法盡興排尿，就算我很有耐心，Puma也沒有體力一直在外面逛大街，每次都累到趴在地上不想動，乾脆讓我抱回家……而Puma根本沒有尿完。

怎辦？

苦於無法把握在外面散步的時間尿尿的Puma，只好在家裡無預警亂尿，這裡尿一點，那裡尿一點。到後來，Puma連抬腳都沒力氣，尿尿的姿勢跟母狗沒兩樣。當然，雙腿無力的牠也沒辦法抱著我的小腿抽插了。

一開始我還會笑Puma失去男子氣概，但後來我發現Puma在試圖抱緊我的小腿時、不斷失敗的表情，我才驚覺Puma真的越來越自卑。

晚上睡覺前，身為一顆不定時尿彈的Puma還是用萬分期待的眼神看著我，我當然照樣抱牠去樓上睡覺。這就是義氣！

「Puma，想尿就尿，不要憋著。」我摸摸搞不清楚狀況還在呵呵笑的Puma，說：「二哥哥就怕你尿不出來而已。真的喔，不會打你也不會罵你。」

而Puma在漫漫長夜裡絕對不負我望，滲尿在我的床上、甚至枕頭上，然後一臉「啊，誰教我老了，整隻都壞掉了」，害我內疚得想哭。

我的內疚並沒有解決任何事，反而床單都是媽媽在洗，會讓媽媽很幹，我也會被罵，Puma甚至會被強制禁止上我的床。但一把Puma放在床下地板，他又會淒慘哀號，不斷用僅剩的力氣前撲，想搆上我的床。

「沒關係，我們一起保守秘密。」我想出兩全其美的辦法。

由於Puma會徹夜不定時滲尿，所以我時醒時睡，一發現哪裡溼掉，我就拿一疊衛生紙蓋住吸收水分，然後繼續睡，第二天再將一大堆黃黃的衛生紙拿去廁所馬桶沖掉，免得被媽發現我的床早就被Puma的尿攻陷。

但尿味是騙不了真正睡在床上的自己，每天晚上我都聞著尿臊味入眠，而狗就是這樣，尿味越重，牠就越覺得可以尿在同一個地方，於是Puma尿得不亦樂乎。

「……」Puma舔著我的鼻子，不像在道謝，比較接近撒嬌。

「怎麼辦……你不能這樣下去啊。」我很心疼。

大概有兩星期我都過著很緊張、怕被媽發現床上到處都是尿漬的日子，所以中午醒來，棉被都是整個打開將床舖蓋好，而不是折疊起來。

現在回想起來，可以在滿床的尿上安然睡這麼久，真是世界奇妙物語。這也是我第一次付出了接近母愛的愛。

Puma滲尿滲得這麼悲慘，最後當然送去給獸醫看。

那一天印象深刻，Puma全身瘋狂發抖坐在冰冷的鐵板上，尿又開始滲出。

「幾歲了？」獸醫皺眉。

「十一歲了。」我很替Puma緊張。

「是尿道結石。」獸醫猜測，要我抱Puma去照張X光再拿給他判斷。

我照做了，答案果然被頭髮灰白的獸醫命中。

獸醫說，結石的位置很深，所以他無法用最簡單的器具掏出，只能走上動手術一途。

「這個要動手術，不過我這裡沒辦法做，要去中興大學的獸醫系去排，那裡才有比較好的氣體麻醉。」獸醫建議，接著解釋一些動物診所手術設備的缺乏問題。

「動手術……是怎樣？」我竭力冷靜，努力安撫劇烈顫動的Puma。

我忘了獸醫當時怎麼跟我上課的，但我記得清清楚楚的是，Puma這麼高齡的老狗，很可能就算手術成功，牠也會因為麻醉的關係醒不過來。

「醒不過來？怎麼會醒不過來？」我幾乎是亂問一通。

「只能說牠太老了，麻醉的劑量不見得準，就算準，牠也不見得醒得來，或是手術一半就死了。」獸醫仔細解釋。

其實這獸醫人很好，他很清楚我正處於超級害怕的狀態。

「不動手術的話會怎樣？」我呼吸停止。

「會死掉啊。」獸醫用最專業的口吻，自然而然說出這四個字。

「一定會死掉嗎？」我很慌，到現在我都還記得兩腳發冷的感覺。

「百分之百一定會死，而且會死得很痛苦。」獸醫也很遺憾。

是啊，尿不出來，一定很痛苦。

非要冒風險動手術不可，即使在昏迷中過世，也比憋尿爆炸死掉好太多。

回家的途中我好傷心，一直伸手安撫坐在摩托車腳踏墊上的Puma。

「對不起，二哥哥真的好傷心。」我邊哭邊摸牠的脖子。

「……」Puma全身緊繃，彷彿意識到了自己的命運。

回到家，我立刻打電話問當時在中興大學念書的朋友要怎麼去掛獸醫系的診，也跟全家人說了Puma可能會因此喪命，要大家接受Puma手術的風險與事實。

「沒辦法，還是得手術。」大哥在電話裡也只能這麼說。

「什麼時候去動手術，要跟我說。」三三也很沮喪。

媽說，她來試試看。

「怎麼試試看？」老實說我不大有信心。

「我們家是開藥局的，如果是尿道結石，不一定要開刀。」媽淡淡地說。

就這樣，媽將「人類吃的清腎結石的藥」磨成粉，加一點牛奶還是什麼的，每天用針筒灌進

Puma的嘴縫，之間佐以那帖曾經救過Puma的奇妙綜合感冒藥水加強Puma的體力。

媽說，Puma很乖，都沒掙扎，彷彿知道我媽即將救牠似的。

最後Puma活了下來，不僅暢快射尿，還會趾高氣揚地抱著我的小腿猛幹。

與其說是清結石的藥發生了作用，在我心中，媽才是Puma的仙丹。

而我，也終於擺脫了漬滿尿液的枕頭床單了。

被小說徹底佔據的我其實是個臭阿宅。

我覺得啊，動手沖一杯熱拿鐵，打層綿密細軟的奶泡鋪在咖啡上面，靜靜地待在採光很好的窗邊連續寫幾個小時的小說，疲憊了，就去看電影、看漫畫——這才是假日休息的王道。

要去玩，也是沒問題啦，但說到規劃，我就當機。

一直以來，毛毛狗都很喜歡到處去玩、到處去看。於是高美溼地抓螃蟹、平溪放天燈、大溪老街逛童玩、九份看月亮、三峽大阪根、酒桶山月光森林、溪邊捉螢火蟲……幾乎每個小旅程都是在毛毛狗的精心研究下，我們才得以成行。

很多年以後，我才明白一件事。

我異常沉溺在我熱衷的事物，並以為全世界都跟我一樣，對那些我覺得超級厲害、超猛、超爆炸的東西同樣感到驚奇有趣，於是我拚命把我的世界推薦給毛毛狗，希望帶給她衝擊性的快

樂，好看的漫畫、精采的電影、超好打發時間的電腦遊戲。我以為這是因為我愛她，但其實是因為她很愛我。

——毛毛狗一直都很樂意嘗試喜歡我喜歡的東西，比起來，我付出的少太多。

政府不曉得哪一根筋去想到，二〇〇二年的國慶日煙火，破例在台中港區施放。

台中港耶……而我竟然近在東海，逃都逃不掉。

「公公，我想去看煙火。」毛毛狗果然這麼說。

「可車子一定很多耶。」我看向遠方。

「不會那麼多啦，新聞上說市政府規劃了十大看煙火的景點啊，到時候人潮一定會分散開來。

公公，拜託拜託，我們一起去看好不好？」

「好吧，其實我也蠻想看的，只是怕人太多，擠來擠去什麼都看不到。」

七點的煙火，原本預定六點出發就可以了，但當天下午五點我走在東海夜市區就不大對勁，遠遠就感覺到中港路上有一股非常龐大的車潮。

「毛，我們提前出發吧。」我不安：「去看煙火的人好像很多。」

當機立斷，我們騎著機車插進中港路，擠在一大堆烏煙瘴氣中。

機車很多，汽車很多，接駁公車早早就出動，也很多。

「公公，你知道放煙火的地點在哪嗎？」毛毛狗戴著口罩。

「不知道！」我大聲說。

「我不是叫你從網路上印資料嗎？」毛的聲音聽起來有點生氣。

「放心啦，跟著車潮走就對了，這麼多人一定都是去看煙火的啊。」

我還真的不曉得怎麼走，完全就是順應車潮，跟著廢氣最多的方向。

隨著車陣越來越擠，毛跟我之間的交談聲也越來越興奮。

我看著那些以時速五公里不到的速度前進的汽車，車窗內一張又一張面無人色的臉，忍不住挖苦他們說：「妳看，擠成這樣，等到他們到會場的時候，煙火早就放完了。」

毛同意：「對啊，就算他們後悔不想看了，臨時想掉頭也沒辦法了。」

「所以我說開車真的不划算啦。這次的煙火，明顯就是政府放給我們這些沒錢買車的窮人看的。」

「哎喲，可是提早三個小時開車過去的話就好了啊。而且不用吸廢氣……」

「提早三個小時！在那裡要幹嘛啊！」

大概是接近會場了吧，車陣完全卡死，很多機車都不再前進，在完全弄不明白是怎麼回事下，我們也將機車停在大廣場邊邊，又跟著幾千張茫然的臉孔走進了應該是煙火施放會場的地方。

剛剛是車擠車，現在是人擠人，超恐怖，就算有人突然被人潮擠到身體像扔進果汁機裡爆炸開來，也絲毫不奇怪。

「我們真的走對了嗎？」毛一直踮腳，想把前面看清楚。

「毛，再怎麼樣也有這麼多人陪我們，怕啥啊。」我裝作老神在在。

實際上吸了那麼多廢氣才撐到這裡，屁股都快爛掉了，如果看不到煙火我隔天一定要買煙火對著市政府辦公室放。幸虧煙火大神聽到了我的呼喚，毛跟我找到一個還沒被很多人發現的高台，搶登了上去。

人聲鼎沸，萬頭攢動，賣熱狗賣奶茶賣烤香腸賣冬瓜茶賣臭豆腐的全都到齊。

「我怕一去就回不來了！」毛猶豫。

「要尿尿嗎？」我有點想尿。

我看著錶，時間快到了。

「那我們一起憋著吧，很辛苦要跟我說，OK。」我摟著胖胖軟軟的她。

七點，一道煙火衝上天際，將好幾萬人的脖子同時拉高了四十五度。

一聲大爆炸，流燄四射，又是細碎如瀑的綿密爆炸聲。

全場熱烈鼓掌，為了煙火，也為了堅持擠進會場的自己。

「毛，這裡的視野真不錯。」我讚嘆。

「對啊對啊！賺到了！」毛開心地拍手。

國慶日軍隊就不射飛彈了，今晚負責朝天空射煙火的單位是聯勤兵工廠，每放一記大煙火，司令台便大聲廣播每個煙火的名字，例如「舉國歡騰」、「四海一家」、「普天同慶」之類的吉祥話，老實說都是亂取。

咻～～～～～～煙火炸開，砰！

咻～～～～～～煙火炸開，砰！砰！

咻～～～～～～煙火炸開，砰！砰！砰！

我看著一旁毛毛狗的臉，她看起來好快樂。

煙火施放的時間遠遠比我們想像的要短，最後一記絢爛的煙火將整個天空照亮後，又恢復到無邊無際的黑。所有人都悵然若失。

從台中港騎回東海，平常只要二十分鐘，但那一晚我總共騎了兩、三個小時。

沿途每一輛汽車都像是假的一樣，幾乎動彈不得。而三分之一的機車都被迫攻上了人行道趕進度，我也不例外。

「我看，今天晚上有看到煙火的人，應該有好幾年都不想看煙火了吧。」我嘆氣，真想脫掉又悶又臭的口罩大力呼吸。

「怎麼會……我覺得很好玩啊。」毛抱著我的雙手，也越來越沒力。

「是嗎？人那麼多。」

「人多才有節慶的感覺啊。」

「折騰那麼久才到會場，又要花更久的時間撤退，重點是，看到煙火的時間才那麼一瞇瞇……

這個感覺，好像是人生的寫照喔。」我有感而發。

看著前方沒有盡頭的大塞車，不曉得要熬到哪個路口才能稍稍紓解。

抱著我的那雙胖胖的手，突然緊了。

「……」毛毛狗甜甜地說：「今天好累，但是好快樂喔。」

我回頭，笑了，脫下了口罩。

她笑了，也脫下了口罩。

流水帳是最要命、最笨拙的寫作方式。

但這個故事我只會寫這麼一次，這些都是我人生平凡無奇、卻閃閃耀眼的時刻。我真的，很怕我有一天會漸漸忘掉這些畫面……

櫻木花道在接到流川楓的傳球前，說：「左手只是輔助。」

念研究所只是輔助，我的人生主打說故事。在不妨礙寫小說的時間下，我的碩士論文只想寫跟網路小說社群有關的研究——最好還是研究我自己的那種研究。

能這麼爽嗎？

能！

我將目光瞄準大家都認為有點怪怪的、行事讓人捉摸不定的趙彥寧老師。我的邏輯是：如果

趙老師真的是一個貨真價實的怪咖，那麼她一定能夠理解同樣是怪咖的我吧？！

但趙老師跟我之間完全不認識，為了讓趙老師知道我是什麼樣的人，我自告奮勇申請擔任趙彥寧老師的人類學的課程助教（所以，誕生了《在甘比亞釣水鬼的男人》一書）。我永遠記得那天初次見面的情景。

研究室裡厚實的繽紛地毯，隨意堆置的原文書，淡淡的菸草香，陽光透進半昏暗的空氣。有種吉普賽的風格。

「柯景騰。」趙老師點了根菸，看著申請表。

「老師好。」我彬彬有禮。

「我以前沒有看過你。」趙老師抬起頭，面無表情地說。

「嗯，因為我以前不是念東海的，研究所才考進來。」

「你對人類學很有興趣嗎？」

「沒興趣，但因為完全不熟，所以也說不上討厭。」

「那你為什麼要當助教？」

「因為我想讓老師指導我的論文，所以我想先當助教，讓老師認識一下。」

「喔，好啊。」

第一次見面就這樣草草結束，趙老師連我的論文題目都提不起勁問我，我也沒有勇氣開口演講我的論文理念。我比較有印象的，居然是一起擔任助教的美女柏蓁學姊。

半年後，歷經了我比所有大學生都還要用功的人類學課（上助教課時，大家想聽我在台上講笑話的慾望，大過於想聽我認真講課。話說回來，人類學讓我獲益匪淺），趙老師終於把我叫進教授研究室。

還是，先點了一支菸。

「九把刀，你的論文要寫什麼？」趙老師總是單刀直入。

「我想寫有關網路小說的東西，虛擬社群之類的。」我正襟危坐。

「這個題目也可以找老朱啊？為什麼一定要找我？」她皺眉。

靠，老師好像有點不爽。這個問題讓我慌了手腳，胡亂回答了其他老師的研究背景為什麼不適合我等等。趙老師靜靜地看著我，好像我的鼻子上有飯粒。「說了這麼多，你找我，是想我怎麼幫你？」

「……」我從未想過這個問題，不知哪來的一句：「我的邏輯不好，希望老師可以指點我寫論文的邏輯。」

「邏輯不好？不會啊，我看你平常講話的邏輯很好啊。」趙老師似笑非笑，輕吐白霧道：「我看你是找不到其他老師，才來找我的吧。」

！

我腦中頓時一片空白。

「啊……」我臉紅：「也是這樣啦。」

「好啊，這也無所謂。」趙老師蹺著腿，優雅地問：「那你要怎麼寫？」

我精神一振，立刻將存在我腦中已久的論文計畫慢慢講了一遍。

趙老師認真聽我說著想法，一邊在隨手拿來的紙上寫下建議書單，喃喃說道：「你這個想法，跟Bourdieu的habitus說法很接近，可以去看某某書……嗯嗯，你這個文化資本的說法，可以去找找看Castells……」我每說一個想法，那張紙就多一本書。

寫過論文的人應該知道，趙老師這個舉動實在非常貼心，省下我日後自行在書海裡胡亂衝撞的過程。但，看著那張越來越細密的建議書單，我的心越來越沉重……要看這麼多書，那我的小說還寫個屁。

終於，我講完了，趙老師也寫完了密密麻麻的書單。

正事完畢，我們開始胡亂聊天。不知怎地聊到了我對未來的規劃。

「沒有意外的話，我以後想要專職寫小說。」

「喔，寫小說可以賺很多錢嗎？」

「也不是，只是我找不到比寫小說之外更有趣的事，既然寫小說也可以賺錢，那當然就是繼續寫小說啦。」

「你可以繼續考博士班，然後一邊讀一邊寫啊。」

「讀博士完全不適合我。」我斬釘截鐵。

「為什麼？」

「因為我只喜歡看書，不喜歡讀書。」我想了想，很認真說道：「其中的差別就是，我只喜歡大概地看一本理論書，不見得對每一個章節都有興趣，沒辦法細看，更重要的，我也不喜歡因為要課堂報告就去讀一本我不感興趣的書。」

趙老師點點頭，慢條斯理說：「九把刀，我知道該怎麼指導你的論文了。」

「啊，是怎樣？」我一震。

「你就照你的方法寫吧。」趙老師打開抽屜，將那張書單丟進去。

「照我的方法？」我頭歪掉。

「你想怎麼寫就怎麼寫吧，用你自己覺得可以通過口試委員那關的程度。」趙老師淡淡地說：「你剛剛說的研究方法跟研究對象我都覺得很不錯，如果你覺得看很多書不會對你的論文有幫助，那你就不用看了。」

「不……不用看了？」我好嚇。

「對啊，幹嘛看。」

「老師……妳……妳生氣了喔？」我快不能呼吸了。

「我為什麼要生氣，論文是你自己要寫的，書也是你要不要看的。」趙老師用貴族的表情，一笑：「你想寫的題目我沒有特別研究，所以你比我更清楚你的論文該怎麼完成。反正我要你改一個我研究領域裡的題目，你也不會接受吧？」

「不想。」我吞了口口水，說：「絕對不想。」

「那就對了，不過，萬一都沒看書結果論文寫不出來，我也管不著。反正畢業是你的事，不是我的事，如果你不想畢業我也沒辦法。」

我在發抖。

「老師，說真的啦！」

「我說真的啊。」

「真的不用看書？」

「你寫小說需要一邊看書嗎？」

完全傻眼，我幾乎無法動彈。

「老師。」

「幹嘛？」

「我發現我好愛妳喔。」

「少來。」

就這樣，我獲得了自由，然後從自由裡獲得了勇氣。

上輩子的我肯定救人無數，讓這輩子的我得以找到願意給我強壯自由的指導老師。在研究所的課程結束後，我的論文看見了希望。一切都很順利。

人生的機遇捉摸不定，論文揚了帆，我成為專職作家的路卻沒有起色。

每一篇故事在網路上都大受歡迎，但要讀者掏錢買又是另一回事。

我很喜歡寫小說，但小說一直賣得爆爛也很恐怖。私下跟其他的網路作家聚會聊天時，我提到我的小說賣得很爛，他們都不相信，還說：「連你都賣得很爛，那我們怎麼辦？」

事實上網路人氣是沒辦法當作暢銷指標的，我比誰都清楚。強者如我，作品在網路上發表結局後，也沒辦法馬上出版，能夠在一年內變成書就算很順利了……我有耐心，但帳單可等不了這麼久啊！

說來也算是很幸運，我從大三開始就是念助學貸款的，考上研究所後也一樣，連續好幾年都跟國家借錢念書，所以沒有學費上的經濟壓力，我久久出一本書，可以自己付房租、買機車、約會，剛剛好活得比開心還要多一點開心。

又，我們華人社會又有一個好處，就是對學生特別寬大，親戚長輩不會因為我出書賣不了什麼錢就用言語機歪我，甚至還覺得還在念書的我可以靠出版賺零用錢，覺得我很神！

不過，我總不可能一輩子都是學生。

毛毛狗已經從代課的實習老師，升格為正式教師，有一份穩定的薪水。

我很高興，可也感到壓力。

「公公，你以後打算做什麼啊？」

毛毛狗吃著東海夜市的章魚小丸子。

「寫小說啊。」我拿著薏仁牛奶邊走邊喝。

「我不是嫌你，可是你出書又不固定，不能當作正式收入……」

「嗯，我研究過了，租書店有很多小說都是一集一集的，如果我想出一個需要大架構的故事，把它當漫畫寫，每兩個月出一本，收入就可以穩定了。」

「真的那麼順利嗎？」

「我算過了，就算每一本書都沒有第二刷，只要兩個月可以出一本，光是首刷的版稅，再加上我偶爾投稿到雜誌或報紙的稿費，應該可以跟妳的月薪打平……吧？！」

「那也要出版社願意每兩個月就幫你出一本啊。」

「如果出版社沒辦法配合的話，就找一份正式工作囉，當研究助理還是去廣告公司上班都好，下班以後再寫小說。不過這樣的話，故事的進度就不可能穩定了。」

「有沒有想過，要怎麼寫才會讓書變得暢銷呢？」毛很認真。

「真的有那種寫法就好了。」我有點不耐煩。

「要不要跟出版社討論一下未來的方向啊？你如果要專職寫作，就需要專業的建議啊，看看編輯可以幫上什麼忙也好。」

「他們只會叫我寫愛情小說，哪有什麼方向好討論啊。」我沒好氣。

「好啦，我不是抱怨，也不是看不起你，但你要認真想一想未來的事。」

「毛。」

「生氣了嗎？」

「我寫小說的時候很快樂，我想賭賭看。」我情不自禁停在賣炸臭豆腐的攤子前，說：「有時候找到讓自己快樂的事，比賺到大錢還難呢。」

「公公，我都懂。我真的都懂。」毛牽著我的手。

妳，真的都懂嗎?

不，妳一定懂的。

如果連妳都沒辦法從我的身上感覺到寫小說的火焰熱情，那我一定是假的。

現實往往被擺在跟夢想等值的位置討論，不是沒有道理。

我有好多故事都想寫，但人生不可能只有寫小說這一件事重要，吃飯很重要，看電影很重要，看到最新一期的《海賊王》很重要，每天可以喝到一杯咖啡也很重要，可以讓所愛的人感到安心也很重要。

我沒有辦法告訴我的家人朋友，說：「我想成為一個專職作家，在我還沒有辦法賺錢養活自己之前，可不可以請你們每個月資助我幾千塊，讓我可以專心寫作？」

每個人都有自己的夢想，我不打高砲，但大多數的夢想都得靠節省收入慢慢靠近，如果我的家人朋友這麼做了，我就等於請他們把夢想的一部分先捐讓給我，而他們自己晚一點再實現他們的夢想……

我辦不到。不是因為自尊心，而是捨不得。

人生不可能無解，只有放棄找答案的人。

我已經想好了，要是我沒辦法靠寫小說為生，我就得認真考慮找一份其他的工作……任何工作，而我在每天下班回家後再打開電腦寫東西，用燃燒時間的方法讓現實跟夢想平衡平衡。

「人生最重要的，不是完成了什麼，而是如何完成它。」我寫下這句話，就要有實踐這句話的作為，我想靠自己的力量慢慢接近專職作家的夢想。

研究所課程所剩不多，論文的進度也發了芽。

很快我就得結結實實面對我自己說過的話。

我瘦是開始瘦了，但毛毛狗還是一整個胖。

她越來越常對著穿不下的衣服發怒，為拉不上拉鍊的褲子跺腳。

但沒有什麼事是辦不到的。

減肥的旺季來臨，毛毛狗學我少吃澱粉類的食物，還跑去學瑜伽，還教我有點奇怪但很有效的仰臥起坐瘦腰術。我們也一起運動。

我已經成為疝氣達人，如果不想在我的小鳥上面三指處摸到異軍突起的小腸，啞鈴是不能再舉了，暫時想運動的話，就只能去游泳。

「公公，我這樣棒不棒！」浮出水面的毛毛狗咳嗽，大力喘氣。

「很棒喔！不過還是像一隻小海龜。」我拍拍她的背，幫她緩和緊張。

毛毛狗換氣換得越來越順，我也能放心地一個人用力游兩千公尺。

毛毛狗站在體重計上，指針一天天往左邊靠了點。

「公公！我又變瘦了！」她又驚又喜。

「哇，很快就可以去買新衣服囉。」

我將一袋小小魚倒進魚缸，裡頭的怪獸狼吞虎嚥了起來。

「真的好高興喔。」毛毛狗用手指敲敲魚缸玻璃，說：「成吉思汗也要減肥了啦，肚子越來越大了。還有小丑武士也是，不過牠胖胖的好可愛喔。」

「改天應該帶Puma來看這幾隻魚，牠一定覺得很好玩。」我雙眼緊貼玻璃。

有了成就感，她就越有耐心堅持下去。我也很替毛毛狗開心。

後來毛毛狗減肥上了癮，開始吃水果當早餐，搖呼啦圈，跑操場……

我看著巨大的毛毛狗變得越來越苗條，心中對造物主有說不出的讚嘆。

幾個月過了，毛毛狗的肥肚子消了一大半，整個人容光煥發。

女友變美了當然很好，但，我竟有點悵然若失。

某天，我們一起在電腦前看電影《大逃殺》。

「好可憐，我愛的肚子快不見了。」我從後面摸著毛毛狗的肚子。

「少來了。」

「真的，我很愛它的。」

毛毛狗撒嬌：「公公，如果胖的我跟瘦的我同時出現，你會選哪一個啊？」

我想都沒想：「當然是胖的那一個啊。」

「少騙人了，哪有人會選胖的啊。」

「……因為，胖胖的妳沒有人疼。」

記得，毛毛狗哭了。也許這是我對毛毛狗說過，最浪漫的話。

第十三章　看見周杰倫的背影

「毛！我今天在阿爾發看見周杰倫的背影了！」

我迫不及待對著手機大叫：

「只有不到五公尺！不到五公尺耶！」

「真的嗎！那你有走過去找他簽名嗎！」毛毛狗很驚喜。

「才不要咧，那樣我的氣勢不就整個弱掉了嗎？

我要努力到有一天可以跟他一起談合作，而不是找他要簽名而已。」

我不知道在矜持什麼。

「可是，公公，你可以先幫我要簽名啊！」毛毛狗撒嬌。

「哈哈，再說啦！公車來了！」我樂不可支，舉起手。

人生不可能沒有地震。

二〇〇四年，大概是我人生遭遇變動最大的一年。

現在想起來，是個徵兆。

一場突如其來的寒流，我不在東海租屋處過夜，加溫棒沒插上電。

一夜受凍，魚缸裡的食肉怪獸們冷死了一大半。

毛毛狗跟我哭了好久，她一直嚷著心愛的小丑武士死了。

「……」我一邊哭，一邊將胖溜溜的小丑武士撈起來。

不久，一隻成吉思汗莫名其妙翻了肚，原因始終不明。

保險起見，我將魚缸的水重新換過，下了藥，看著魚缸裡僅剩的長頸龜跟形單影隻的成吉思汗。浩浩蕩蕩養了三年，就剩這兩隻了。

我從來不曉得這兩隻巨大的成吉思汗誰公誰母，說不定兩隻都是公的或都是母的也不一定，有什麼差別呢？我從牠們只有五公分大小就開始養，還以為兩呎見方的大魚缸夠牠們一輩子歡樂了，沒想到牠們很能吃、卯起來長大——最後竟長成超過二十公分的小怪獸，對牠們來說，魚缸漸漸變成一個無聊沒地方好逛的家。

無聊嘛，還是得找事情做，這兩隻成吉思汗老是盯著對方的尾巴繞著圈圈游，一起搶食我倒進去的小金魚、蚱蜢、麵包蟲、小青蛙、小蝦等，比賽誰吃完後的肚子大，除此之外就是跟長頸龜互咬著玩。

現在牠們之間少了一隻，剩下的那一隻成吉思汗游得很沒勁，吃的魚也少了。

「對不起，你一定很想牠吧？」我蹲在魚缸外。

「公公，我覺得牠好可憐喔，你要不要再養一隻成吉思汗陪牠？」毛毛狗也蹲著。

「怎麼有辦法？如果我再買一隻小隻的成吉思汗下去，一定會被當成飼料吃掉。但又不可能有人在賣十五公分以上的成吉思汗。」

「那怎麼辦？」

「幸虧還有長頸龜陪牠啊。」我也只能這麼說。

失去了唯一的同類伴侶，打擊遠比我想像的還要大。

孤單的成吉思汗，沒病沒痛，幾天後卻一動也不動了。

偌大的魚缸裡，剩下的長頸龜立場有點尷尬。

牠就像是魚缸星球裡的超級賽亞人，光甲長就有二十公分，脖子長度至少也有二十公分，牠有堅硬的龜殼保護，脖子甩出的瞬間攻擊力又超級厲害，還曾經將粗壯的金恐龍魚的頭整個含住、甩來甩去，我連阻止都來不及：「喂！牠不是給你吃的啦！每天都在看的怎麼突然就不認識了！」

一瞬間，長頸龜便整個將金恐龍魚的頭咬掉……

這麼強，丟什麼下去跟牠作伴都有危險。

「我根本沒辦法幫你找伴。」我苦惱：「你把什麼都當食物。」

「……」長頸龜用笨拙的姿勢游著，還給我科科笑。

我曾經放了一隻看起來很低調的淡水龍蝦下去，想說類型差這麼多應該有機會和平相處吧？但當天晚上，我就眼睜睜看著長頸龜以不可思議的饕客技巧，將龍蝦慢條斯理剝殼吃掉。

我也曾試圖養兩隻兇殘的食人魚跟牠作伴，但下場就是食人魚被長頸龜秒殺。

長頸龜看起來傻傻的，對只剩自己一個好像不以為意。

「食人魚都被你幹掉了，覺得自己很屌嗎？」我失笑。

「要不要再養一隻烏龜陪牠？大一點的。」毛毛狗幫忙出主意。

「要養就要從小養啊，買別人養大的沒感情啊。不然，我們來養水蛇怎麼樣？我覺得把牠們養在一起應該可以恐怖平衡吧？」我有點讚嘆自己怎麼那麼聰明。

「我討厭蛇啦！」毛毛狗斷然否決。

孤單好像沒有造成長頸龜的困擾，牠的食量依然很大，胃口一向很好，好到連我自己也不敢用手指伸進水裡逗弄牠……我的手指還要拿來敲鍵盤咧！

據說烏龜可以活得很久很久，十年、八年也沒問題，我想這隻長頸龜如此健康，總有一天，應該可以挑戰一下史上最巨大的人工飼養長頸龜吧！

為了讓長頸龜的龜殼健康不變軟，得吸收足夠的維生素D，我還常常將牠抓起來放在窗下的水桶裡，曬曬真正的陽光。有時候我寫小說寫到忘了神，水陸雙棲的長頸龜默默地爬出水桶，在地板上爬來爬去玩捉迷藏，有兩次我甚至花了一個多小時才在我的棉被裡找到科科科笑的牠。

可惜我有智障。

有一天我騎車經過傳統市場時，突發奇想，既然長頸龜可以吃掉淡水龍蝦，那，乾脆改餵牠吃溪蝦好了？飼料小金魚一兩要三十元，溪蝦秤斤在賣的，便宜多了。長期下來可以省錢、又很營養。

那晚當我回到家，將七、八隻活蹦亂跳的溪蝦倒進魚缸時，長頸龜整個很興奮，狂暴地攻擊牠看得見的每一隻蝦子。我覺得有種欣慰的變態快感……

「你這傢伙，真不愧是唯一活下來的超級殺手啊！」我敲敲玻璃。

長頸龜不理我，逕自展開牠的獵食秀。

那晚我放心地騎車回彰化，過了兩天回到東海租屋時，魚缸裡卻傳出噩耗。

缸底都是碎裂的蝦殼，長頸龜的脖子異常粗大，眼睛大大瞪著外面。

牠巨大沉重的身體半浮半沉在水中，再沒有一絲活力。

你這傢伙……我快哭了，整個人難過地跪在地上。

「你幹嘛吃到爆炸！你又吃到爆炸！」我鬼吼鬼叫，氣得用拳頭砸地板：「對不起我太白痴了！我太白痴了！」

長頸龜無言以對。

幾個小時後，我看著空無一物的魚缸。

像是進入了自動驅動模式，我平靜地將水草盆栽拔起，把水抽乾，將細碎的砂石一把一把撈放在水桶裡，加溫棒收好，燈罩收好，過濾棉一塊塊塞進垃圾桶裡。

最後，打了通電話給阿和。

「什麼時候有空來我這裡，嗯，幫我搬魚缸到樓下……」

我摸摸躺在鞋盒裡的長頸龜。

我想，我再也無法養魚了。

十三歲了，整天吃肉不吃青菜的Puma完全沒牙齒了。

沒有牙齒的關係，Puma的舌頭無時無刻都露在嘴巴外面，老實說有點可憐，但樣子看起來超可愛！不只牙齒掉光光，牠的嘴巴白了，鬍子也白了，眼睛也有一點點白內障，雖然尿尿依然很順暢，但花在大便上的時間越來越久，睡覺時對外界的反應也遲鈍了。

比起這些，老掉的Puma還是對抽插我的小腿保持一定的興趣。

由於牠的腿力跟腰力已遠不如當年，為了避免刺激到牠的自尊心，當Puma抱著我的小腿時，我得貼心地用腳撐著牠的身體，不讓牠摔下去。

「Puma，不要急，慢慢的幹。」我都這麼安慰牠。

老態龍鍾的Puma，也因為牠的老贏得了一些特殊資格，大家都很體諒牠。

奶奶牽Puma散步，不再像以前一樣扯著牠的脖子急行軍。

Puma在家裡大搖大擺到處亂尿尿，媽也很少唸牠或唸我了。

晚上我跟Puma一起睡覺，睡到早上我還沒醒透，奶奶從床上把Puma拎下樓尿尿時，也不再像以前一樣粗魯地提著牠的脖子拎牠下樓，而是整隻好好地抱下去……雖然Puma還是會用沒有牙齒的嘴巴猛咬她，但奶奶也沒那麼計較了。

Puma的哥哥們，不在家的時間越來越長。

大哥在台北讀博士，三三在台北念碩士，兩個人乾脆在和平東路附近合租了一層小公寓。那時我研究所的課少了，魚缸也空了，乾脆偶爾上去跟他們一起住，在台北寫幾天小說。毛毛狗在台北當老師，我們約會也近。

我們三兄弟住在頂樓五樓，有西曬，早上十點過後就熱得讓人發瘋，每天我滿身大汗熱醒時，大哥跟三三已經出門上課去。

為了省冷氣錢，我過中午就會出門找咖啡店吃飯、寫幾個小時的小說，寫到天黑才回家。那些我常去寫小說的簡餐咖啡店，都有幾個共同點：座位多、客人多、東西便宜、有插座。至於東西好不好吃、裝潢是不是很有特色，都不重要，我要的只是不被注意的一個角落，不會因久佔座位被老闆瞪得良心不安。

台北很大，捷運很方便，展覽很多，百貨公司很多，我最愛的電影院到處都有。可對我這麼一個從彰化上來的大孩子，台北大得很空曠。

台北縣某國小的低年級教室裡。

毛毛狗跟她的同事忙著教室佈置，我在角落寫小說。

「毛，我覺得台北跟我不親。」視線稍稍離開電腦螢幕，我揉著太陽穴。

「公公，那是你都在寫小說，沒有認真在台北晃啊。」毛剪著壁報紙。

「可我就是喜歡寫小說啊，妳白天要上課，我當然就是寫小說啊。沒跟妳約會的時候，台北長什麼樣子我也沒興趣。」這是我的真心話。

「公公，可是你在台北跟我約會的時候常常都去看電影，也沒有去什麼特別的地方。乾脆你把摩托車運上來台北，認真在台北生活，只要你把台北弄熟了，你就會喜歡台北啦。」毛毛狗一直想著，以後我們結婚了就住在台北，這樣她就不必煩惱調職的事。

「是這個樣子的嗎？」視線回到電腦螢幕上，我繼續寫故事。

土不親，那就從人開始好了。

我每個禮拜二，都會固定在靠近捷運中山國中站的一間咖啡店寫東西，在那裡恰巧遇見過幾次讀者。

某天我突發奇想，我乾脆在網路上公告，如果有誰願意跟我分享他的生活經驗、用他的人生幫助我取材，禮拜二下午都可以去那間咖啡店找我。

從此，讀者跟我管這種聚會叫「咖啡聚」。

「刀大，你看這張大頭貼就是在喜歡我的男生，不過我比較喜歡這個呦！」
「Giddens你好，我今年剛考上了師大附中的資優班，我的興趣是表演。」
「刀大，我也是用蘋果電腦的，你有不會的地方隨時打電話給我。」
「真的啦你不要灰心，我雖然是女生，不過我最喜歡《樓下的房客》喔！」
「老大，我放了幾支A片跟動畫在我的FTP，你要抓的話我給你密碼。」

那段時光真的很不可思議，許多後來很重要、很熟、很有才華的朋友級讀者就是在咖啡聚的時候認識的。

我說得少、聽得多，大家就是聊天打屁。

後來那個拿大頭貼相本給我看的可愛女孩，我封她秘書，之後考上了清大。

彬彬有禮的附中資優生叫平平，每次簽書會都固定表演模仿秀，經典之作是蔡頭加利菁。後來平平上了全民大悶鍋的全國模仿大賽得了第二，只輸給陳漢典。他跟「陳漢」兩字非常有緣，後來某高中生仿擬我的小說得了文學獎後又向媒體告狀婊我，還是平平做了一份「原著/得獎文」的文字對照表放在網路上為我仗義。

要教我蘋果電腦撇步的大學生，半年後邀我去他的母校大葉大學演講——那是我生平第一場校園演說。這個蘋果通在兩年後不只幫我設計兩款簽書會特賣的衣服，還真的寫了兩本非常暢銷的蘋果電腦手冊。

不偏食、連《樓下的房客》這種驚悚極品也很喜歡的女孩，生日只差我一天，後來成了我簽書會的專屬主持人，她的名字許多書迷耳熟能詳，小仙女osf。

至於那個要跟我分享A片的男孩，他被我寫進了小說《等一個人咖啡》，當了主角——永遠急著跟所有人分享快樂的，阿拓。

後來到咖啡聚的網友讀者越來越多，多到每次聚會我都得用演講的聲音才能讓每個人聽清楚我講話，這種情況下，除了我之外沒有人可以暢所欲言，徹底失去聚會原來的意義，我決定停止這個傳統。

此時此刻寫到這裡，我用滑鼠點進我的無名相簿，翻看那段誰都可以輕易找到我的日子。

那些下午，那間咖啡店，那些人的面孔，有點熟悉又有點陌生的我的樣子。

大家毫無顧忌的大笑聲，立刻環繞在我身邊。

你擁有的第一個夢想是什麼呢？

小時候的我，曾夢想當過漫畫家。

但熱情有餘、天分不足，最後我心甘情願放棄，從畫漫畫改成看漫畫。

長大些，對什麼是理想、什麼是幻想有了一點更清楚的認識。

我想當記者，寫人物採訪特稿那種。

想當電影導演，專拍不用送票、觀眾自己就會買票進場的那種電影。

不能導的話，寫寫電影劇本也不錯。

還有還有……我想設計電腦遊戲，想當廣告文案撰寫者，想幫綜藝節目發想有趣的單元，最想在名片上印著「創意總監」這個抬頭。

但我不夠厲害，缺乏才能，遺憾沒有成為那些我想成為的人。

幸好我專心投注在寫小說的領域裡。

小說像是有了自己的生命，默默幫我聯繫了這個世界的其他部分。

在這個時期，雖然書還是賣很爛——靠我真不想一直強調這一點，但演藝圈裡越來越多人在看我的小說，於是我接到了幾通試探性的電話，跟陌生人喝咖啡，開始幫唱片公司寫MV腳本、幫新導演寫電影劇本、擬劇情大綱等等。

天生臭屁的我，總是可以用最平常的臉跟這些「大人物」把會給開完。

「那這幾首歌你就先拿回去聽，我們就等你的作品出來囉。」某大人物說完這句話，整個會議室的人都開始收東西。

「沒問題。」我將筆記型電腦塞進背包。

「還有，不需要提醒你，這些歌都不能流出去吧？」某大人物皺眉。

「放心，除非我電腦被幹了，否則不可能外流。」

我拉上背包拉鍊，酷酷起身。

全世界，只有一個人可以聽到我原形畢露的聲音。

電梯門一打開。

「毛！我今天在阿爾發看見周杰倫的背影了！」我迫不及待對著手機大叫：「只有不到五公尺！不到五公尺耶！」

「真的嗎！那你有走過去找他簽名嗎！」毛毛狗很驚喜。

「才不要咧，那樣我的氣勢不就整個弱掉了嗎？我要努力到有一天可以跟他一起談合作，而不是找他要簽名而已。」我不知道在矜持什麼。

「可是，公公，你可以先幫我要簽名啊！」毛毛狗撒嬌。

「哈哈，再說啦！公車來了！」我樂不可支，舉起手。

真的很開心，這些際遇都是我從未想像過的世界。

機會越來越多，越來越多……

我在許多場合看見平時只有在電視裡才能看到的人物，聽到許多未上市前的商業秘密，我表面鎮定，又暗暗竊喜。

雖然這些嶄新的工作機會不是直接跟寫小說相關，但畢竟也是創作，如果牢牢抓住這些「跟寫東西有關的副業」，說不定當完兵後，真的有辦法靠寫小說過日子吧？

某日，《超級星期天》、《流星花園》的製作人柴智屏也找上了我。

起因是，開了一間戲劇製作公司的柴智屏要買我的小說《打噴嚏》的版權改拍，順便找編劇新血。

我們約在她公司見面，打算在談版權交易前先隨便聊一下。

「九把刀，為了找到可以拍戲的新題材，我們找了很多新作家跟新編劇到公司談過，其中很多都是網路作家。當我請他們推薦還不錯的作家的時候，他們全部都提到你。」柴姐帶著老闆特有的笑容，慢條斯理地說。

「嗯。」

「我注意到他們提到你的時候，語氣都變得不一樣，所以就找了你上一本書來看，就是《打噴嚏》，我覺得很不錯。那就請你先介紹一下自己吧？」

「我很強。」我直接笑了出來。

「……你很強，是什麼意思？」柴姐愣了一下。

「就是我實在是太強了。」我用無可奈何的表情再說了一遍。

柴姐像是看見外星人一樣大笑，我則有點不明白，雖然我了解直接把自己的優點講出來好像有點難為情，但也許我跟柴姐之間就只會談這麼一次，如果我裝謙虛，人生豈不是過得太假？

接著，我將還沒出版的《等一個人咖啡》故事構想告訴柴姐，柴姐跟公司的製作部主管邊聽邊笑，我還不忘強調：「靠，我真的是超強的好不好！」

幾個禮拜後，柴姐就簽下了我。

當時我們都沒什麼太特別的想法，柴姐要的是一個新編劇。

柴姐的內心世界長什麼樣我不知道，但當時的我很想嘗試用寫電視劇劇本當作是穩定收入的

「專職寫作解決方案」，幻想著，一年只要配合著寫一部偶像劇的劇本，年收入就有保障，其他的時間我就可以隨心所欲地寫我自己想寫的故事……

　　這樣的人生，實在是太像作弊啦！

只是越忙，我跟毛毛狗就越常吵架。

「毛，我在開會，晚點打給妳喔。」我常常丟下這一句話，就關掉手機。

等我再次打開手機的時候，就面臨好幾個小時的吵架。

我沒有意識到，其實當我很累的時候，毛毛狗教書也很累。

我很忙，但毛毛狗也很忙。她需要關心，我卻急著要她體諒我。

明明兩個人就在台北，可約會的時間沒有想像中的多。

「公公，我們幾個老師約好下個禮拜要去墾丁玩喔。」電話裡的毛。

「……對不起，我好像沒有時間，我下個禮拜要寫出的量還沒到。」我每天都在寫稿子，偶爾還得回神寫寫論文，提醒自己還沒畢業。

「沒關係，我知道啊，所以我們約了人一起聯誼，你就專心寫你的吧。」

「就是上次跟妳們一起去綠島……還是澎湖玩的那幾個男的嗎？」

「嗯，那同一批人啊，大家都熟了。」

「……好好喔，妳變瘦以後就有好多人搶著跟妳聯誼了。」

「公公，我們是一群人耶！」

「好啦好啦，我知道了啦，不過我吃點醋也是正常的吧。」

「你才沒有吃醋咧！」

「哈哈，被發現了。」

毛毛狗一直都很喜歡旅行，尤其當老師被小朋友折磨了大半年，好不容易放暑假了，沒有出遠門散散心恐怕會要了她的命。

當時我其實很慶幸，在我忙得天昏地暗的時候，毛毛狗還能找到人跟她一起出去玩，而不是陪在我身邊看我寫小說，那樣她無聊，我也倍感壓力。

一些改變正在發生。

看似渾然不覺，更像是刻意忽略，

壞的改變已潛伏在好的改變裡面。

過度樂觀、自以為是的我慢慢踏進了泥沼。

第十四章　全世界都在下雨

那年，很痛。
我們全家人都很痛。
報告出來，全世界都在下雨。

每個禮拜在《壹週刊》上面寫的小說連載，我都是一鼓作氣寫好幾個禮拜的份量，交出去後，就集中精神在下一本書的故事上。

等到稿量快要見底，我再回過頭來寫這份連載。

由於這份連載不是小說，而是我的真實人生，所以我要做的不是幻想，不是設計鋪排劇情，對我來說只要把事先列在一份叫「二哥哥很想你備忘錄」的檔案中的事件表，按照時間序列挑出我想保存的東西寫下來，再扣掉即使發生過、但我完全不想回憶的部分……

每次被通知《壹週刊》的連載稿量見底，我其實都很高興，因為我真的很想Puma，藉著寫這個故事我可以將Puma偷偷帶回我身邊，很好。

雜誌出版後，我會撕下《壹週刊》的故事頁，開一個小時的車去看看Puma，將那一張故事頁摺放在牠身邊。

「二哥哥在寫你喔，放心，把你寫得很可愛啦！」我摸摸牠。

太多美好的事物我難以忘懷，許多動人的畫面我想忘也忘不了。

單純將我回憶過無數次的那個自己寫下來，不難，但我已經有快一個月沒辦法好好寫這份連載，據說搞得雜誌編輯很緊張，拖稿嚴重，讓負責插畫的人大概也想掐死我。

我極度逃避回憶我人生中最痛苦的部分。

每次打開電腦，坐定了要寫，就會產生恍神的靈異現象。

那些事，這三年來我可以不去想，就完全不去想。

大量殘酷的記憶被我踢到大腦的角落，積了灰，佈滿塵。

我想一把火通通燒掉，又辦不到，那些都是我的人生。

我無法否定，只能把視線撇開。

我幾乎沒有想過失戀這件事。

不是因為我以為這輩子我再也不會失戀，而是失戀根本沒什麼大不了。

失戀，走了個女孩，那種痛苦我嚐過兩次，一次比一次難受，但我都未曾否定過自己，相反的，每個女孩的離去都茁壯了我靈魂的某個特徵，讓我成為現在的這個人。

某天傍晚聽到毛毛狗以鎮靜的語氣跟我說，她或許快交新的男友了。

那時我還躺在床上，剛從一個非常怪異的噩夢中驚醒，冷汗溼透了全身。

明白了毛毛狗的認真後，我先是哽咽地告訴毛毛狗，提醒她無論如何，就當作是對我最後的同情，請她記住一件事，然後便無法克制地號啕大哭，毛毛狗安慰著我，說她一定會記得。

我繼續哭，掛掉了電話。我最不習慣的就是被安慰。

那天我感冒併發急性腸胃炎，上吐下瀉，我決定回台中租屋處養病。

走到捷運站，一路上都不是在想怎麼辦怎麼辦，而是一種完全無法思考的空洞狀態，我甚至連空虛都沒辦法感覺到。

上了捷運，轉了一次車，怎麼轉的都是靠我身體的慣性。

忠孝捷運站，我抓著把手，閉上眼睛想著毛毛狗睡著了流口水的模樣，然後就無法睜開眼睛了。一打開，眼淚一定會滾落，旁邊的人一定覺得很困擾。

於是在忠孝新生站車門一開我就下車，一路擦眼淚。

擦乾了再坐下一班，這次才坐到火車站。

站在月台上，只能吃吐司跟稀飯但最後晚餐什麼屁都沒嗑的我，只能越過兩台飲料不對的飲料機，最後才投幣買到可以喝的運動飲料充飢。

然後我還是一路走到號碼十四、沒有人等車、月台最冷清的地方，因為我的眼淚還是掉個不停，哭得頭都痛了起來。

我是怎麼搞的。

所謂的失戀，不就是靈魂被撕裂的痛苦而已嗎？為什麼這次我感覺不到靈魂？

我覺得人生完全沒有意義可言。

這陣子我老想衝鋒，因為沒見過這麼多的機會像洪水一樣向我撲來，好案子我當然接下，爛案子我也甚少拒絕，因為我不曉得怎麼拒絕。

但就像三流的連續劇一樣，我老要毛毛狗忍耐點忍耐點，我開會時接到電話當然迅速掛掉口氣冷淡，不聽勸硬是熬夜完成各方期待，原以為我越投入，毛毛狗的忍耐度就要跟著提高，沒想到原來都是我自己的一廂情願。

月台上，我靠著牆柱，和著運動飲料吃藥。

真的很糟糕，我完全感覺不到自己的人生未來該怎麼運轉。

以前兩個人不斷討論的藍圖那麼可愛。一個小家，熱愛佈置的毛毛狗，堅持要有實木寫字桌的我，一條狗，一個胖娃娃，一台圓滾滾的雪鐵龍C3，還有一台我夢寐以求的PowerBook，兩台相稱的iPod mini。

我想握拳，但沒有力氣，因為我失去揮舞它的理由。

努力不就是要讓人生更快樂的嗎？我不只是想證明自己很厲害而已啊！

毛毛狗那麼單純的女孩子，那麼多需要觀察的默契，難道要我列一張清單，好整以暇地告訴下一個男孩子，請這麼好好對待毛毛狗嗎？

不，我要自己來。

我想自己來。

我不想再抱著新的男友能夠讓毛毛狗更幸福、於是我就該放手的悲哀想法，我是多麼的愛毛毛狗，我好想自己疼。

我很膽小，更沒有我筆下故事中男主角那麼浪漫，不過若有子彈射向毛毛狗，我不會有任何猶疑。因為需要的不是勇氣，也不是浪漫。

我需要的東西很多，我想進步，我也不想老是開會開到深夜……

在還沒看見起點的地方，我只是個連科學園區都不知道進不進得去的笨蛋，身上的優點全都是成功人士可以不具備的東西……愛講笑話、過度自信、善良。

很多餘，卻是我的全部。

當我只會寫讀書報告的時候，毛毛狗就用她的全部在愛我，包容我，跟我餵狗、打工，跟我洗碗，陪我家教，看二輪電影，合吃一碗泡麵，在我皮膚得乾癬時還敢跟我抱著睡覺。

閉上眼睛，彷彿又看見毛毛狗在水裡像隻小海龜一樣，溫吞地撥著水，探出頭，然後問我：「公公，我有沒有比較進步了？」

以後我再也找不到，那樣單純喜歡我的女孩。

我一直哭個不停。

我到底贏過什麼？

我贏得了獎盃，卻不知道要把獎盃交到誰的手裡。

開往台中的火車上，身邊坐了個愛剔牙的女生。

她將椅子放得很低，偷偷看我寫MV劇本。

我打了兩通電話給毛毛狗，兩次都聽見MSN的訊息聲像雨點一樣迅速輕脆。我在眼淚與簡單的「嗯嗯聲」中迅速結束電話，眼淚不斷落下，但手指與鍵盤之間的撞擊沒有停過。

倒是身邊的女孩禁不住我的怪異，拿著包包坐到前面的位子。

海線的夜班車，位子就是這麼多。

裡面外面，都很空曠。

原本我以為少吃澱粉跟多運動，就是最好的減肥法。

可我錯了。

失戀才是王道。

毛毛狗離開了，我照常吃喝，沒有發生傳說中「失戀食慾大減」的症狀，可頹骨莫名其妙凹陷，因久坐養出來的小腹也神奇地消失了。唯一的不同，大概就是變得很容易哭吧？可是眼淚包含的熱量，有那麼多嗎！

不管原因是什麼，老實說這真是意外的收穫，當周遭的人都說我太瘦要多吃的時候，我總覺得好笑：「我發瘋啊？」相當珍惜平坦下去的肚子咧！

只是回到彰化家裡，我看著老態龍鍾的Puma安安穩穩睡在我的腳邊，心中都有一股難以言喻的痛。跟內疚。

李小華，你沒見過。

沈佳儀，二哥哥沒緣分。

毛毛狗，你們一起玩過好多好多次的，她的味道你一定記得很清楚。

現在我要怎麼跟牠解釋，二哥哥又弄丟了心愛的女孩？

我不曉得怎麼跟Puma說，你下輩子要投胎的話，要瞄準哪一個肚子衝進去？

辦不到啊，很多個晚上我常常抱著Puma哭。

牠真的是超老超老了，老到我都不敢常常幫牠洗澡，怕牠不小心受涼感冒的話，體力不比以前，再也睜不開眼睛。

在過去，想像Puma在我懷中離開這個世界的時候，我當然會悲傷與不捨。會哭。

但現在，還多了一份恐慌。

只能斷然停止這種想像，不去想。

之後跟毛毛狗約吃飯，見了幾次面，出現了重修舊好的幻覺。

還在網路上寫過一篇「山難」紀念其中一次的復合。

我是個很臭屁的人，在我一文不值的時候我就覺得自己「應該」可以改變這個世界。問我原因，我絕對說不上來，只知道我想這麼做，上天也會慢慢給我可以這麼做的力量吧？

人在最窮的時候，才會發現自己身上最貴的東西是什麼。

我的自尊很貴。

不曾為了滿足任何人的閱讀需求寫出我不想寫的東西。

毛毛狗跟我合體七年了，她說想走的時候，我才了解到自尊是隨時可以拋棄的東西。於是分分合合了好久，常常搞不懂我們現在到底是有在一起，還是沒有在一起？

只知道我卑賤到要說一些，為什麼我比另一個人更適合她之類的分析。

每說一次，我的自尊就流失一些。

愛情不該是這樣的。

我不懂，只知道我用五體投地的姿勢可以討回來七年，那就五體投地吧。

長久以來我都將隨時可以不要的東西看成是我的寶貝，真的很可笑。

愛情的希望像漂浮在大海上，越來越遠、越來越遠的威爾森❶……

二〇〇四年十一月，我搭火車到新竹清大接受廣播社的訪問。

訪問完後，廣播社社長跟我都要回台北，便一起搭統聯走。

雖然我不擅長做大人的事，可彼此不認識，既然坐在一起了也得找點話聊，否則都不說話很尷尬，乾脆閉上眼睛睡覺又好像我在搞孤僻。

忘了都跟廣播社社長說些什麼了，兩個人有說有笑的。

但我永遠不會忘記，半途接到了大哥打來的那通電話。

「田田，你在哪裡？」

「訪問完了，我在搭車回台北啊。」

「旁邊有人嗎？」

「有啊，清大的廣播社社長也要回台北，就一起搭車。」

「……好，我跟你說一件事，你聽就好了。」

「什麼事？」突然，我感覺不對勁。

「前幾天媽站在椅子上整理藥櫃的時候，跌倒，手去碰到插花的劍山……」

「劍山？是那個刺刺的東西嗎？」

「對，媽的手碰到劍山，被刺傷後血一直流，怎樣都沒辦法止血，廣東苩藥粉撒了也沒用，OK繃貼了也沒用，最後媽是用止血帶綁住上手臂才把血勉強止住。後來媽自己去診所那邊抽血檢查，發現血小板很少，白血球指數很高……」

❶電影《浩劫重生》（Cast Away）裡，墜機漂流到荒島的湯姆漢克斯撿到一顆威爾森品牌的排球，他在球上用血畫了一張笑臉，從此管它叫威爾森，在漫長的歲月裡湯姆漢克斯不斷與排球交談，彼此是漂流落難的伴侶似的。後來湯姆漢克斯自製木筏出海回歸的途中，與排球大吵一架，將排球扔到遠處，隨後大悔搶救為時已晚，只能看著排球隨波遠去，湯姆漢克斯傷心欲絕大喊：「威爾森！」成為經典畫面。

「那是什麼意思？」我怔住了。

「最嚴重的狀況，就是血癌。」大哥很鎮定地說。

血癌？

我完全無法回憶，當時聽到這兩個字的時候的心情該用什麼句子去形容。

「先不要太緊張，記不記得媽前一陣子不舒服有去做檢查，報告說腎臟那邊有發炎？如果是腎臟發炎還沒有完全好的話，白血球指數也會衝高。」

「那到底是發炎還是血癌？」我顧不得旁邊還有人了。

「我不知道，機會是一半一半吧。今天是禮拜六，禮拜一媽掛早上的號，在彰基的血液腫瘤科，你回台北後我們就一起開車回彰化，禮拜天一整天都在家裡陪媽媽。之間如果你有事情……就先推掉。」

「好。」

我一言不發掛上電話，閉上眼睛。

這陣子我太會哭了，一下子眼淚就滿了出來。

廣播社社長大概察覺到我的情緒起伏，也不再跟我說話了，任我靜靜地閉著眼睛哭。我很慶幸他沒有出言安慰我或什麼的。

常常人在最不知所措的時候，需要的，不是陪伴，只是想哭而已。

回到台北，毛陪我在西門町吃晚飯，安慰我一切都沒事的。

整頓飯我吃得失魂落魄，在討論怎麼維持我們之間的關係也說不出所以然，只能說：「謝謝妳今天陪我，我腦子真的很亂。」

毛毛狗一臉的了解：「公公，你們家那麼好，老天爺一定會保佑的。」

「希望這樣。」我很沒精神：「我在想，要不要從台北搬回去，多陪我媽。」

「……喔。」她低著頭，叉子慢慢地捲、捲、捲，捲滿了麵條。

隔天我們三兄弟一早就開車回家，一路上氣氛都很凝重。

但一下車，就開始嘻嘻哈哈的。我們講好了，要聯手讓媽安心。

我從後面摟著媽媽，說：「媽，不要緊張啦，沒事的，我們明天就是去看一份普通的報告，然後就回家休息了。」

「……」媽沒說什麼，拍拍我的手。臉上很疲倦。

Puma見我回家，興奮地對著我一直叫，我狠狠瞪著牠，希望牠別吵了。

晚上睡覺的時候，我跟大哥的房間隔了半堵牆。

「媽一定要沒事。」我的腳勾著一直亂動的Puma。

「放心吧，一定沒事的。」大哥故作輕鬆，這是我們整天都在做的事。

久久，沒人說話。

再過幾個小時，我們就會戰戰兢兢站在血液腫瘤科外面，等著醫生開門。

翻來覆去，我睡不著。

眼淚一直湧出來，鼻涕塞滿，只能用嘴巴勉強呼吸。

大哥聽到了，嘆氣：「你幹嘛哭？」

「我只要想到，如果有一天，我必須跟別人說一句話……我就沒辦法不哭。」

「什麼話？」

「……我沒有媽媽了。」

幾秒後，大哥也哭了起來。

那年，很痛。

我們全家人都很痛。

報告出來，全世界都在下雨。

時間很奇妙，將我們三兄弟的人生旅程一齊拉到同一條線。

高中聯考、大學聯考都考到火星的大哥，已經是北醫博士班最後一年，這幾年發表在期刊上的論文點數遠遠高出畢業需求好幾倍，打破了該所的歷史記錄。明年，肯定是去當兵。

我雖然志不在研究，論文寫得拖拖拉拉，畢竟也念到了社會所的極限研四，今年再不畢業就不用畢業了，直接去當兵。

三三是師大生活科技所研二，這也是他研究所最後一年了，把論文交出去後，就得參加教師甄試。不管有沒有上，都要去當兵。

媽養的三個孩子，都長大了。

快要一起畢業，快要一起當兵。

可媽牛病了。

此時此刻三兄弟最重要的事，就是照顧媽媽。

有空的話就一起聚在醫院，學校有事，就輪流陪媽媽做化療。

少了老婆的爸顧店很辛苦，沒了媳婦煮菜的奶奶也很辛苦，家裡的氣氛一直非常低迷。每次我從醫院回到家，就很想快點輪回醫院，因為那裡才可以看得見媽媽。

很多人都誤以為我是個硬漢，但其實我很愛哭，尤其那段時間我活得像一個娘砲，有時騎車騎到一半也會掉眼淚，想到關係不明確的毛毛狗，心情又更加沉重。

人生真的看不到前方，因為我睜開眼睛都是模模糊糊的淚水。

「公公，要加油，自己要找時間休息。」毛毛狗在電話裡叮囑。

「謝謝。」我吃著攪拌了眼淚的鼻涕。

而醫院則是個一定要笑的地方。

我們三兄弟講好，在媽媽面前就是搞笑就對了，要給媽媽信心，笑久了，自己也會笑出信心。最重要的一點是，我們堅持在媽生病的時候，每一件該做好的事一定要做好，最基本就是每一個人都要如期畢業，因為媽非常重視我們穿上碩士服與博士服的樣子。

對我來說一定要做好的事還多了一件，就是維持寫作。

我打電話給兩間合作慣了的出版社，說媽媽生病了，但我還是會繼續寫作，請他們多多包涵我種種狀況。如果可能，請他們接下來穩定出版我的書，不管是交稿已久但未出版的、還是我還沒寫完但講好將來會出的，不然我實在不知道醫藥費在哪裡。

「沒問題，加油，有困難就說。」兩間出版社都很講義氣。

當時我的書，還是賣得很爛……這句話我重複了幾次？

稍感安慰的是，賣得爛，主要是因為很少人買，而不是很少人看，許多讀者縱使不買書，也常常寫信給我，跟我說一些超過我能力應該得到的鼓勵：

「刀大，我看了《打噴嚏》之後，突然得到再愛一次的力量。」

「刀大，我總算知道什麼叫戰鬥了！」

「刀大，讀了你的書，讓我重新擁有堅強活下去的勇氣。」

每次我收到這樣的信都很高興，敲鍵盤的時候更有自信。

這些阮囊羞澀的讀者雖然不大買書，可都認真餵養我創作真正需要的核心精神，讓我寫得眉飛色舞。信箱裡的鼓勵越墊越高，於是我抱持著「在寫故事這件事上我顯然做得很好，又很快樂，繼續做下去一定會做得更好，也一定會更快樂」的念頭，一直一直寫下去。

我無法假惺惺地嘆氣，說什麼創作是一條孤獨的路。至多我只能傻笑，幹在職業欄填上「寫小說」三個字，很容易就申請不到信用卡耶！

但，坐在病床旁，看著整天都在發高燒的媽媽，我什麼東西都寫不下去。

如何能夠呢？

以前我寫故事，都是天馬行空：在電線桿上面練輕功的男孩、會發光的狼人、統治日本的吸血鬼、偷窺殺人犯的房東、死後變成月老的阿宅、練成一擊必殺的拳擊手。全是幻想的產物。

自從我第一次得了文學獎，媽第一次用好奇跟驕傲的心情將我的小說看了一遍。不管我寫了多奇怪的題材，她都會戴起老花眼鏡，若有所思地慢慢翻著，用很辛苦的速度。

「我最喜歡《等一個人咖啡》，因為裡面的主角講話根本就是田田你嘛！」媽說過。那個故事是媽最快看完的，也最喜歡。

「《等一個人咖啡》的主角……是女生耶。」我愕然。

但想想也是。只有媽媽跟我說過這樣的評語，在所有的人都沒有發現的時候。

現在，媽在痛苦。

我要怎麼寫一些，實際上並不存在於這個世界上的故事呢？

我根本就沒有心神虛構任何事。

「你們兄弟凡事都要商量好……不管媽最後有沒有好起來。」

有天媽在病床上吃稀飯的時候，忽然冒出這一句。

我一震，心中充滿不安。

媽媽難道沒有信心活下去嗎？

我想起了那些信。

想起了那些讀者在信裡告訴我的話。

於是我在病床旁邊打開電腦，開始將媽媽跟我們三兄弟之間發生的一切、將這段期間我們陪在媽媽身邊做化療的點點滴滴，都寫下來。我不只想讓媽感覺到我們很愛她，還想讓媽清楚知道，她如何在我們的生命之中佔據最重要的位置——希望媽了解這一點後，能夠用好的心情接受治療。

以日誌的方式進行，想到什麼就寫下來。

每寫幾天的份量我就列印出來，拿給媽媽讀。

媽媽讀得很開心的時候，正好護士來換點滴或加藥，媽媽還會驕傲地唸給護士聽。如果我正好在旁邊肯定會害羞到想撞牆，只好到醫院樓下買飲料，或拜託媽媽等輪到大哥或三三來陪她的時候再唸給護士聽。

「媽，妳一定要好起來，因為妳是家裡最重要的人。」常常我求著媽：「現在我寫的這份日誌將來會出版，書的最後妳要幫我寫序，所以妳一定要加油。」

是啊，加油。

多麼希望那些網友讀者說的是真的，我的文字擁有那些力量。

如果我寫的東西沒有辦法打動我媽媽、鼓勵我媽媽，一切都不再有意義。

媽讀著，有時哭了。

有時笑了。

她將每一份我寫出來的日誌，都小心翼翼摺好又摺好，一讀再讀。

從那一刻開始，我終於找到自己存在的目標。

我想不斷不斷寫出讓人能夠產生勇氣的故事，然後變強。

這種很超級的念頭，會不會讓我的小說從此變得更好看？

不會。

根本沒有關係。

但這種意志力的誕生，讓我每天起床後打開電腦螢幕的那一瞬間，就無比清醒地熱血起來。

對我來說，寫小說不再是炫耀自己的才能，而是希望自己能用自己的招式慢慢改變這個世界。

最後，救我媽媽。

「人生就是不停的戰鬥。」

我在網路上敲下這句話。

連續十四個月出版十四本書的記錄，就是在這種痛苦戰鬥的氣氛下熱烈完成。

很多人都覺得這種記錄很屌。

我卻雙手祈禱，寧願這種記錄不曾因為這種原因刻在我的人生背脊上。

第十五章　我會保存得很好

我不是記憶力好，而是我經常回憶，

經常在腦子裡再三播放那些我割捨不下的畫面。

所以要忘記，真的很難。

但毛很天真爛漫，記憶力並不好。

以前如果聊起曾發生的趣事，常常要我在旁補充情境，毛才會一臉恍然大悟。

「記憶我們之間的點點滴滴這件事，就交給我了。我會保存得很好。」

我說，沒有別的辦法了。

動物專家說，成狗的智商約等於人類的三歲半孩童。

我想這個研究是正確的。

Puma在媽媽生病後，依稀知道發生了什麼事，比以前任何一個時候都要乖，以前我要出門，Puma都會很不甘心地看著我，一直吠吠吠吵著要跟。

現在我只要跟牠說：「二哥哥要去看媽媽，你乖。」

Puma就會乖乖地縮在椅子下，不再亂叫。

化療的藥劑殺死媽媽體內幾乎所有的白血球，抵抗力慢慢逼近零，媽整天都重複著發燒與退燒的循環，最後住進隔離病房。為了怕帶了不好的病菌給媽，我一回家就會換上固定的衣服，這樣才能抱著Puma睡覺、跟Puma玩、帶Puma去散步，回醫院照顧媽媽前再洗個澡，換乾淨的新衣服。

奶奶沒好氣勸我乾脆不要抱Puma了，說：「都是毛，一直換衣服真麻煩。」

可我沒辦法不抱，因為我需要牠，而Puma也需要牠的二哥哥。

有天冷冷的早上，我裹著棉被賴床，同樣不想下床的Puma沒事幹，只好一直舔我的鼻孔，舌頭一直捲進去挖啊挖的，Puma的舌頭溫溫熱熱，越舔越起勁，好像永遠都有吃不完的鼻涕似的。

慢慢我自己開始奇怪，通常Puma吃我的鼻涕不會超過三分鐘啊，三分鐘後鼻涕吃光光了我就會因為鼻子太通暢、有點難受而拉開Puma。今天我的鼻子怎那麼反常？

我輕輕拉開精神奕奕的Puma，抽了張衛生紙擤鼻涕。

一擤，才發現衛生紙上都是鮮紅的血。

我愣了一下，什麼鬼啊？

過去我只有因為擤鼻涕擤得太大力擦了點鼻血出來，從沒有這樣大量用「流」的。按照Puma剛剛吃得那麼過癮來算，我已經慢慢流了三分鐘以上的鼻血？

正當我陷入迷惘，Puma又興致勃勃撲了上來，伸舌頭就舔。

「唉，Puma你是要二哥哥失血死掉喔？」我撥開牠，讓牠冷靜。

我瞪著天花板胡思亂想了很久，好像止血了，這才下樓。

起床後我把流鼻血的事跟大哥講，大哥皺眉說：「幹是天氣太冷鼻黏膜太敏感還是怎樣？你最好快去查清楚，媽媽生病已經夠了。」

大哥跟我心裡想的應該是同一件事。

媽媽跌倒手受傷血流不止，是因為血小板不足。現在我流鼻血流個沒完。

下午我便自己去彰女對面的檢驗所抽血檢查。

「要驗哪些項目？」護士拿出一張表，上面有很多空欄可以勾。

「……都驗。」我覺得好煩。

七上八下過了一天，隔天看了報告，數據都沒事，這才鬆了一口氣。

以前哪有這麼神經質？感覺人生用什麼姿勢都可以賴活下去，隨便一點沒差。

但媽媽生病後，我真覺得健康很重要，尤其要照顧媽，每個人都要好好的。

可Puma也倒了。

在媽生日那天，一早奶奶就趕緊將我叫醒，緊張地問我要不要帶Puma去看醫生，我大驚，問為什麼，奶奶說Puma看起來怪怪的。

我衝下樓，弟弟抱著Puma坐在椅子上。

「剛剛Puma倒在地上抽搐，還發出哎哎的叫聲。」弟弟說。

Puma兩腳發軟，無法好好坐著，也幾乎不能走路，不吃東西不喝水，舌頭發白乾裂。但前一天晚上還好好的啊！怎麼會突然變成這個樣子？

我嘆了口氣，緊張的心情消失，替之以無可奈何的寂寞。

接手抱過Puma，牠小小的身體幾乎不剩半點力氣，軟趴趴的一團帶毛的肉。

「Puma，你要回去了嗎？」我心疼地說，但語氣出奇的平靜。

「你不要在那邊黑白講啦！」奶奶皺眉。

Puma在我國三的時候走進我的生命，算一算，已經十三個年頭。

十三個年頭了，當初的小可愛牙齒掉光光只好讓舌頭整天都露出半截，鬍子灰白，黃毛稀疏，不能快跑，爬不上樓梯，跳不下床，眼睛還有些白內障。一條標準的老狗。

Puma看著我，有氣無力地縮起身體。

我的手指放在Puma的胸口探測，牠的心跳時而飛快，時而緩慢。我將鼻子靠向牠的嘴，牠卻沒有伸出舌頭舔我，看起來很虛弱。

「Puma你怎麼這個時候出來搶戲，明明就不是你登場的時候。」我抱著牠，感覺牠隨時都會閉上眼睛、一覺不醒。

如果媽沒生病，當時的我一定會哭出來。

但我很壓抑激動的那部分，選擇了接受。

有人說，一條狗一輩子只會認一個人當主人。

很榮幸，Puma選擇了最愛牠的我。

我一直都很害怕Puma會在我在新竹念大學時、台中讀碩士班時、在台北寫作時，甚或未來當兵時過世。我一直很希望牠能在我的懷裡闔上最後一次眼睛，我想Puma也是這麼想。

若Puma選擇在此時與我道別，不也是契合我們彼此的願望？

十三年，也許夠了。雖然我會好傷心。

哥從醫院輪回來時提醒我，認為Puma說不定是營養不良才會沒有力氣，而不是大限已到。哥說奶奶忙翻了，都亂餵Puma吃東西，餵什麼發糕、饅頭的，放著一碗久沒動過的蒙塵狗飼料，營養超不均衡，他看了就有氣。

我想想，的確有可能。想起了大二那年Puma重感冒瀕死的模樣。

於是晚上我去夜市買了個豬肉鐵板燒便當回來，還多加了個蛋黃不熟的荷包蛋。我將超香的豬肉片與肉湯混進飯裡，擠破蛋黃，攪一攪，然後按例吃進嘴裡咀嚼成泥，再放在掌心。

Puma嗅了嗅，滾爬到角落，不吃。我用手指沾了點塗在牠的嘴邊，Puma才勉強吃了一口。吃了一口，精神就來了。

「哈，很好吃吧，再多活兩年，湊個整數陪二哥哥十五年，我們再說再見。」我很開心，看著Puma慢慢吃著掌心上的口水豬肉蛋黃飯糰。

總共吃了三團，Puma才懶趴趴地躺下休息。

我很感嘆，媽在家的時候，Puma吃得可好。

每次媽買蒸餃回來，都會將皮剝開，將裡頭的餡夾給Puma吃。每次媽炒麵，都會將裡面的瘦肉或蝦仁仔細挑出來給Puma吃。每次都這樣，搞得我大怒，只好命令媽Puma由我餵就好，媽妳給我乖乖吃自己的就行了，不然媽從頭到尾都在吃麵皮。

以前Puma生病了，媽會認真灌藥，灌到最後Puma只對媽一個人服氣，除了媽親自動手誰也別想叫Puma乖乖躺好把嘴巴打開。家裡也只有媽跟我會幫Puma抓跳蚤。媽也是家裡第一個放棄叫我不要抱Puma睡覺的人。

現在，又看見Puma開始用眼神祈求我帶牠出去撇條的模樣，又看見Puma在亂抓地板的樣子，我忍不住想……

今天上午Puma在地上抽搐哀號的聲音翻譯，應該是：「我～快～餓～死～啦！」

Puma復元的進度停滯了，甚至開始衰退。

Puma又開始無精打采，懶得去動罐頭肉塊，我得用手抓碎，弄得糊糊的放在掌心，Puma才會試著舔舔看。然後下顎明顯失去力氣，Puma必須靠搖晃腦袋將肉穩在嘴巴裡，吃了十幾分鐘，許多碎肉塊沾了一地。

我想起了哥說的，有時候人養的狗狗會替主人「應劫」，這樣的鄉野傳說。Puma跟媽很要好，我們三兄弟幾乎都不在家，都是Puma這個狗兒子在跟媽相處，若Puma立志替媽應劫，坦白說我會既感動又高興，不忍心阻止。

但有沒有這回事，還是個謎啊！

前天晚上輪我睡家裡，我抱著Puma，牠全身軟得不像話，虛弱地趴在我懷中，一起躲在羊毛被裡許久。這很奇怪，Puma通常沒耐性讓我抱這麼久，牠習慣窩在一旁，而非讓我瞎黏著，全身都是毛的牠會熱到抓狂。Puma大概讓我抱了十分多鐘，很不尋常。

緊閉著眼睛，Puma的呼吸非常急促，氣一直從乾燥的鼻孔噴啊噴的，此刻我又進入相當平靜的狀態。我摸著Puma，認真又感傷地說：「Puma啊，如果你覺得真的很累了，那就死掉吧，沒關係。不過你要記得跟菩薩說，說你要投胎當二哥哥的兒子，知道嗎？二哥哥叫柯景騰，如果你不會說，二哥哥也會跟菩薩講……」我口無遮攔地說著。

就這麼斷斷續續，又熬了一個晚上。

Puma換了很多姿勢，就是睡得不安穩。

第二天，又輪到我去醫院陪媽。

在來醫院之前，我跑去買了幾個給狗寶寶吃的特製罐頭，想說Puma沒了牙齒，家裡沒有願意徒手碾碎肉塊的我，讓他吃些事先碾碎的肉塊比較好。

但打開了的罐頭放在地上，Puma連去嗅一下都不肯，身體一直坐或躺，起來走幾步路都意興闌珊。眼睛骨溜骨溜地看著我。

我捏了點碎肉在手指上，又沾又騙的，Puma才勉強吃了點。唉，這樣教我怎麼放心去醫院？鄭重地交代奶奶要多費點心神去餵Puma，不要以為肉放在地上Puma不去吃就是肚子不餓、要想辦法捏在手上誘引等等。

但我心底知道，這些提醒都是多餘的，畢竟我的手跟別人的手，對Puma來說當然不一樣。在媽面前，我藏不住秘密，憂心忡忡跟媽說了Puma好像沒有好起來，又快死掉了。

「應該快點餵Puma肝藥加風速克達（一種感冒藥水），以前Puma怪怪的，我就是這樣子餵牠。」媽躺在病床上，打手機給哥，交代他務必這麼餵Puma。

我趴在病床旁的欄杆上，希望媽是對的。

哥上了台北找論文指導教授，弟弟也跟著上去。再度只剩下我。

隔天早上，在輸血小板之前，發生了一件讓我超級內疚的事。

護士定期幫媽抽血檢查血液成分的比例，針抽出後，護士要我幫忙壓住傷口，我依言做了，卻不夠大力。結果十分鐘後，媽被抽血的手臂處瘀青腫脹了一大塊，我簡直傻眼。

「那個是因為血小板不夠啦，所以血管比平常還要容易破裂，以後要壓大力一點。」護士解釋，媽也說了我幾句。我有夠想撞牆。

而媽開始觸目驚心的咳血。

同樣是因為血小板嚴重不足的關係，不管是喉嚨黏膜或是肺部的微血管，都很容易因為劇烈的咳嗽受損，加上空調的空氣有些乾冷，黏膜比平常更容易乾。

媽將一張張衛生紙小心翼翼包住咳血，一邊看著我們兄弟記錄的溫度表，研究自己發燒的週期與規律，並開始指揮我跟護士討退燒藥。

「我很不想再發燒了。」媽說，解釋自己很可能在接下來的半小時內發燒，而溫度計也的確顯示媽的體溫正緩步爬升中。

我的心一直揪著。為了平復對媽咳嗽的不安，我又開始抄寫心經。

護士終究還是讓媽吃了退燒藥。媽開始盜汗，我拿毛巾幫忙擦著媽浸溼的背。

我又說起了Puma，我很擔心牠會在我不在家的時候死掉。

「說不定Puma是看我都不在家，知道我生病了喔，所以牠才跟著生病。唉，你們不在家的時候，我都嘛跟牠說話……」媽說，似乎有點堪慰Puma的心有靈犀。

媽正在發燒與溫燙中徘徊，左手注射抗黴菌的藥，右手輸著血漿。而長得很好玩的十二包血小板，剛剛才注射完畢。

「一定是這樣啊，所以媽，妳把眼睛閉起來。」我說。

媽聽話，把眼睛閉起。

「媽，妳現在開始從彰基回家，然後去看一下Puma。」我說。

媽點點頭，半皺起眉頭。

我可以感覺到媽腦中的影像正如電影膠卷播放著。

「我現在走到彰基樓下了，我要騎腳踏車回去了喔。」媽說，眼睛依舊閉著。

「好啊。」我欣然。

「我看到Puma了，唉，我要跟牠說什麼？」媽睜開眼睛，問我。

「就說Puma你趕快好起來啦，要努力吃東西。」我說。

媽又閉上眼睛，嘴巴喃喃有詞一番。

「說完了，我要回彰基了。」媽說，像是鬆了一口氣。

「嗯，快回來。」我同意。

「好累，騎這麼久，好喘。」許久，媽又睜開眼睛。

「嗯，Puma一定會好起來。」我點點頭，很感動。

然後媽繼續睡，我則一邊抄寫心經一邊監視血漿的注射進度。

好不容易血漿打完，媽醒了，燒也退了。

護士注射的止咳的藥水也牛效，媽不再那麼大力地咳嗽。

媽坐起來，在床上寫一些身體狀況的記錄。真容易就認真起來。

我很睏，精神非常渙散的我什麼小說都沒辦法進行。我決定好好睡一個小時。

鋪好了床，設定好手機的鬧鈴，我為即將入睡休息感到很雀躍。

「媽，我回去找Puma一下。」我說，翻過身了，抱著棉被。

「好啊，你可以騎我放在彰基樓下的腳踏車。」媽說，推推眼鏡。

我心頭一震。

媽啊，妳簡直是小說對白之神啊。

如果大家都可以好起來，該有多好……

毛跟我之間，始終處於分分合合的狀態。

很長一段時間我都不曉得毛到底還愛不愛我。

照顧媽媽是最重要的事，毛跟我已變成兩個禮拜見一次面的可憐情侶。

某天晚上輪到大哥或三三照顧媽，我衝去台北見毛。

我們約在台北車站前新光三越底下見面，只是那晚，從我看見毛毛狗第一眼開始，我就感覺到兩人之間有堵不好親近的牆。

那隔閡毛也感受到了，但兩人就是無法將它打破，只好持續令人窒息的氣氛。

草草吃了頓糟糕透頂的晚餐後，毛看起來還是不快樂，我也很悶。

兩人坐在百貨公司裡的樓梯轉角，長椅子上，有一搭沒一搭討論媽的病情，以及我們為什麼都變得不快樂。

「公，閉上眼睛。」毛說，有個禮物要送我。

我依言，然後張開。

在掌心上的，是個李小龍橡皮鑰匙圈。

突然難以自已，我哭了。

眼淚從那時候開始的二十幾個小時，使一直無法收止。很高興，毛到了這個時候，都還記得我喜歡的東西。

「毛，可以了。」我止住哭泣，凝視毛的臉。

是的，可以了。

我們之間的愛，已經可以了。

「為什麼會變成這個樣子？」毛哭了，卻也沒有反對。

在沒有說明白前，我們之間已有了悲傷的默契。

「妳沒看見嗎？我們之間的紅線斷了。」

我流淚，開始說著，我們已經不能在一起的、很現實的理由。

毛很愛我，非常非常愛我。但是毛很白私。

我很愛毛，非常非常愛毛。但是我很自私。

毛該是，輕輕鬆鬆談一場近距離戀愛的時候了。七年來，我們不斷奔波往返的日子就要結束。毛在期間的辛苦遠大於我，這些日子毛都以不可思議的行動力在實踐她戀愛的理念。而我，竟還沒當兵，愛的時空距離始終無法縮短。

而我該是專心照顧媽的時候了。

在更遠的未來，我跟這個家的距離還得更加靠近。這個距離很自私，很撕扯。就在我最愛毛

的時候，出現兩人「愛」的轉化問題。沒有誰對誰錯。

「我們結的是善緣，誰也不欠誰，下輩子，就讓我們彼此報恩吧。」我閉上眼。握拳，輕放在心口。

然後挪放在毛的心口。

「下輩子，換你很努力跟我在一起了。」毛哭。

毛一直希望我送一隻大熊給她抱。

現在我終於送了，她選的另一個他。夠大隻了。

我們約定以後還是要當好朋友，要一起看電影，因為這是難得的共同興趣；要一起討論我的新故事，免得毛變笨；如果毛跟他生出來的小孩頭髮有一撮黃毛，乳名還是得叫「Puma」。

百貨公司底下，我們再無法壓抑，緊緊相擁在一起。

附近的賣車活動，大聲放著「Let it be」的英文老歌。很貼切的背景音樂，如同每部愛情電影最後一個，最浪漫、最催淚的畫面。

「我真的很愛妳，真的很愛妳……在這個世界上，我最愛的人就是妳跟我媽媽……」我泣不成聲。

「公，如果你媽好起來了，一定要試著努力把我追回去。」毛大哭，全身劇顫。這是我今晚聽到最不中聽的話，但我又能怎樣?

毛接受了我最後的祝福。在「Yesterday」的音樂下，我們牽手離去。

中間的那道牆消失了。

「沒有比這樣，更幸福的分手了。」

我說，毛同意。

我們一起回到板橋的租屋，收拾東西，檢視過去的回憶。

即使分手幸福，但兩個人都好傷心，哭到眼睛都腫了起來，直到深夜兩點，我在床上幫毛挖最後一次耳朵，毛才哭累睡著。

六年又十個月的愛與眷戀，彼此都對彼此意義重大，陪伴對方在人生中最美好的一段成長，共同構畫「在一起」這三個字包藏的，人生地圖。

在一起。

但不能再在一起了。

好飽滿的愛情。與此生永遠相繫的親情。

對於曾經重要的事物，我深恐忘記。許多朋友都誤認我記憶力非凡，對諸多小時候發生的事情如數家珍，甚至能背出當時的對話與情境。

但錯了，錯得離譜。

我不是記憶力好，而是我經常回憶，經常在腦子裡再三播放那些我割捨不下的畫面。所以要忘記，真的很難。

但毛很天真爛漫，記憶力並不好。以前如果聊起曾發生的趣事，常常要我在旁補充情境，毛才會一臉恍然大悟。

「記憶我們之間的點點滴滴這件事，就交給我了。我會保存得很好。」我說，沒有別的辦法了。

一大早，毛搭公車去學校教課，我獨自在床上回想媽生病後、圍繞在我身邊諸事的峰迴路轉，其中諸多巧合。

從國中開始，騎腳踏車便常經過民生國小附近的咖啡店「醇情時刻」，那間店外表是白色的石砌，很漂亮，在晚上還可見到從玻璃透出的溫暖黃光，想必氣氛一定很浪漫。當時我許下心願，一定要跟這輩子最喜歡的女孩子喝下午茶，但總是無法如願，每個女孩都把我甩得一塌糊塗。

好不容易遇見了毛，但毛幾次到彰化玩，我竟都忘記這件事，直到毛前兩週來彰化探望媽，我才猛然想起，騎車帶毛到連我自己也沒進去過的醇情時刻，圓夢。

圓了夢，竟到了散場時分。

想到這些，就很難再睡著。

二〇〇四年，太多太多很糟糕跟很美好的事。

收拾好最後一箱東西，我寫了封信放在桌上，留下三樣東西。

毛皮：

想留下這三樣東西給妳，希望妳能偷偷藏起來。
一直未能游完的泳票。
不可以忘記是誰教妳換氣，叫妳小海龜。
一根耳粑，掏盡多少溫柔陪伴，
我會一直記得，妳喜歡挖上面。
最後，是我在交大的學生證。
那是好多時光的相互取暖，它買過幾十張交大中正堂的電影票，
進過圖書館與計中上千次，在竹北的電影院也買過好多學生票。
那是妳我的共同地圖，
不是我一個人的世界。
不是我一個人的世界，
一直都不是我一個人的世界。
曾經重要的東西，我一個也不會忘記，
每當我抱住昨晚的枕頭，閉上眼睛，

妳的味道，
妳的胖，
妳的可愛歡笑，
都會在我夢裡出現。

我很愛妳。
當妳開始淡忘我們之間的記憶，
只要還記得這一點就夠了。

公公
永遠都在新竹客運後用力揮手的窮小子

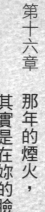

第十六章　那年的煙火，其實是在妳的臉上

看著大銀幕上五彩繽紛的煙火，我根本進入不了劇情，腦海裡都是三年前那場人擠人、車卡車、烏煙瘴氣的台中國慶煙火。

賣到沒東西可賣的小販、取了一大堆吉祥名字的煙火、哭泣的排氣管、民眾的抱怨與咒罵、龜速前進的車龍、紛紛騎上人行道的機車、交通警察無可奈何的嗶嗶聲……

但毛毛狗的雙手很緊。

日子一天天過，媽媽的病情時好時壞，一直高燒不退的媽媽最後被醫院檢查出罹患法定傳染病肺結核，因此才會在化療的過程中出現竭盡所能也無法解決的高燒問題。

我們都震驚，完全說不出話來。

醫生說，殺死癌細胞的藥劑得先停掉，暫時專注在與肺結核的作戰上。

在這麼亟需醫院照顧的時候，我們即使很幹，但還是無奈地將媽媽從醫院最嚴密的地方，送進醫院最危險的地方，與肺結核病人共住的隔離病房。

當初癌症治療時住的是正壓房，氣體只能從房間流出去、卻不能從外界流入；現在肺結核住的是負壓房，氣體只能從外界進去、但不會從裡頭流出來，好確實封印著院內傳染的可能。

陪在醫院的我們，臉上所戴的口罩升了一百個等級，從薄薄淺綠色的醫護口罩，一躍成了自費的N95口罩，一個七十五塊，兩天需換一次。再者，還是一樣用腳控制一道又一道厚重的玻璃門，但多了一道塑鋼門，必須要轉開喇叭鎖，再配合另一手壓轉橘色的鈕才能進房。

那些日子的險惡處境，即使我再如何拒絕回憶，至今依舊歷歷在目。

沒有毛毛狗，我很寂寞。

我遠遠沒有自己想像的那麼豁達，卻又不想慶幸媽媽的重病狀態讓我盡可能地去忽視我的愛情完全崩落的事實。實際上我根本就是活在雙重毀滅的心情裡。

寂寞是比傷心更難忍受的東西。

傷心是爆發的、瞬間毀滅性的，寂寞則是長時間的靈魂消耗。

當我握起手機，良久卻不曉得要打給誰時，這種虛無的引擎空轉感又會浮上心頭，空轉，空

轉，然後淤積沉澱的油漬堆滿整個胸口。

為了避免崩潰，我開始幻想在病房裡，還有一個叫「小球」的女孩陪著我。

「所以，就是這麼一回事。」我說，看著坐在一旁的小球。

「寂寞啊，要適可而止喔。」小球提醒。

是啊，應該適可而止。

小球是個綁著馬尾的女生，臉上有點淡淡雀斑，鼻子小小的，眼睛細細的，穿著白上衣，深藍色牛仔褲，白色球鞋。小球笑起來，很像我準備開始喜歡的女孩……該有的樣子。

從現在開始，小球與我形影不離。

「好不好？」我期待。

「當然沒有問題溜。」小球笑笑。

如果她高興，句子的結尾會有個可愛的溜字。

小球幾歲，我還沒有決定，不過她很懂事地看著我幫媽按摩，跟我媽一起看韓劇「天國的階梯」。所以大概是……十七歲？

「你這種想法真是要不得溜。」小球忍住笑，搖搖頭。

我只好放棄。

媽看著電視，我打開電腦、嘗試寫小說《獵命師傳奇》，而小球原本專心在電視的俗爛劇情上，也忍不住關心我在做什麼。

「我在寫小說。」我比了個勝利手勢，說起我的職業跟夢想。

小球專心聽著，即使她聽過一百萬遍，但還是裝作很有興趣的樣子。

好可愛啊，實在是。

「別太累了，要記得起來走一走，免得屁股又痛了。」小球說，就這麼拉起我。

我只好甜蜜又無奈地，象徵性走了幾圈，畢竟病房很小很小。

小球手掌小小的，手指細細的，跟我的手握起來，剛剛好嵌成最溫暖的組合。

看著小球，突然有點想哭。

「別再想了，這次已經不可能了。」小球善解人意地安慰：「就跟她說的一樣，你每次不快樂，就躲進小說裡。那你就躲進去吧。」

我很難過，再度打開電腦，試圖讓三百年前在日本京都裡跑來跑去的吸血鬼佔據我腦袋裡所有的快取記憶體，以免又有多餘的系統資源開始想毛。

媽一直咳嗽，盜汗，我只能無能為力地停止敲鍵盤，除了說幾句打氣的話，什麼忙也幫不上。

好不容易，媽停止難受的咳嗽，用奇怪的姿勢睡著。小球跟我總算鬆了口氣。

我想起了佳儀。

關於佳儀的一切，可以寫足一個既純情又悲傷的青春故事，被我們一群人所共同擁有，飽滿，又充滿缺憾。

我喜歡佳儀，從很青澀的國二開始，到還是有些青澀的大三，很努力喜歡佳儀八年。但換個

喜歡的定義，到現在我還是非常喜歡佳儀，整整十五年，從來沒有間斷過；但喜歡的那個佳儀始終停留在以前的那個佳儀，無法轉化成現在的時空。

我明白，我是對自己的感情忠誠，而不是對「人」忠誠。

「嗯，當喜歡的女孩變了，你其實無法將情感延續下去，但你卻習慣將那份喜歡持續保留著，就像刻在墳上的墓誌銘。」小球說。

「喜歡的感覺不會變，但喜歡的對象，就是無法再前進了。」我說，但其實不必多做解釋。

我發現，小球的年齡不會是十七歲。

應該再大一點？

「你今天才寫三千個字，這樣下去是實現不了夢想的。」小球提醒我，但我的注意力已經失控。

我不曉得毛最後會不會跟佳儀一樣，變成一個曾經的註解。

不再屬於我的美好，就只能是曾經的喜歡，而不能保持一個喜歡的進行式。

原本我很期待跟毛分開後，兩人還能像親人般的彼此關懷，但羈絆得太深，我對毛的新感情其實很介意，我並不若我自我想像裡，能祝福得那麼徹底。

說到底，我很不完美，簡直缺陷累累。

我的祝福，還是一點一滴的給吧，湊得比較完整。

「所以才有我，別趕我走。」小球央求。

我哭了。

一頭栽進小球的懷裡。

就算明知道對方不是真命天女，也要好好去愛。

因為你只能愛她一次。

媽媽的治療過程漫長又艱辛，我們所能夠做的，就只是陪伴在媽身邊而已。

那些日子灰暗得可怕，現在想起來我能夠無比脆弱又拚命堅強地過下去，真是不可思議，我想，這一切全賴媽媽一直很努力很努力地想讓自己撐過去，我們才有辦法振作起來。

菩薩保佑，媽的情況越來越有進步，我們也越來越有信心。

每一階段的化療結束，媽就回家休養一陣子，想辦法把身子吃胖一點。如果媽站在體重計上面，若指針往右邊再靠一滴滴，我們就會高興得像中了樂透。

此時我們三兄弟，同時向學校提出論文口試審查的要求。

每天待在家裡，我除了準備碩士論文就是寫小說、看書看漫畫，媽整理家裡、晾衣服活動身子，到了吃飯時間，我就在媽旁邊學煮菜，幫一些連笨蛋也不會出錯的忙，例如挑菜（原來花椰菜要先將莖的硬皮切開剝掉）、削皮、翻動煎魚、煎蛋、放鹽、攪動小魚乾、加沙茶，跟亂開玩笑。

我最喜歡跟媽出去走走。

有一次我跟媽在附近公園散步，不意講起了以前在新竹念書時，跟毛毛狗常常餵流浪狗的往事。

話說有一天晚上，我跟毛在交大管科系館的教室念書，念到一半，有一條滿口暴牙的捲毛狗突然闖進教室，直截了當向我討東西吃。

可我沒有啊，怎辦？就這樣耗著。

捲毛狗也頗識相，乾脆趴下來裝睡，偶爾睡累了，就會走出教室逛大街，然後又回到我的腳邊。

時間一分一秒過去，大概是十點多吧，我肚子終於餓了。

「我們去吃東西吧，順便買個包子回來給牠吃。」我說。

「拜託，那時牠還會在嗎？」毛。

「這種事我怎麼會知道。」我說。

於是我們收拾好東西離開系館，目標清大夜市。然而捲毛狗並沒有睡死在教室，而是亦步亦趨地跟著我，直跟到了系館旁停放機車的車棚。

毛覺得好玩，但我覺得很詭異，因為我還沒發動機車，那捲毛狗就跳了上去。

「不是吧？」我心想，這一定是有人養過的狗。

想趕牠下車，牠卻一個勁的笑，露出非常誇張的暴牙。就是不肯走。

「載牠去清大夜市，然後再載牠回來就好了啊？」毛在後面說。

「好吧，看牠蠻聰明的樣子。」

我滿不在乎，就這樣兩人一狗，滑出機車環校道路，直往清大夜市而去。

一到夜市，還記得是停在那家總是將豆腐炸得很軟的臭豆腐店前。才剛停好車子，捲毛狗就興奮地跳下車，一溜煙不見。

我傻眼，毛也傻眼。

「牠迷路的話該怎麼辦？如果等一下找不到牠該怎麼辦？」我有點慌。

「……」毛無言。

忘了我們是吃什麼當宵夜，總之我們飽餐一頓後，到7-11買了個肉包，但怎麼找也找不到那隻捲毛狗，又不知道牠的名字，無從嚷起。

沒辦法，還是得回學校，就當作夜市滿地都是食物渣渣，餓不死狗的。

正當我發動機車時，一個電影等級的畫面驟然出現。

捲毛狗興奮地從左邊某處飛奔而來，張著一口暴牙，一蹦一蹦地跳上我的機車，嚇呆了我跟毛。

「太扯了！真的是太扯了！」我大叫。

「Oh! my God，牠好聰明！」毛跟著興奮起來。

於是我們就載著超級聰明的捲毛狗，莫名其妙開心地騎回交大車棚。

當時我就在想，以後跟誰說起這麼奇怪的事，大概也不會有人相信吧？

停好機車，我將肉包子放在地上，捲毛狗迅速吃了個乾淨。但不肯走。

我一發動機車，想從系館旁的車棚騎回更上面的宿舍車棚時，那捲毛狗就機靈地跳上前座，怎麼拐就是不肯下去。

「不好意思，雖然你超級聰明，但我不可能在學校宿舍養條狗啊！」我蹲下，試著開導捲毛狗。既然你那麼聰明，多多少少也知道我在說些什麼吧？

但還是不成。

只要我一發動機車，捲毛狗就飛也似跳上，重複了幾次開導也一樣。老實說，我覺得很悶，覺得牠怎麼這麼任性，而且好像有點過動兒的傾向。

畢竟真的不可能在擠滿四人的宿舍內養狗，於是我選擇了毅然決然拋下牠。

計畫很簡單。毛負責引誘捲毛狗在某處玩耍，我負責發動機車，緩慢沿環校道路上行，最後毛飛奔過來，跳上車子，兩人揚長而上。

捲毛狗沒有放棄，不停衝上，連狂吠的力氣都省了，專注在趕上我的追逐中。

我很難受，但油門卻催得更緊，直到捲毛狗完全消失在後頭……

回憶結束。

我牽著媽慢慢走回新家，媽戴著我的帽子。

我沒有告訴媽的是，在我跟毛分手後的某個深夜，我跟哥騎機車出門將一大包舊衣服丟到舊衣回收筒時，有一條幾乎一模一樣的捲毛狗突然從巷子裡奔出，緊追著我倆。

迅速勾起我的記憶下，我注意到了，那捲毛狗也有一口暴牙。

我開始跟哥說這件往事，不曉得他信不信。

但剛剛還緊追著我們的捲毛狗已經消失，無從考證什麼。

我不是一個喜歡故作感傷的人。但我真的很希望，那條活在曾經的暴牙捲毛狗，不是剛剛衝出的那一隻。或許聰明又有耐力的牠，又大膽賴上了某個好心人的車，從此有了幸福的歸宿。

從此有了幸福的歸宿……

時間作用在每一個家人的身上。

Puma真的好老了，牙齒掉光了不說，鼻子旁邊還白了一圈。

有一天我騎機車要載Puma去兜風散心時，Puma兩隻前腳搭上腳踏板，想撐起身體爬上車時，竟失去平衡在地上翻了兩翻。當時我還來不及嚇到，就看見Puma笨拙地從地上爬起，吐著舌頭，模樣很滑稽，我還笑了出來。

奶奶在一旁看了，便將Puma直接抱上腳踏板，讓我載牠去逛八卦山。

Puma睡得越來越沉，對周遭的反應變得很遲鈍。

要知道，博美是一種非常神經質的狗，以前我在二樓偷偷摸摸踮著腳尖走路，在一樓的Puma也會從睡夢中驚醒，狂吠到我非得下去抱牠睡覺不可。有時候爸爸晚回家，家裡的鐵門都拉下了，爸遠遠從火車站走回來，我根本一無所覺，Puma卻聽見了什麼或嗅到了什麼，老早就對著門就吠。

但現在，Puma卻老態龍鍾到，我打開隆隆聲不斷的鐵門，關上，走到牠身邊打開電腦，喝水吃東西，上了半個小時的網路，Puma才姍姍醒來，而且根本不知道是什麼情況。

有一晚我深夜才回到藥局家裡，不斷撫摸Puma好幾下，叫牠的名字，Puma才睡眼惺忪醒來。Puma見了我當然非常高興，一路跌跌撞撞被我牽去對面的電線桿尿尿，但後腳抬起不久，就因為沒有力氣保持平衡而滑倒。我又笑了——該死的主人，誰教Puma自己也蠻幽默的看著我猛笑，好像在說：「嘿，我能有什麼辦法？」

媽的體力慢慢恢復中，Puma後腳的無力感卻越來越明顯，走路就像在滑壘，動不動就滑倒，模樣好玩但惹人心疼。坐著的姿勢對牠來說好像很辛苦，所以Puma能趴下的時候就不坐。

就連常常抱著我的小腿猛幹的猥褻動作，Puma都因為兩腿無力獨自站起，而沒辦法執行。Puma似乎很氣自己，失敗了就猛吠，然後趴在地上裝可憐。

雖然Puma叫起來的聲音依舊充滿了精神，但我又聯想到營養不良上，於是我們開始餵Puma好吃的東西，味道很重的鈣粉，餵牠吃媽媽牌的特效藥，連常常假裝不關心Puma的奶奶都特地跑去買雞腿。

但哥終究還是拎了Puma去看獸醫，確認Puma到底是怎麼了。

獸醫說，Puma得的是退化性關節炎，來得突然，但原因是沒有意外的老化。

「怎麼辦？」我問。

「老了就老了啊，人會老，狗也會老，你問我怎麼辦？」獸醫聳聳肩。

吃藥可以緩解關節炎的症狀，但無法根治，除非找到青春不老泉……這種好東西我大概找不到，所以只好看著辦。

老了啊……唉，我也老了。

Puma年輕猛幹我小腿的年輕歲月，正是我們家最年輕的時光。

Puma老了，大家也不再年輕。

以前我可以兩點睡覺六點半起床，連續幾天都沒有關係。

現在不管我多晚睡，都得睡足七個小時才夠眠，不會因為我熬夜就多積攢下多餘的時間。離題了。

就狗的年齡來說，Puma的十四歲相當於人類的八十幾歲，是隻老公公了。

獸醫跟哥說，他很少看見這麼老的博美狗，Puma的健康情況算是不錯的了，彰化可能沒幾隻這樣的老博美。

獸醫還說，如果Puma可以活到十九歲，他就要找記者來採訪，想來十九歲的狗不只在同儕中受狗尊敬，也值得我們人類掌聲鼓勵。

說真的，就一隻狗來說，Puma是隻非常俊俏的帥狗，而且總是一張娃娃臉，如果有性感的母狗看到牠，若不跟牠舌吻還真無法察覺Puma已經牙齒掉光光。所以我對Puma的年事已高總是不大有感覺。

前一陣子我才從比喻法中驚覺，原來十四歲的Puma如果是人，現在已經上了國二！

我的天，國二的時候我在做什麼？

暗戀坐在我後面的沈佳儀，苦惱的二元一次聯立方程式，玄學般的因式分解，印在課本後面的化學元素表……

「可是你什麼都不會。」

我抱著Puma，牠毫不介懷地吐舌傻笑。

如果Puma真的有一天投胎當了我兒子，我就認真教一次Puma因式分解吧！

一直以來，都很排拒開車。

老是覺得有人載就好，何必要費神養車。況且經常要南往北返的我，三個多小時的車程我寧願在火車上舒舒服服地寫小說，而不是握方向盤在高速公路上超車或被超，把自己累掛。

我的個性也很難讓自己放心。

我總懷疑一旦踩下油門的我，一定不可能學會路邊停車，或是辨認高速公路哪裡上哪裡下，迷路必然，車屁股被撞也是必然，當路隊長更是再所難免。所以還是省省吧，專心朝地上最強的小說家邁進就對了。

然而我這個人實在沒有原則，最後我還是在毛毛狗的說服下，在兩年前的夏天一起學了開車。那真是段甜蜜的記憶，那個夏天的主題曲是陳奕迅的〈十年〉跟〈十面埋伏〉，我倆每天早上學車都一邊哼唱。那是我人生最美好的記憶。

但我始終沒有買車，一方面沒錢，另一方面，開車太像大人應該做的事，而我還想用小鬼的模樣多待幾年，算我幼稚吧。毛很體諒我，儘管毛因當了老師身上開始出現大人的氣味，而我還在科科科地乳臭未乾、覺得人生只要熱血一切就可迎刃而解。

好幾個月了，我跟毛毛狗之間，雖說已經分手，卻少了一個真正關鍵的再見。分分合合，藕斷絲連。

原本我總以為，我跟毛之間的關係就像在拔河，不管怎麼吵吵鬧鬧，只要不鬆開手，無論誰拉贏了誰，兩人終究會抱在一起。

但最後繩子竟然硬生生斷了。

毛終究還是離開了我，在我們感情出現重大挫敗的隔天去了美國。

諸多因素。沒一個像樣的。

「他有車又怎樣？是他自己買的嗎！」我大聲對著手機吼道。

「有本事，你立刻買一台車啊！」毛的氣話從國際電話中向我襲來。

於是，我真的咬牙買了台車。

眼巴巴盼著毛從美國回來時，感情能出現最後的、微薄的轉機……

打從有記憶以來，我就是個生活低能兒。

這麼說不是小說上的誇飾修辭，對於日常生活的諸多細節我都恬不知恥地打混過去，也很依

賴有毛的陪伴。

逛街必須由毛陪著，看電影很喜歡毛陪著，說故事好想有毛聽著。說無聊笑話、吃東西、餵狗、旅行、睡覺、買褲子、亂變無聊透頂的魔術，都很習慣要有毛在身邊。

最後這一年，毛常抱怨，在我身上看不到戀愛的熱情。

我很歉疚，但「在一起」才是我心中愛情的踏實模樣。

漸漸的，毛長大了，我並沒有。

買了車，還得學著開。

當作是不用投幣的大型遊戲賽車機，在毛在美國自助旅行的三個禮拜，我戒慎恐懼地握著方向盤，小心翼翼在彰化練車。

只要沒有簽書會或演講，每天深夜都去繞八卦山，晃直條條的中山路。

心中只有一個信念：「我要去中正機場接毛毛狗喔。」

然後露出小鬼般的燦爛笑容。

原本開車開得爆爛的我，在信念的支撐下終於非常習慣坐在車子裡頭的感覺。

果然，只要肯下功夫，開車上路這種長期排拒的事也可以幹得有模有樣。

然而我跟高速公路與台北一點也不熟。

要開車去中正機場，還得繼續送毛回土城家裡，對我這白痴可是沉重的負擔，不須多加想像就知道我肯定緊張到胃痛。

科技這種好東西，此刻就派得上用場。

我跑去NOVA買了GPS衛星導航的PDA，這兩天不斷操練一邊開車一邊看導航的反應速度，就是希望能夠在毛面前有個大人的樣子。

如果變成大人可以解決事情的話，我願意。殺手歐陽盆栽說：「喜歡一個人，就要偶爾做些自己不喜歡的事。」想是如此，裝也要裝出來。

只是就在我逐漸習慣方向盤的快感時，越來越不快樂的毛從美國捎來一通電話，確認了我們最後的關係。

……原來還是不行啊。

暫時偽裝成大人的我，骨子裡，還是那個老愛嚷著要威震天下的臭小鬼。

這個我，毛已不再需要。

「對不起。」毛低語：「公公，就當我對不起你。」

「那麼，就還是維持那句話吧。就在妳幾乎忘記，所有我們一起做過的事的時候，只要記得，我很愛妳這件事就夠了。」我闔眼，全身縮塞在沙發上。

掛掉電話，我無法克制地掉眼淚。一直一直掉眼淚。

我知道，習慣開車，跟習慣沒有毛的人生，完全是兩回事。

毛從美國回台灣那天晚上，有夠怕開錯路的我提早五個小時就出發，早早就出現在機場大廳，在二樓星巴克莫知所謂寫著小說等她。

我很惶恐，七上八下，小說寫了又刪，刪了又寫，其實都是一些廢物文。

我很怕等一下我見到毛，又會捨不得她。

但我更怕，如果我見到了毛卻一點捨不得她的感覺也沒有，那種情緒蒼白。

該來的還是避不了。

與三個禮拜不見的毛碰面的瞬間，她看起來既陌生又清晰。

「累嗎？」我只有嘴唇在動，幫拿行李。

「一點點。」毛有點倦容。

我不曉得該怎麼跟這樣的毛告別，只是靜靜地打開車門，請她坐上屬於她的位置，向她介紹這一台為了送她回家而買的車。

遲來了，但至少還是來了。

我無法用這一台車載毛毛狗到處去玩，上山，下海，上下班，吃宵夜。

但至少可以送她一次，回家。

一路上我們聊著我現在已經完全想不起來的事，可能聊些毛在美國的旅行，可能聊些Puma的近況，彼此也沒有什麼特殊的情緒反應，平淡得讓我無力。

直到我們的車駛進了小巷，停在她的家門口時，毛毛狗終於大哭。

「公公，為什麼我們沒有辦法一直一直走下去？」毛崩潰。

「……妳不是不愛我，妳只是，更愛另一個人。」我抱住她。

這幾年，我換了好幾台數位相機。

但沒有一台，美得像當初我在家樂福注視千百回的傳統相機。

人生有幾個七年？

不管是什麼原因不能夠繼續在一起，能跟你一起走過漫漫七年的男孩女孩，當他或她要揮手道別的時候，縱使痛苦，縱使想裝也笑不出來，也要給予祝福……吧？

虔心祝福毛平安快樂。因為在菩薩面前，我們曾擁有七年的好緣。

從那一個分離的畫面開始，毛毛狗的人生快速往前進。

我也要往前進了。

我的幸福在哪裡，我不曉得，只知道如果我一直注視著毛毛狗的背影，我無法快樂。毛毛狗需要的不是我溫柔的注視，而是我乾脆地放手，讓她自由。

我知道，我懂，我了解。

只是眼淚還是一直一直掉下來。

媽媽的化療終於在五月結束，全家人生命裡的一切也正待重新開始。

七夕情人節前一天，我在台北參加電影《天國的戀火》媒體試映。

電影的主題圍繞著浪漫的煙火，是個很奇幻的愛情故事。

當時的經紀人小炘在我旁邊哭得超崩潰，而我完全無動於衷。

看著大銀幕上五彩繽紛的煙火，我根本進入不了劇情，腦海裡都是三年前那場人擠人、車卡車、烏煙瘴氣的台中國慶煙火。

賣到沒東西可賣的小販、取了一大堆吉祥名字的煙火、哭泣的排氣管、民眾的抱怨與咒罵、龜速前進的車龍、紛紛騎上人行道的機車、交通警察無可奈何的嗶嗶聲……

但毛毛狗的雙手很緊。

在媽媽生病的那一年，變故紛雜，心力交瘁，我沒有時間凝視毛毛狗臉上逐漸褪去的快樂。是我的無力，也是我的悔恨。

離開電影院搭火車回彰化，我寫了一封信給毛毛狗。內容寫了好多好多，但信裡真正想寫，只有兩句話。

情人節，快樂。

那年的煙火，其實是在妳的臉上。

第十七章　記得要跟菩薩講

「對不起，對不起……二哥哥沒有在你旁邊……對不起對不起……」

我一直哭，一直哭：「Puma你乖乖聽好，如果你等不及了，

可以先投胎給大哥哥當兒子也沒關係，

如果生出來頭上有一小撮金毛的話，那就是你。」

「如果沒有金毛也沒關係，要是二哥哥擤鼻涕，

你遠遠就跑過來說要吃，二哥哥也知道是你！

不要怕，記得要跟菩薩講！要跟菩薩講！」

否極泰來。

結束全部的化療療程，媽媽出院了，以後只要每個月到醫院複檢就行了。

同一個夏天，大哥的博士論文通過了，三三的碩士論文也通過了，我的碩士論文竟然也奇蹟似地通過了，家裡一下子多了一個博士兩個碩士，爸媽都很高興，傻傻的Puma則持續沒什麼感覺。

除了寫小說，我整天開著我那突然失去用途的車，在八卦山上跑來跑去。

老實說一個人在八卦山上兜風還蠻能排遣寂寞的心情。

有很多女讀者是一回事，想找到能在一起快樂的女孩又是另一回事，我渴求的是愛情，而不是一個崇拜我的女孩。

很難想像下一個女孩會是什麼樣子，她長得像小球嗎？喜歡偶爾綁馬尾讓我開心一下嗎？是氣質型還是可愛型？笑起來臉上有沒有酒渦？是不是超正的？我是不是第一眼就會被電得很慘？

重度失戀的我，整天就靠著幻想捱過那一段超崩潰的日子。

人生發生的每一件事都有意義，車子買了卻沒有妹可載，一定還有它的意義。

從國高中時將Puma放在腳踏車的籃子裡載著兜風，到大學研究所時將Puma放在機車踏墊上載來載去。然後，現在我開了車……當然還是要用汽車載Puma啊。

我將Puma放在我腿上，小心翼翼地開車。

「這是二哥哥的車喔，很酷吼！」

我感覺著Puma在懷中好奇的蠕動，說：「你老了，站不穩了，以後二哥哥會用車子載你去

玩，你就不用怕在機車上跌倒了。」

Puma兩隻腳踩在我肚子上，兩隻腳架在我左手上，興奮地看著車窗外。

「二哥哥有什麼，你都有一份啊。」我覺得很幸福。

雖然車子的頭期款幾乎花掉了我這些年所有的存款，幸好我的小說漸漸被大家認識，只要我勤奮寫作，每期都付得出分期付款……靠，應該沒問題吧！

終於拿到了博士學位，大哥要結婚了。

很扯的是，我未來的大嫂跟他從國小三年級就認識了，打高中三年級就開始在一起，這種「長度」不是愛情長跑足以形容，根本就是愛情極限馬拉松。真讓人羨慕，從小紅線就牢牢地綁在一起的感覺。

全家忙著準備婚禮時，我時不時都會碎碎唸：「要讓Puma去婚禮喔，不要把牠一條狗丟在家裡，再怎麼說牠也是我們的弟弟啊。」

大哥聽了，總是說：「我ＯＫ啊，不過那天你要自己管好牠，我一定沒空啊。」

爸爸的面子很大，朋友很多，大哥結婚那天人來人往的，塞爆了彰化最好的宴客餐廳。除了早早到餐廳幫忙外，坐在門口收紅包登記禮金也是我當天的任務，不過即使我再忙，我都一直很注意Puma怎麼遲遲沒有出現。

「Puma呢？」我皺眉，到處問。

「今天很忙沒辦法啦，牠又都是毛，到處掉。」奶奶也沒好氣。

「媽，不是說好了嗎？不是要帶Puma來嗎？」我不斷抓著頭。

「我沒注意到Puma沒有被帶來啊，大家都很忙啊。」媽也一頭霧水。

這件事我超生氣的！

一度我想立刻開車衝回家、把孤零零一條狗守在家裡的Puma抱到婚禮上，但為了不想把氣氛搞壞我只好強忍。

我真的很不爽，很不爽很不爽很不爽，如果Puma有來的話，也不會打擾到大家用餐啊，只要把繩子綁在我的腳上，讓牠陪我坐櫃台收紅包就好了啊，又不難。

一想到當大家要從家裡開車移動到餐廳時，全家人居然沒有一個願意、或堅持把Puma帶在身邊，真的是太讓人傷心。

從小一起玩到大的大哥要結婚了，為什麼Puma不能去呢？

每次一想到Puma沒有去大哥的婚禮我就快要發瘋了。

婚禮過後我超怒的，發誓道：「以後我結婚，一定從頭到尾把Puma跟我的腳一起綁住，走紅毯也一起走啦！你們誰也不准反對！」

我的怒，後來成了永遠的遺憾。

二〇〇五年年底，我連續十四個月出版十四本新書的計畫也到了尾聲。

這個超強意志力的計畫壓箱底的最後一本書，就是記錄了我們全家人陪伴我媽媽戰鬥疾病的家族生命史《媽，親一下》，格外有意義。出版社預計在二〇〇六年的一月十五號，為我們家在亞洲最大的書店，台北誠品信義店舉辦簽書會。

這是一件很開心的事，家裡所有人都會出席。

「可是……能夠幫我跟誠品請求一件事嗎？」我在電話裡跟編輯溝通。

「什麼事？」編輯好奇。

「我想帶Puma去。」我看著在腳邊呼呼大睡中的Puma。

當時Puma的體力越來越差，有時帶牠出去散步，走不到二十公尺牠就累到趴在地上不願前進。我用腳逗牠幹我，牠試了幾下未果也就意興闌珊不搞了，為避免刺激牠的自尊心，後來我也不主動逗Puma了。

晚上，我將牠抱在懷裡睡覺，半夜總要醒來確認好幾次，因為Puma不像以前那樣在床上走來走去換姿勢、換位置，而是靜靜躺在我的手臂上。

到底……為什麼一動也不動？我戒慎恐懼地將手指放在Puma的胸口，慢慢感受牠微小虛弱的胸口起伏，才能放心地繼續睡。

我說過了，如果那個時間該來了，只要Puma就在我身邊，縱使傷心，但還是能用幸福的心情去接受。但我們全家都要從彰化開車到台北，這一段當天來回的旅程如果只有Puma一條狗在家，我真的很不放心。

萬一，萬一Puma孤孤單單死在家裡，我一輩子都不會原諒我自己的。

窗明几淨的誠品無論如何不能帶寵物進去，任何人都理解。但我想帶Puma一起去簽書會，不是想要耍可愛，而是真的、真的真的很怕牠在沒人陪的寂寞中死掉。我答應過牠的。

「這個我無法保證，不過我會盡量幫你溝通。」編輯也沒把握。

「拜託，Puma這幾天情況真的很不好，請誠品務必通融我！」我懇求：「如果Puma在我簽書會的時候死掉，我會發瘋的。」

誠懇是我的強項，溝通是編輯的強項，信義誠品竟然答應破例。

我超興奮。簽書會當天我們超開心地全家人開車北上，遇到休息站就下來吃點東西、讓Puma稍微走動跟尿尿，很有全家出遊的感覺。

到了誠品，我們將Puma放在竹籃子裡提著，原本是想讓Puma一直待在員工休息室直到簽書會結束，但不知道為什麼等到簽書會正式登場時，裝著Puma的竹籃子也被放在現場的角落地上。

我拿著麥克風說些感謝大家支持的話，但眼睛卻不由自主飄到Puma身上。

才不管這裡是哪裡，才不管有多少人在聽我說話，最喜歡當跟屁蟲的Puma奮力掙扎著牠虛弱的小身體、拚命想爬出竹籃子到我身邊，模樣好可愛好可愛。

後來簽書會結束我乾脆抱著Puma跟大家合照，留下難能可貴的紀念。

「Puma，二哥哥現在是一個很厲害的人喔。」

我抱著終於安心了的Puma，鎂光燈此起彼落，讓牠分享我的世界。

回到家，一整天舟車勞頓的大家很快就睡了，一直睡到第二天中午才起床。

永遠記得我買了幾個雞肉飯便當回來當中餐，大家竟然還在睡，我只好跟Puma自己先開動。吃完了，Puma朝氣勃勃地對著我大叫，一直叫一直叫，我很開心地用腳戳牠，說：「這麼有精神啊，那就是又活過來啦！」

後來Puma叫到大家都沒辦法繼續睡覺，睡眼惺忪的大哥還開門兇牠，叫牠閉嘴。Puma快快結束了牠的一陣亂叫。

我想大哥一定很後悔。

兩天後，某雜誌送我兩張電影《斷背山》的特映票。

我興致沖沖地邀了女孩去看。

搭火車到台北前，我在家門口親了媽媽一下。

Puma慵懶地趴在地上，媽牽著。

平常我都會蹲下來摸摸Puma，用手指輕輕敲一下牠的腦袋，說：「敲一下。要乖乖聽奶奶跟媽媽的話，等二哥哥回來跟你玩。」

但那一天沒有。

要趕火車，我只是倉促地將背包調整一下，看著趴在地上的Puma說再見。

Puma吐著舌頭。

看完《斷背山》的隔天，原本中午就要回彰化，但難得約會，我跟女孩又多看了一場電影。

看電影時我將手機關機。卻不知怎地，整個看電影的過程中我都心神不寧，身體怪怪的，有種快要感冒了的病感。

搭火車回彰化的途中，我才想起要將手機打開。

等待我的，是爸爸的留言。

Puma走了。

奶奶牽著Puma在巷子裡散步，突然Puma不走了，全身發抖。

最後是媽媽抱著牠，讓一直等不到二哥哥回家的Puma慢慢闔上眼睛。

我在火車上大哭。

在廁所裡打了通電話給毛毛狗，毛毛狗也大哭。

「公公，Puma會很好的……」她抽抽咽咽。

「我不知道我不知道，為什麼我沒有在牠的旁邊，我答應過牠的……」我悔恨不已，明明就只差了幾個小時，為什麼我就是不在牠旁邊？

困在緩慢移動的火車上什麼也做不了，我打開電腦，寫著給Puma的信。

眼淚不斷落在鍵盤上。

回到沒有鈴鐺聲迎接我的家。

Puma被媽媽用粉紅色的大毛巾包著，那是牠洗完澡後專用的大毛巾。

牠的樣子不只安詳，還很可愛。

Puma的舌頭一如往常露在嘴巴外面半截，好像在笑。

我抱著牠一直哭一直道歉。

十幾年來我一直在Puma耳邊說：「Puma，你死掉的時候，二哥哥一定會在旁邊陪你喔，不會讓你害怕……不過你要努力等二哥哥回家喔！」之類的話都做不到。

我知道你有一天一定會死，但我真的不知道你死的時候，沒有我在你身邊。

大哥回家了，三三也回家了。

輪流抱著Puma痛哭，低聲說著只有他們懂的回憶。

Puma被媽媽放在紙箱裡，我將紙箱靠在床邊，牠陪我，我陪牠。

我一直都很怕鬼，很怕很怕。但我恨不得睡到一半忽然感覺到Puma又在床上走來走去，恨不得突然聞到一股令人無奈的尿臊味，恨不得鼻子裡突然伸進一條溼溼軟軟的舌頭亂吃我的鼻涕。

但都沒有。我只是哭。

哭累了就睡，睡到一半就忍不住開燈，坐在紙箱邊不斷摸摸牠。

以前，我總覺得電影裡的生離死別都演得很假。什麼「求求你醒過來啊！」「告訴我這不是真的！」「妳只是睡著了對不對？對不對？」之類的對白真是假到噁心。

但我不斷摸著牠、跟牠說話、向牠道歉，真的很期待牠忽然醒過來，搖著脖子上清脆的鈴鐺……

隔天坐在椅子上打開電腦，整理Puma以前的照片，看著腳邊。

腳邊空蕩蕩的，我的眼淚又滑了下去。

Puma昨晚睡在我的床下，模樣真可愛，好像小地藏一樣。

隔了一夜，我原以為自己已經很平復，但今天早上起床吃麵，看見麵裡的碎肉時，我的眼淚就爬滿了整碗。我們家，吃的東西裡要是有肉，一定會記得揀給Puma吃，尤其是媽。

太多的生活縫隙都有Puma的身影。

就連剛剛我開門回家，都還是無法壓抑喊了聲Puma。

我一直坐在紙箱旁跟Puma說，二哥哥真的好傷心。唸了我寫的信給牠聽，餵了牠吃鼻涕，剪了牠身上三撮毛，稱讚牠連睡著的模樣都好帥。

寵物火葬場的人先來收走Puma，奶奶哭得很慘，媽也是，爸很沉重。

隔天就要火化Puma，我開始分配哪些東西要跟著火化，哪些東西我想留著當紀念。大家讓我全權決定。

我打算燒了一本在作者照片裡放著Puma照片的小說《功夫》，跟記錄我們家溫馨故事的《媽，親一下》，讓Puma在另一個世界依舊擁有我們共同保存的一切，不管那將以什麼形式延續下去。

更重要的，我摸到橘色跟藍色兩條繩子，這兩條繩子讓Puma沒有絕對的自由，讓我們之間的關係有了主從之別，卻也讓我跟牠之間有了奇妙的羈絆。一條想燒了，一條我想留著。鈴鐺我想Puma自己帶走，因為那聲音陪著牠也十四年了。每一念及「不知道要不要燒這個碗，不然牠會不知道怎麼喝水」這樣的句子，我就很痛苦。

我將在火車上寫好了的信列印出來，奶奶高興又難過地簽了名，爸也寫了幾個句子，媽則留了幾句捨不得。過了一個小時媽從廚房裡走出，再次接過我的筆多留了幾句，要Puma多等幾年，等爸跟媽。

媽就是媽，老是不放心Puma這條傻裡傻氣的兒子狗。

回想起來有很多徵兆，跟巧合。

接到消息我一回家，就聞到香水百合飽滿的香氣，我還以為是爸媽買來供Puma的，沒想到竟是哥哥婚禮上的花苞綻開，就像是菩薩特地來接Puma的節奏。

奶奶哭得很慘，讓我很不知所措。

今後奶奶跟媽媽一定很寂寞。奶奶說，她習慣在睡前牽Puma在外面走一走，現在沒了，她悵然若失。奶奶一直哭，還硬說是眼藥水。

媽媽曾說，我們三兄弟都在外面讀書的時候，都是Puma陪她顧店。若是買大原蒸餃回來吃，媽都淨吃蒸餃皮，讓Puma大快朵頤蒸餃肉。我回家，媽常得意洋洋展示她從Puma身上抓來的蝨子屍體，一隻一隻躺在衛生紙上。

爸爸再也不必擔心一早起來，踩到Puma的尿跟大便了。

「雖然你不在，但這幾年都是媽媽陪Puma最多，Puma死在媽媽懷裡其實很幸福。」爸爸這麼安慰我。

我知道爸說得對。

家人對Puma的遺體都沒有不乾淨的避諱，伸手就摸就捏，大家都對Puma真心真意的好，因為牠真的是我們生命的一大部分。

我是充滿幸運的人。簽書會那天真的很感謝春天出版社跟信義誠品，讓迴光返照前的Puma能參與我們家重要的一刻。

哥哥說，或許Puma早就不行了，牠之前撐了這麼久，就是努力想要看看我戰鬥多年所看見的世界，更重要的是，拚了命也跟全家人再出門玩一天。

俗話說：「死貓吊樹頭，死狗放水流。」

不管這句話有什麼根據或來由，要將我十四歲的弟弟沖進河裡我絕對辦不到。

我們選了一間外表看起來很簡單的寵物靈骨塔，位於霧峰山上，環境挺好，很多貓貓狗狗的都睡在那裡。Puma的火化也在那裡。

火化當天，當Puma的遺體放進焚化爐，門關上、大火將點前，儀式者要我們大聲提醒Puma的

靈魂快走，免得被大火一起吞噬。

我們大叫。

「走！」

「Puma快跑！」

「走了Puma，不要怕！」

一瞬間我想到，每次帶Puma出門散步，我也是簡潔有力地喊了聲：「走！」

而Puma就會迅速抖擻精神，搖晃脖子上的鈴鐺，興奮地衝向我。

從焚化爐慢慢暈開的熱氣燙著我的臉。

彷彿聽見熟悉的鈴鐺聲，我大崩潰了。

走！

現在，你快走！

鞭炮聲你會怕，這火你也一定很怕吧？

快點跑，走了！來，二哥哥在這裡……

「對不起，對不起……二哥哥沒有在你旁邊……對不起對不起……」

我一直哭，一直哭：「Puma你乖乖聽好，如果你等不及了，可以先投胎給大哥哥當兒子也沒關係，如果生出來頭上有一小撮金毛的話，那就是你。」

「如果沒有金毛也沒關係，要是二哥哥擤鼻涕，你遠遠就跑過來說要吃，二哥哥也知道是你！不要怕，記得要跟菩薩講！要跟菩薩講！」

我很喜歡海賊王。

一年多後我看到魯夫高舉火把，要將一路陪伴他們的黃金梅利號燒掉時。

「梅利，海底很黑，也很寂寞，所以我們要為你送行。」魯夫這麼說。

草帽一行人各自懷念與梅利號的共同記憶，旁觀的我也無法克制地嚎哭起來。

後來在悲傷的大火中，黃金梅利號的靈魂竟然說話了。

「對不起。本想永遠和大家一起冒險的。但是我……很幸福。」

草帽一行人先是震驚，然後是英雄淚決堤。

「大家一直很愛惜我，謝謝。我……真的……很幸福。」梅利號微笑，消逝。

看著那一期的連載，我在淚水中得到了巨大的安慰。

希望Puma也覺得自己很幸福。

Puma火化時大家一直哭，輪流陪著牠，其他人去燒紙錢。

大火過後，剩下的骨頭好少。

畢竟Puma不是驍勇善戰的壯狗，而是搞笑幽默的型狗。我們開始取笑牠實在是太瘦太小了，

連骨頭也長得好可愛。

神奇的是，Puma的骨灰理發現一個深紅色的心形石物。

「這是舍利子嗎？」我覺得好扯，明明Puma就吃了很多肉，哪有成佛的可能。

「不是吧，這是……磨玻璃的砂刀啊。」大哥失笑。

原來是不知某年何時Puma吞進去的、用來磨斷玻璃針筒的愛心形狀砂刀……靠，有夠愛亂吃的，導致在火化後還出現那麼戲劇化的東西，寫小說了真是。

Puma的骨灰裝在一個小盒子裡，暫時放在二樓空房間的角落，打算讓牠陪我們過完農曆年再送牠去靈骨塔跟其他的狗狗貓貓玩。（還記得除夕那晚，該給Puma的一百塊壓歲錢我用紅包裝好，壓在牠的骨灰小盒子底，還放了一隻熱呼呼的雞腿在旁邊。一點都沒怠慢哩。）

說來神奇，從火葬場回來當晚，我在家裡一樓Puma經常的棲腳處用電腦寫網誌時，桌上的iPod突然自動打開，放到周杰倫的〈簡單愛〉，同一時間我的電腦突然當機，畫面怎麼按都出不來，我只好重開。

「是你嗎？」我蠻感動的。

我興奮地拿起數位相機朝地上拍，看看能否拍到任性顯靈的Puma。

就這樣了。

Puma是我的最軟弱，也是我的最堅強。

超棒的，陪著我們家走過美妙的十四年，一條，只會吃肉幹腳的忠犬。

真希望再聽到鈴鐺聲。

但我知道，我失去了無比重要的羈絆。

再沒有狗狗兒，會眼巴巴坐在門口等我回家了……

後記　不只很厲害，還很愛你

電影《史密斯任務》有句對白：「在結束的時候，你會想到當初如何開始。」

藉著整理回憶，我彷彿又重新經歷了一次過去三十年的人生。

很後設，也很豐富。

此次我在《壹週刊》連載這篇長達十四年的、關於Puma與我們家的回憶時，共寫了超過一年。有幾段寫到關於我媽媽生病的情節，是我從之前寫的《媽，親一下》直接摘錄下來的，因為沒可能我現在重寫一遍當時的時空，會寫得比當時諸多事情正在發生的時候就寫下來，還要精確完整。大概有六千多個字是這樣的情況，希望你們能明白我的作法。

總之，從沒有一個單篇故事讓我寫那麼久，真不愧是我的人生。

連載期間毛毛狗打了很多次電話給我。

有一次她跟我說，她很感動我真的按照最後約定，清清楚楚記得那麼多兩人之間的故事。誇獎我記憶力竟然鉅細靡遺到那種地步。

有時她哭，有時她笑，有時她生氣。跟以前一樣又有點不一樣。

毛毛狗說，她想將最後集結的這本書送給她媽媽，間接告訴她媽媽那些年的她是什麼樣子，跟我又是怎麼樣起承轉……分。

「謝謝。」我閉上眼睛，注視著依舊坐在新竹客運上的她。

胖胖的她臉貼著玻璃，依依不捨。嘴巴呵氣，手指在暈開的霧氣上畫了愛心。

騎車緊追在後的我用力向她揮揮手，說禮拜五再見！再見！再見……

毛毛狗在二〇〇八年十一月結婚了，寄來的紅帖子上還附了一封長信。

看了信，我感動到全身沸騰。

希望她永遠幸福。

媽的身體狀況不錯，從每個月固定回診，改成每兩個月固定檢查。

爸則有些欠安，動了幾次大大小小的手術。

家裡藥局生意還過得去，偶爾會有讀者試圖到藥局找我，說要買讓你嘴巴乾淨牙膏（自己去YouTube上面輸入關鍵字找這條牙膏，謝謝）。

三三考上了高雄某高中的老師，教生活科技，據說學生都說他長得很像九把刀，簡直是放屁。光眼神，帥度就差很多好嗎！

大哥則在工研院服他的博士國防役，我們的政府真有必要研究一下這個制度會不會讓役男過太爽。

目前我出了快五十本書。

回想起當初剛剛開始寫小說、在清晨沾滿朝露的窗戶玻璃上，用手指寫上「你很強」，那麼幼稚，那麼單純地相信自己，還真的有點感動。

我不會忘記那個刻意燒烙在我記憶深處的畫面，但我的夢想更遠。

我需要更多的力量。

所以重點是——我交新女友了。

畢竟幼、稚、的、人、還、是、蠻、受、歡、迎、的。哼哼。

大嫂生了。

大哥有了自己的孩子，叫Umi，在日文裡是大海的意思。

奶奶整天都在玩Umi。

Umi出生時頭上沒有一撮金毛，讓我有點失望，很想問護士到底有沒有抱對嬰兒，不過怕被大家白眼我就一直強忍著。

大哥很小氣，大嫂也不開明，都很堅持我不能偷餵Umi吃鼻涕，不過每次我用力擤鼻涕的時候

Umi都會楞楞地看向我，雖然他還沒有完全想起來鼻涕是一種很好吃的東西，不過長大就懂了。我不急。

柯魯咪出現了，是一隻白色的拉不拉多，母的，長得很俏麗，個性憨直。

她小的時候曾短暫跟Puma玩過兩天，現在她住在我家，跟我的心裡。

每次我回家，柯魯咪都會咬著繩子，用撞倒我的力氣向我飛奔過來。

「柯魯咪，戰鬥了！」

我甩著繩子狂跑，領著嗑藥了的牠在巷子裡來回追衝。

偶爾我會夢見Puma。

十次有十次，我都是哭著醒來。

但已經不痛苦了，我覺得能夢見Puma實在是太幸福囉。

有一次我夢到我在房間裡跟Puma玩，抱著牠，讓牠瘋狂吃鼻涕……忽然之間我發現自己抱的是Umi，Umi燦爛地對著我又抱又笑。

我想，應該是Puma的殘餘精神力想告訴我，牠已經順利投胎成Umi了吧。

「Umi……又沒有金毛。」大哥認真地說：「講好了不是嗎？」

「嗯嗯……喔。」我暗暗心想，等你看到Umi吃我的鼻涕你就會傻了。

人很矛盾。強者如我也怕自己夢錯。

萬一，萬一Umi不是Puma怎麼辦？

所以我常常開一個小時的車去看Puma，將水倒了一些些在熟悉的藍色塑膠碗裡，盤腿坐在地上，然後將《壹週刊》上的小說連載小心翼翼撕下，摺好，放在Puma骨灰盒的旁邊。

「你看，二哥哥很用力記住你喔，一點都沒有忘記，還把你的故事寫在台灣最多人看的雜誌上，是不是很秋啊？」我科科科笑著，摸摸牠的頭，說：「你的二哥哥，真的變成一個很厲害的人啊。」

不只很厲害。
還很愛你。
愛你愛到，老是讓你尿尿在床上也無所謂繼續睡好幾天的超人。
然後陪Puma說了一些家裡的事，要牠放心，隨時都可以回家巡邏。

回到家裡，爸爸將家裡的新成員放在一個紙箱裡。

在還沒買狗籠之前，那原本拿來裝感冒藥水的紙箱就是牠的棲身之處。

我跟三三跑到哥的床上，隆重地向睡眼惺忪的哥宣佈這個大消息。

「……結果你們挑了什麼？」哥半張臉還埋在枕頭裡。

「博美。」三三哈哈大笑。

哥一愣，整個人都醒了。

「幹！」

「你回家的時候會遇到柯魯咪喔，不要嚇到牠，雖然牠很大隻，可是牠是女生，很膽小，要跟牠慢慢玩喔。你想的話，也可以教牠一些身體的知識啦，呵呵呵呵。」

摸摸，摸摸。

骨灰盒上照片裡的Puma，笑咪咪地看著我。

我慢慢站起來，轉身下樓。

「對不起啦，我們不會虐待你的，你放心在這裡長大吧！」

「Puma！翻成中文就是普馬，柯普馬就是你喔！」我看著紙箱裡的Puma。

「從現在起我們要一直喊牠Puma，這樣牠才會知道是在叫牠。」爸說。

我發動車子，緩緩駛離Puma的視線。

很期待下次再來看Puma的時候，更期待Puma走進我的夢裡的時候。

「Puma！」大哥。

「Puma！」三三。

「Puma！」我。

歡迎你，黃茸茸的小Puma。

你走到哪裡都可以很驕傲，這個世界上有那麼愛你的人喔！

這些年／二哥哥很想你。

國家圖書館出版品預行編目資料

這些年，二哥哥很想你／九把刀著；—初版.—臺北市：
春天出版國際,2009.01
ISBN 978-986-6675-83-6（平裝）

857.7　　98000699

愛九把刀 10
這些年，二哥哥很想你

作　　者 ◎ 九把刀
作家經紀／活動洽詢 ◎ 群星瑞智藝能有限公司（02-55565900）
總編輯 ◎ 莊宜勳
主編 ◎ 鍾靈
封面／內頁繪圖 ◎ 恩佐
封面設計 ◎ 克里斯
排　　版 ◎ 數位創造

發 行 人 ◎ 蘇彥誠
出 版 者 ◎ 春天出版國際文化有限公司
地　　址 ◎ 台北市忠孝東路四段303號4樓之一
電　　話 ◎ 02-2721-9302
傳　　真 ◎ 02-2721-9674
E－mail ◎ frank.spring@msa.hinet.net
網　　址 ◎ http://www.bookspring.com.tw
部 落 格 ◎ http://blog.pixnet.net/bookspring
郵政帳號 ◎ 19705538
戶　　名 ◎ 春天出版國際文化有限公司
法律顧問 ◎ 蕭顯忠律師事務所
出版日期 ◎ 二〇〇九年二月初版一刷
　　　　　二〇一一年十一月初版八十一刷
定　　價 ◎ 260元

總 經 銷 ◎ 楨德圖書事業有限公司
地　　址 ◎ 台北縣新店市復興路45號3樓
電　　話 ◎ 02-2219-2839
傳　　真 ◎ 02-8667-2510
印 刷 所 ◎ 鴻霖印刷傳媒股份有限公司

ISBN 978-986-6675-83-6
Printed in Taiwan